青春跟我玩了一个捉迷藏的游戏，让我用了三年的时间去找寻它的踪迹，直到我离开的那一刻，才终于在时间的缝隙中发现了它，而在那一刻，我也长大了。

木棉花开时

那些年，我在16班的日子

廖子逸／著

南方日报出版社
NANFANG DAILY PRESS
中国·广州

图书在版编目（CIP）数据

木棉花开时：那些年，我在16班的日子 / 廖子逸著. —广州：南方日报出版社，2013.9
ISBN 978-7-5491-0962-3

Ⅰ. ①木… Ⅱ. ①廖… Ⅲ. ①纪实小说－中国－当代
Ⅳ. ①I247.5

中国版本图书馆CIP数据核字(2013)第222682号

MUMIAN HUA KAI SHI
木棉花开时——那些年，我在16班的日子　　廖子逸 著

出版发行：南方日报出版社
地　　址：广州市广州大道中289号
电　　话：（020）83000502
经　　销：全国新华书店
印　　刷：广州汉鼎印务有限公司
开　　本：787 mm×1092 mm　1/16
印　　张：18.75
字　　数：290千字
版　　次：2013年9月第1版
印　　次：2013年9月第1次印刷
定　　价：45.00元

投稿热线：（020）83000503　读者热线：（020）83000502

网址：http://www.nfdailypress.com/

发现印装质量问题，影响阅读，请与承印厂联系调换

序一　青春就应该用文字来纪念

龙建刚

子逸出书，我一点也不觉得惊讶，因为这是必须的。张爱玲说："出名要趁早。"但子逸写书不是为了出名，而是为了出"气"：灵气、才气和朝气。

在即将离开佛山到英国短期学习的时候，我打印出子逸发来的电子书稿。从香港飞往伦敦的航班上，子逸的书稿让我忘记时间的漫长。尽管正值暑假的牛津大学校园显得有些寂静，但子逸笔下的佛山一中和他所在的16班，让我在一个寂静的校园里涌动另外一个校园的喧嚣。

青春真好！有如此文字来纪念和铭记的青春不会随风而去。

在子逸之前，佛山一中的校园已经见证过无数的青春，盛放出一道道耀眼的光芒，只因缺少文字的记载，我们已经很难触摸那些青春的激荡。今后或许有人会用笔来还原，但日久年长的记忆常常会变形和走样，那些鲜活而昂扬的欢笑和泪水，所唤起的常常是岁月的流逝与惆怅。

子逸的出现或许会终结这样的历史与遗憾。

在告别佛山一中不到两年的时间，子逸就用青春的笔触把一段青春的日子牢牢地固定和呈现。那些行云流水的文字，记载的不仅是他所在的16班，而且是那个因为青春而永远不老的校园。读子逸的文字，我享受青春的快意，也涌动着对佛山一中的敬意。

时光倒流，我曾经和子逸一样年轻，和他一样近乎疯狂地迷恋文字和文学。尽管那时的我们远远没有子逸这个时代灿烂和生动，但并不缺少青春的激情与喧嚣。

子逸说，他们的16班是个敢于质疑的好班级。而那时的我们老实得实在过分。

1979年9月，我从农村走进县城，在贵州省松桃一中读书。第一次发现这个也曾经走出过众多名人的校园有一个古怪的传统，男同学和女同学居然互不说话，即使在校园之外相遇，大家也形同陌生的路人。这无疑是青春的灾难。因为缺少这样的训练，直到今天，见到当年的女同学我还经常脸红。好在我母校的传统已经被我们的后来者勇敢地“摧毁”了。

“在这一刻，有的只是友情的真挚和青春的狂放。”这是子逸的动情表白。子逸在感谢一所学校，也感谢一个与我们全然不同的时代。他或许可以和女同学一起牵手走进教室，甚至可以在某一个夜晚和女同学一起宵夜……这样的日子真好，这样的青春一定很有细节和故事。否则，怎么会有子逸这本充满细节和故事的青春之书？

我很早就认识子逸，很早就读过他在佛山华英学校读书时写下的文字。那时，我对子逸的父母做出一个判断：这个孩子今后可以凭笔头吃饭。或许他父母那时还半信半疑，现在他们应该可以确信无疑了。不是因为子逸出书，而是因为子逸的青春之路走得坚实、走得厚重。

我在想，当子逸这本书出版面世的时候，他16班的同学应该人手一册，而且应该自己掏钱购买，而不是等子逸赠送。他们应该感谢子逸，因为子逸用文字永远保存了他们共同的岁月和记忆。

为佛山一中写书的人或许不少，但子逸一定是最年轻的一个；佛山一中的藏书或许很多，但这本书应该被放在一个显眼的地方。子逸的文字会召唤更多的学子提笔，为青春、为母校书写更多的文字。

我与子逸成为忘年交，不仅因为拥有相同的青春，而且更因为拥有相同的痛苦，那就是偏科。

我读书很苦，所有的苦难都来自数学。从小学到高中，记忆中的数学考试从来就没有及格过。每到放学时间，别的同学都回家吃饭，我却被留在教室继续做永远不会做的数学作业。即使是阳光灿烂的早晨，想起数学，我就感到暗无天日。

家里有一条狗，平常很温顺，可一见到数学老师就一个劲地狂吠。正因为如此，数学老师从来没有来我家坐过，既因为这条狗，也因为我的数学实在是不可救药。

子逸在书中写道："我一贯痛恨的数学。每晚的数学作业就成了我最恶心的部分。面对数学的重压，我一直处在崩溃的边缘。"这样恶心和崩溃，我曾经深刻地承受过。

和子逸一样，我读的是文科。那时候流行的是"学好数理化，走遍天下都不怕"。读文科的人是典型的"弱势群体"。正如子逸所写的："文科班是为学不好理科的同学设的。"

那时我所在的中学特别重理轻文，学文科的被视为边角废料，教室也被安排在最破烂的那一间。我的读书之苦，不仅来自该死的数学，而且还来自理科生的傲慢和蔑视。那时的我们，喜欢在皮鞋底下钉一块铁掌，那些理科生从我们教室边走过，常常故意把皮鞋踩得很响，好像我们文科班只是他们脚下的那块木板而已。

有一天我在上数学课时又一次睡着，那不听使唤的头颅居然靠在同桌的女同学肩上。那位不解风情的女同学不是摇醒我，而是突然起身移动身体，让我丢人现眼地倒在凳子上。那种狼狈相也惹火了数学老师，他当即出言相激："你龙建刚只学语文不学数学，你能考上大学，老子拿手掌煎鸡蛋给你吃！"

这句话，我一生铭记。那个日子，我一生难忘：1981年5月7日，离高考还有整整60天。

后来我居然考上了大学，更想不到的是，我的高考作文《砍树容易栽树难》居然被当成优秀作文刊登在省报上。可是，我的数学只考了10分。1981年考上大学的几万中国学生中，我可能是数学分最低的一个，我想。

高中数学老师后来见到我说："你的数学如果能拿到60分，那中国的大学就由你挑了。”

这话有道理，可惜我做不到。因为数学太差，我没能进入我理想的大学。即便如此，我也激动无比，不是因为进了朝思暮想的中文系，而是终于可以摆脱数学的折磨了。只要不学数学，我愿意付出这个代价。

子逸也有相同的命运。尽管他高考语文成绩拿了佛山单科状元，但不好的数学成绩也让他最终没能进入更理想的大学。

这是一种无法弥补的遗憾，但绝不是无边无际的黑暗。

名校、名师、名著。理想的大学具备这三个元素。而在不太理想的大学就读，不是名校，也可能遇不到名师，唯一的途径只有自己苦读名著。也许正是因为有那段与名著邂逅的日子，我日后的生活才不曾有过无力和悲观。行走江湖，我不会感到孤独和害怕。

子逸正在这样做。在告别佛山一中走进大学校园之后，没有数学之烦恼的子逸投入到他热爱的经典之中。他在积蓄青春的能量，也在开始释放这种能量。这本书就是一个明证。

子逸的书，让我们认识一个班级，理解一所学校。而我更想表达的是，子逸的书，让我再次强化一个信念：偏科的人没有悲观的权利。

这或许有点偏激，但我坚定不移。正如我始终相信子逸。

2013年8月24日于

牛津大学

（龙建刚：《南方日报》珠三角新闻中心、《佛山观察》首席顾问；佛山市委市政府政策研究室政策咨询专家；佛山市委市政府城市管理委员会专家团顾问；佛山科学技术学院社会科学研究中心副研究员；佛山电视台特约新闻时事评论员；佛山电视台特约节目主持人）

序二　一样的青春，别样的风采

吴创峰

岁月沧桑，一代人有一代人的迷茫，一代人有一代人的辉煌，一代人有一代人的生活，一代人也当有一代人的青春。

提起90后，我们总会不由自主地联想到这样的情境：松松垮垮露肩露背的衣服，流里流气阴阳怪气的表情，千奇百怪五颜六色的长发，男孩子耳朵上戴着的本该是女生专利的耳环，爱电脑游戏胜过爱读书。更有肯德基、麦当劳、苹果iPhone5、耐克鞋，“垮掉的一代”“迷惘的一代”“鼠标的一代”等等词语。

本文的作者廖子逸以及他的同伴——佛山一中2011届学生以及高三16班也是90后，但是他们展现在我们面前的却是另一种景象：

运动场上的拼搏与汗水，比赛场上的泪水与呐喊，母亲节里的感恩祝福，教师节中蜂拥而至的谢师短信，更有高考场上的辉煌。

他们虽然没有60后的执着，无需为了考上大学而没日没夜地吟咏屈原的《离骚》，浅唱《谁是最可爱的人》，沉醉在朱自清的《荷塘月色》，透过鲁迅先生的《狂人日记》，企盼郭沫若的《凤凰涅槃》。但是他们同样有着对事业的不懈追求：天刚放亮，校园里已响起晨读的书声；夜幕降临，教室里静静地坐着冥思苦想的学子；深夜里宿舍窗口透出的夜读的灯光。因为他们和我们一样坚信知识能够改变命运，坚信成绩来自于“九十九分的汗水加一分的聪明”。他们还有着我们60后所缺乏的激情朝气以及初生牛犊不怕苦的倔强。

拜读了子逸同学的纪实性文章后，仿佛让我回到了我们一起为实现目标而共同顽强拼搏的激情燃烧的岁月，回到了和16班朝夕相处的那两年里，还让我身临其境般地体验了90后中学生的真实生活：纯真的憧憬，率真的微笑，随性的嬉笑怒骂，本性的懈怠洒脱，青涩的初恋，成功的喜悦以及失败的失落与苦闷……

他们是幸福的，因为他们知道“幸福在于做人的本性所要求的事情”。（注：摘自罗马帝国皇帝马可·奥勒留《沉思录》）

2013年5月25日

（吴创峰：佛山一中德育处主任，曾任佛山一中2011届年级学生的级长）

目 录

CONTENTS

第一章

相　逢

缘分是很奇妙的东西，相信大家都会同意这一点。

芸芸众生，几十亿人，上帝随手把48个人抛在一起，简简单单地一抛，就成就了两年的精彩。我不是宿命论者，面对这小得不能再小的概率，却也不得不感叹、感慨。

2009年9月1日。

这一天，16班的48位同学，见面了。

一

分班表终于发下来了，我被分到了16班，上面是一堆陌生的名字。

当然，当时的我显然不可能意识到接下来的两年会有怎样的精彩。对于期末考数理化生通通以惨不忍睹的成绩终结的我来说，刚刚摆脱了噩梦一样的高一，终于从数理化生的残酷折磨中逃出生天，我还没来得及去憧憬文科生的高二，光顾着对高一远去的狰狞面容大口喘气，同时暗暗抱怨坑爹的分班表，班上认识的同学不超过三个，这让怕生的我心生担忧。

再看看班主任，叶棣萍老师。

我的第一反应是：不认识。

“据说是教数学的。”妈妈告诉我。

“哦，不认识。”

“据说是很优秀的一位老师。”妈妈告诉我。

“哦，不认识。”

和叶老师的第一次“接触”就是这么平淡无奇，但我当然猜不到这位老师日后两年会给我带来什么。

正所谓“祸不单行”，我还没从面对几乎陌生的新集体的担忧中缓过神来，烦恼接踵而来。开学前几天去理发，没想到一直光顾的理发店竟然因整修而歇业了，百般无奈下我只好随便找了一家便宜无比的“野鸡店”，便宜到只需5元，就能为你的头发创造出惊悚无比的效果，从这点上说该店倒是物超所值。我头发幸运地收获了这种效果，年轻的理发师操起理发刀，大开大阖地对我的头发进行野蛮“拆迁”——从他刚猛的身手看他练的应该是降龙十八掌。于是我的头发成了他练功的靶子，不仅短，而且有种独特的不对称美——右边的头发短得反光了。我强压内心的愤怒和郁闷，冷静地询问这位萧峰大侠为什么会这样。

“萧大侠”亲切地回答我：“大概是因为阳光太猛反射的吧。”

我：“……”

我只好顶着一侧反光的超短头发去迎接我的高二新生活，以及那群神秘的新同学。心中却忧虑无比：“万一有美女同学，这一头烂发还不得把我的形象全毁了！”

在忐忑不安的心情中，我终于迎来了开学。依稀记得首先是去华英礼堂报到。当我的目光搜寻到16班的报到桌时，看见一位染着咖啡色头发的中年女教师坐在那儿。从她的细细抿着的薄嘴唇给我的第一印象，感觉这是个很厉害的老师，只是不知道会不会很严厉。

当然，第一天报到，老师是不会对你严厉的，所以我也无从判断。叶老师倒是很热情地欢迎我的到来，然后就让我赶紧去课室帮忙搞卫生。

进课室时已经有几个同学在搞卫生了。不知怎么样我就拿起扫把开始搞卫生了，然后不知怎么样就和另外两个人围在了一起（靠，怎么那么多不知怎么样啊）。那两个人其中一个我倒是久仰大名了，但没怎么见过，是高一19班的陈曦同学，貌似跟人熟得超快。而另一个是个挺帅的胖子，自我介绍说他叫索新宇，也是个挺热情的家伙。他特别提到他的绰号，首先得益于身形，外加名字谐音，人称sausage（香肠），其次把这个绰号念快些，就得到了“锁匙”（粤语钥匙之意）这个绰号。当然，跟日后即将出场的另一个人相比，他的绰号数量只是小巫见大巫。我们仨用有点做作的热情掩盖了互不熟悉的尴尬，并且友好地握了握手。

好像是因为要搬书，我和他俩搞卫生搞到一半就又下楼去了华英礼堂。这次报到桌多了一个人，准确地说是老师站在一旁，那人坐在了报到桌后。

我的第一印象是：高个子喔。这个似乎也是我们班的同学，戴眼镜，帅哥一枚，一米八四的身高让我高山仰止，应该是个打篮球的好手吧。老师吩咐他负责接待没到的同学，我们仨赶紧上去和他套了几句近乎。后来我知道了他的名字：谭睿韬。不过让我们印象深刻的是他的囧事，排名字的老师似乎昏了头，觉得这应该是个女同学的名字，名字打错了不说，居然还在性别一栏堂而皇之地标上了“女”。一个堂堂七尺男儿居然在性别问题上被人坑了，实在是伤不起。这个错误不知为何一直持续到高三还没纠正，我们熟了之后也时不时取笑他一下。

搬书时我随意瞟了一下和我们一起搬书的新同学，有一个男同学给我留下了深刻印象，一脸青春痘，眼睛细长，看上去拽拽的，我甚至有点怕他。不过我和他后来却成了联系紧密的同桌和朋友，还真是造化弄人。

书搬完了，再回到课室时，人数寥寥的安静被人来人往的喧闹景象取代。这时发生了一件让我无限窘迫的事，当有同学问到座位怎么安排的时候，叶老师竟然提出了类似抢凳子的方法：随便坐。

于是和这群新同学的第一次见面，彼此就先开始了一次不动声色的较量。大家都是文明学生，不会像地铁上抢位置的大叔大妈阿姨婶婶那样一哄而上，而是故作随意实则脚步急促地奔向一个个空位置。

我从小就不太会跟人争，所以故作随意是有的，脚步急促就说不上了。当我慢腾腾地走过课桌间的走道时，眼角的余光报告给我一个惊骇的消息：所有位置都被抢光了。大家都抬眼看着一侧头发反光的我故作镇静地继续慢腾腾地走着（当然这个“抬眼看”也许是我的心理作用）。

我不愿被人当傻瓜，所以用一脸的满不在乎盖过了本该有的一脸囧样，“潇洒”地走到了课室后，然后继续“潇洒”地靠墙而立，看着全班人的后脑勺——我成了班里唯一没位置的人。

叶老师显然没有感觉到我的巨大尴尬，似乎也没有感觉到偌大的课室，除了她还有一个人站着是多么不寻常的事。总之，她讲了一会儿话才意识到还有个家伙站在后面，就问了一句怎么回事。

直到这一刻我都还想维护早被击碎的自尊，用随意的语气故作无奈而实际上真的很无奈地大声道：“我没位置了！”

很快，我就在叶老师的特别关照下，一个人孤零零地坐在了课室最后，连个同桌都没有。我脸上当然不能痛哭流涕，但心里悲凉无比：神啊，怎么高二的第一天这么凄惨啊！

突然，一个人闯了进来。

“嗯？还有人没来？”

我抬头一看，他正连声向老师道歉，是一个迟到的学生。毫无疑问他将成为我同桌。好险！总算有个伴了。

等他一走近，我更乐了。这个戴眼镜的小个子不是高一16班的嘛，我正好认识他，叫蔡紫阳。

我笑着对他说：“你怎么迟到了？”

他呼了口气：“嗯，走错课室了。”

就这样，48个演员全数到齐，一场好戏即将开台，虽然这个时候我只能看见他们的后脑勺。

我开始充满期待。

二

柯景腾说：“每个故事里都会有一个胖子。”

他只说对了一半。

至少这句话是不适用于16班的，因为我们班有两个胖子，而且他们

的地位都举足轻重，堪称16班的“灵魂双雄”。

更令人目瞪口呆的是，这两个胖子乍看之下样子很像，但我可以发誓他们绝对没有任何血缘关系。分班竟然分出了这么个奇妙的结果，这样一来，我只能再次感慨“缘分是个奇妙的东西”了。

一个胖子就是前文提到的热情的帅哥大索，而另一个人，恕我实在无法用短短几句话将他清楚介绍出来，如果按照《爱情公寓》里吕子乔的说法，他是个“有故事的人”，为了方便明了，我们不妨给他列一份介绍。

姓名：高华亮

性别：男

身高：1.73米（其本人提供）

体重：【不能计算】

绰号：Judy、Martin、猪蹄、马丁、马蹄、阿高（叶老师专用）、高（叶老师专用）、秘密哥（某同学专用，不太通行）……

任职：数学科代表、男生宿舍管理员（换种说法就是老师安插在男生内部的特务）

看完上面的介绍，你可能会首先被他庞大的绰号数量吸引，事实上这只是我记忆里最通行的几个，不排除我还有遗漏的。所以就可能出现这种情况，教室这头有人喊："猪蹄！"教室那头有人喊："马丁！"而这时叶老师突然进来叫了声："高！"请你保持清醒，他们叫的其实是同一个人。这庞大的绰号量也给我造成了不便，不知道用哪个绰号作为行文通用名字，比古文里的通假字还烦。想来想去，还是用"阿高"最清楚。但作为读者的各位，恐怕还需费心记一记这几个绰号，方便后文浏览。

阿高的样子其实也算得上五官端正，浓眉大眼，但和大索一比，差的就不是一两个档次了。但这种差别只有等我们熟了之后才看得出，在刚开始几天，对于不怎么敢正眼看陌生同学、只会远距离观察的我们来说，已经足够混乱了。于是最初几天，不断有人将他俩认错，而我则比较幸运，没有出现这种尴尬，虽然我最初看到阿高时，脑中也闪过了一丝迷茫："怎么大索样子变了？"有一次我看到一个宽厚的背影，于是高兴地走过去想和大索联络一下感情，但是背影的主人突然转身，我及时刹住了脚步，暗呼好险，急忙装作随意地把脚步踱到其他地方去了。

阿高之所以会成为风云人物，实在是时势造英雄之故。我曾经总结过一个规律，一个班集体，在大家还没熟的时候，需要有一个共同谈论的目标，很幸运地这个光荣的任务落到了阿高头上。首先他极具话题性，他高一时是重点班的，如今居然落到了平行班，让人不得不有种天使折翼之感，当然阿高和天使差得比较远，但也足够让我们这群"犬"恶意欺负他这只落在平阳的"虎"了。不过光有话题是不够的，阿高胜在脾气够好，通俗点说就是"玩得起"，无论怎么戏弄都不生气。这两个条件结合到一起，让他在开学几天后就声名鹊起。当然一个好的明星需要一个优秀的包装人士，在阿高成名过程中，有个人可谓功不可没，此人也是16班的牛人，我在后文将会提到。

大索和阿高的身份问题折磨了我们大约两个星期，这两个星期也算是

16班的磨合期，当大家终于可以区分他俩时，也就代表这个班开始迈入正轨了。而我深信身份的错乱给大索的伤害绝对要比阿高的大。大索是一个相当开朗的人，这种开朗来源于他的自信，他一直认为他这么英俊潇洒的人绝对是鹤立鸡群、与众不同的，现在居然老是被人认错，这极大地打击了他的自尊。不幸的是，这个身份问题其实直到16班毕业时都没有真正消失过，比如现在我们聚会时，还会有人拍着大索的肩膀喊“Judy”……

三

刚开始的两个星期，我们彼此都不熟悉，因此说不上有什么大事发生。在此我暂且把眼光放到两间男生宿舍上，102和103。我在102，宿舍8个人，只有一个人不是我们班的。原本我们班恰好是16个男生塞两间宿舍，然而高个子帅哥睿韬，由于那个杯具的原因，没能和我们一起（不过到了高三就搬了过来）。

我们宿舍应该算是NBA之家，除了我之外其他人都热爱篮球。睡在我下铺的是个满脸痘痘的瘦小伙，和我同姓，廖梓平，如果光念的话就只有一字之差了，这也是缘分吗？不仅如此，他人虽瘦小，但却担了个霸气侧漏的外号“大佬”，相当有江湖风范。

等等，这名字很眼熟。我突然醒悟过来，这家伙和我其实早在高一时就有过一面之缘了，但绝不是什么愉快的经历。某一次期中考试，我和他刚好被分到了一个试室，他就坐在我后面。

那是一次噩梦，整场考试他都没有在考卷下垫东西，于是他的笔头在桌上发出了铿锵有力的“咚咚”声，频率稳定且持久，显示出他毫无阻滞的顺畅思路，并借此打击敌人（具体是我）的士气，我被他的“咚咚”声打击得溃不成军、弃械而逃，那次考试彻底蔫儿了。事后我骂了十几句还不解气，虽然那次是理科考试，理论上说有没有他的干扰我都一样是会大败而逃。

基于这个前仇，我一开始对这位大佬并不太感冒。不过他倒是个相当开朗的人，善于调动大家的情绪，具体的做法就是把所有舆论的矛头都指向一个人——阿高。看到这里我想你已经猜到了，没错，这位大佬正是阿高背后的包装者。从他后来的种种事迹来看，他也确实担得起“牛人”的称号。

之前提到的那位眼睛细长、表情拽拽的男生也成了我的舍友，梁树基。说起来我和他熟得很慢，不知是不是我第一次见到他时那种害怕在作祟。不过初看他确实不太友好，嘴巴挺毒，但熟了之后发现他是个相当有义气的朋友，所以说还真是人不可貌相啊。

最初他和宿舍里另一个大块头经常在一起，两人高一时是一个班的。大块头叫袁梓洋，如果单看身形他应该只是壮实而已，然而后来不知怎么搞的，群众竟然把“肥仔”的绰号赠给了他。肥仔是个相当搞笑的人物，有很浓厚的港式幽默的味道，是宿舍里第一幽默的人物，每次一听到他独特的笑声，我也就忍不住要笑。

所谓有正必有反，宿舍里有个开心果，那就必然有个不苟言笑的人。刘罗霄就是这个角色。阿霄是个正经到不行的人，且不说他脸上“如岩石般坚毅”的表情，单是他几乎是走正步的走路方式，就颇有军训的遗风。最初他在宿舍竟然可以达到一个星期讲的话不超过三句的极致境界，而且他睡觉时严格遵守两手伸出、双腿伸直、两眼直瞪上方的木乃伊式睡法，还真是严谨啊。此外，一句脏话不说也是他正派的行事风格之一，在男生团体中完全称得上是“出淤泥而不染”了。

至于睡在阿霄上方的则是个大款，江俊杰。此人在高一时也是名动全级，托他高调的行事作风，人人都知道了他有个搞房地产的富老爹。后来我们为了表示对他的尊敬，送上“江总”的称号，并私下戏谑道：“读书有个鸟用，以后还不是得给江总打工！”

至于宿舍最后一个人就是自来熟的陈曦了。既然是自来熟，他也就成功地在一个星期内和宿舍其他人混了个半熟，这让与阿霄五十步笑百步的我羡慕不已。

男生宿舍毕竟是男生宿舍，总需要搞点什么事情，大家才容易熟。于是，才刚过几天，隔壁的103宿舍就出现了骚动，当我晚修回来时，发现102宿舍的人几乎都涌到了103宿舍。

出于不想落单的从众心理，我也赶紧跑到了103宿舍一探究竟——这宿舍的人我都还没怎么接触过呢。

一进去，就看见一堆男生像围城一样围在了2号床（上铺）周围，抬头看着一个男生，发出一波波戏谑的质问。

我也好奇地抬头看了看这个男生。

“说！”“是不是这样啊？”“不要不承认啦！”

在一片不怀好意的戏谑声中，一个瘦瘦的男生一脸无奈地呆望着前来“逼宫”的众人。男生长得很清秀，眉目透着一股温和，一看就是个易于相处的人。

啥都不知道就跟着起哄是极其愚蠢的行为，我好不容易才从众人的只言片语中拼凑出事件的因果。这位名叫张智聪（我们后来都亲切地称呼其为“聪聪”）的清秀男生，原来也是重点班的折翼天使，然而根据众人的猜测，他之所以来到平行班实则另有隐情，皆因某位同样是重点班的女生遭遇滑铁卢，基于某种“特殊情感”，他也故意将自己放逐到了平行班。如此说来这个清秀的有点呆相的男生竟然是个情根深种的武林高手，望着依旧一脸无奈的有点呆呆的聪聪，我脑中浮现出了遭遇情变后心灰意冷隐姓埋名的满脸胡茬风霜满面的大侠躲进深山老林玩自闭的凄惨景象，顿时对眼前貌不惊人的折翼天使肃然起敬。

而围城的众人显然没有功夫去敬佩，闹得更厉害了，看这刨根问底的狗仔队精神，大有冲上床去刑讯逼供的可能，而聪聪的表情也更呆了。

就这样，在这样每晚必会出现的喧闹中，16个性格各异的大男孩就以一种极快的速度熟了起来，并将在日后上演无数好戏。

四

似乎是在开学的第二天，叶老师就开始着手组建16班的内阁了。首先要介绍的自然是“首相”——班长大人。班长大名霍健海，103宿舍的成员，眼睛小小的，还有点小帅，依稀记得他是毛遂自荐的。叶老师还没摸清我们的底细，看到有人如此积极于班级事务，自然高兴得无话可说，当即拍板委任。而我们没过几天就对这位班长的敬畏消失殆尽，亲切地称呼其为“阿海”。

至于“副首相”——副班长，令人惭愧的是，她似乎一直都没什么存在感。由于阿海大权在握、一手遮天，副班长也就乐得清闲，奉行“无为而治”的方针，只是据我看来，“无为”是真的，至于是否有“治”……相信公道自在人心。因此直到毕业，有的同学甚至不知道班里有个副班长。但是我们这位副班长也不是甘于寂寞之人，她还有另一个广为人知的身份：英语科代表。没错，在此隆重介绍我们的思洁同学，不但英语打遍全班无敌手，而且是以最高分进入16班的悍将。

两位领头羊介绍过后，下面就是“六部”了。除了刚刚提到的英语科代表，语文科代表是胖胖的乐檬，这个个性独特的女生，我直到毕业都没看透她到底在想什么，她的行为举止不知是不是受到动漫的影响，很有种二次元的风格，时有让人摸不着头脑之举。

而数学科代表就是大名鼎鼎的阿高，在直属上司就是班主任的压力下，这份工还真不是谁都有资格打。阿高在开学短短几天就收获了令人瞠目的人气，再加上出身名门（重点班），再加上数学成绩优异（貌似这个才应该是第一位的），于是光荣地担负起了这个艰巨的任务。

在这里我想有必要考察一下叶老师的良苦用心。其实这个数学科代表的职务远非表面看到的那么简单。任职者直接对叶老师负责，而叶老师又是一班之主，这本身就说明了很多问题。阿高在接下来的两年内实际一直扮演着独立监督者的角色，说得难听点就是锦衣卫。某些情况下他甚至有凌驾于班长之上的权力，可以跳过班长直接面陈叶老师。阿海在团结群众之余，还要想办法收买这名锦衣卫，确实不容易。好在这名锦衣卫立场并不坚定，屡屡被群众引诱犯法，有了案底，他的底气也就不那么足了。

政治科代表是个子高高、性格温柔的女孩敏迎。她的个性很随和，当然这种随和主要表现在领命布置作业时。政治老师是个个性急躁的年轻老师，对我们的作业完成情况经常会失控暴走，放出狠话威胁全班同学。问题是这威胁经敏迎转述后，威力大减，敏迎会用一种最平静的陈述语句把充满火药味的话语变成毛毛细雨，特别是每句话后必有一个

“喔”（第二声），听起来像是“系统自动转发”的。于是原本无可置疑的威胁就让听得激愤无比的我们七嘴八舌地疯狂抗议，而她“转发”了政治老师的威胁后，也从不安抚群众的情绪，照单全收了我们的意见后，又去政治老师那儿“转发”了。

地理科代表则是个子小巧玲珑的淑怡，她疯狂迷恋Hello Kitty，连穿的鳄鱼拖鞋上都印着那只猫。生性活泼的她一直没能让大家认可她的真实年龄，始终像个小学生一样，只要刺激她几句就会激动得跳起脚来。

至于历史科代表则由在下忝居。原因在于我高一的历史老师继续执教16班，而我高一一年的工作使他很满意，于是特别指定历史科代表继续由我担任。我倒是无所谓，反正历史是我的拿手科目，压力不大，担任科代表也就是多收发一下作业。虽然我不具备话题性，但我的直属上司则不同，他的来头甚至比叶老师还大——是我们级的级长。很多不知情的人都觉得在级长手下打工实在是充满压力，而其实嘛……

此外还有卫生委员翠雯，负责任到近乎管家婆，对不搞卫生的同学深恶痛绝，必以唠叨神功格杀之，由于粤语念法 “翠”、“蔡”相近，于是经常逃搞卫生的蔡紫阳为了套近乎，就认了她作妹妹，经常“蔡（翠）雯”“蔡（翠）雯”地乱叫，还每每把卫生值日表上自己的名字涂改成“蔡雯”，但依旧没能逃脱被惩罚的命运。而电教员之位则被大佬拿下，不过他在这职位上的表现只能说是中规中矩，最牛的一次也不过是在直播一个教授讲话时，他把教授口水喷出瞬间的图截了下来，然后用作投影仪的待机画面而已。

原本在高二由于要应付水平测试的缘故，物理、生物、化学依然设有科代表，但由于我对理科深恶痛绝的关系，连带着我对科代表的印象也变得一片空白，唯有省略不谈。在此只好向三位不知名的科代表道歉，我绝无歧视之意，真的已经忘记了。

就这样，16班组阁成功，开始缓缓运作，我也正式开始了高二的课程。

“让我看看，第一节课是……”

第二章

老师驾到

难忘的高中时光，那些引领着我们前进的老师，注定是无法绕过的最重要的记忆之一，16班里，6位性格各异的老师，以各自的方式，在我们的青春里留下了独特的印记。

一

“呐，你哋（你们）要知道，只要你哋（你们）肯不断努力，取得好成绩嘀（是）好自然嘅（的）事，一切都嘀（是）水到渠成嘅（的）！”

——叶老师经典语录之一

“那么显然！这个文化对人的影响就是刚刚说到的几点！嘶……我们再来复述一遍！第一，是这个什么啊？嘶……”

我呆呆地看着年轻的政治老师在台上激情飞扬地唾沫四射地手舞足蹈。全班都呆呆地看着，完全被他纵横四海的气势给镇住了。

要鹏——我们称他为鹏哥，就是我们的政治老师。只比我们大几岁的瘦高个儿，却在高一的平行班教出了完胜重点班的堪称恐怖的政治成绩，平均分90分以上。

刚开始上课鹏哥就彻底把我们唬晕了。他上课喜欢用麦克风，但不管有没有麦克风效果都是一样的。他讲课时似乎要把自己的灵魂给呕出来，到了下课必定声嘶力竭。然而我们才刚刚迈入高二，对一切都还心怀疑虑，面对鹏哥激情狂放的讲课方式完全无法招架。于是开头几节课毫无意外地出现了适才的画面：全班如一潭死水般恭敬地聆听鹏哥在台上狂喷口水，一言不发。鹏哥的佛门狮子吼撞上了我们集体修炼的武当太极拳，几轮比试下来，一个少林寺的高手明显干不过武当派的48个虾兵蟹卒，老子“以柔克刚”的理念被证明是正确的。一堂课结束，鹏哥筋疲力尽，我们眼神依旧呆滞。

如果你留心看我上面节选的鹏哥的课堂语言，你就会发现一个特点。没错，我们经过开头几节课已经发现，由于消耗了大量口水和肺部氧气，鹏哥的真气明显不足，每讲几句过后必须“嘶……”一声以调整内息，那一瞬间坐在最前面的同学甚至可以看到有白沫在鹏哥嘴角若隐若现。

鹏哥在我们的任教老师中起到了极好的先声夺人的作用，但比起他伤敌一千、自损八百的外家功夫，叶老师才算得上是高手中的高手。之前我的判断果然应验了，叶老师毕竟是经验丰富的老教师，上课时，她干脆利落地将关键知识点简明扼要地展现在我们面前，然后就放我们自己做练习了。叶老师很“懒”，坚信讲授知识只需精不需繁，她只把最典型的例题给我们做分析，剩下的题目通通让我们举一反三地自己纠结去了。同学们下课后都不由得感叹：果然姜还是老的辣，叶老师寥寥数招，却招招直指敌人要害，绝无多余，自己却安之若素，实在是淡定的大师风范。

然而叶老师有着奇怪的两面性，在课堂上她很懒，连一句废话都不愿多说（倒是很喜欢把话题扯到和数学无关的领域去），但到了班会课，我就领教了她的另一种厉害：长篇大论。高二的第一节班会课，叶老师就展现了她的实力。

“有几个问题要讲讲……”她字斟句酌地开始了长篇大论。

讲话很长，叶老师一反在课堂上精炼至极的讲话风格，从嘴里绵绵不绝地吐出字来。而且她很懂得运用“山重水复疑无路，柳暗花明又一村”的转折技巧，每当我们感到讲话行将结束时，她就“嗯啊”几下，开启了新一轮的征程，我们不得不将刚吐到一半的长气又收了回去，继续毕恭毕敬地聆听。我简要概括了一下讲话精神，发现这篇讲话内容丰富、含义深刻、高屋建瓴，涉及了学习、生活、卫生、班务、奖惩条例、行为规范等等，简直无所不包，堪称16班的年度计划大纲。

等到讲话终于随着一句“好，要讲的基本就是这几点……”而宣告结束时，我抬头一看，距离下课已不足五分钟了。

而全班同学也终于可以将一口长气完整地吐了出来。

我们不知道的是，这样的“折磨”，才刚刚开始。

讲话结束时，叶老师还附赠了几句话，其中一句话，后来陪伴了我们两年。

“呐，你哋（你们）要知道，只要你哋（你们）肯不断努力，取得好成绩喺（是）好自然嘅（的）事，一切都喺（是）水到渠成嘅（的）！”

二

人会进入忘我状态吗？

本来我对这个说法一直只闻未见，然而教语文的谢老师让我领略到了这种至高境界。

我高一时，正是谢老师教我语文。谢老师是个很内敛的人，因此她的声音也很符合她的性格，不紧不慢，波澜不惊，很容易引起同学们瞌睡的欲望。我自然不能期待到了高二谢老师的声音能突然变得跌宕起伏，相反我对还没领教过她的功力的同学多少有点幸灾乐祸。

占据了最佳的观察点（最后一排），我开始了认真的“课堂考察”。

不出所料，在课堂进行到一半时，似乎有种奇妙的化学反应开始在众人间产生。我仿佛看到有一缕缕的迷香在飘荡，大家逐渐变得丑态百出了。

大索的胖脑袋不自然地微微下垂，后据考证他是在农场里奋力偷菜；

翠雯似乎认为今天是清明节，磕了一节课头，而且节奏还掌握得相当巧妙，让人不由担心会在某一刻突然听到脑袋撞到桌面的一声巨响；靠墙坐的肥仔干脆挨着雪白的墙壁开始了与周公的幽会。而更多人则是在“认真看书”——如果忽略了他们撑着脑袋的手的话，那还是挺完美的。

一节课下来，班上同学就像倒伏的麦子似的趴下了一片。

在此我们要特别介绍一下103宿舍的胡俊祺同学，脸色红润、身材结实，可惜由于皮肤过敏，闹得一脸痘痘。只因为姓氏问题，就被我们冠以“胡须”的称号，由于此外号朗朗上口，易于记忆，很快获得广泛流传，他的真实姓名也逐渐无人提起，每天回荡在教室里的就是各种“胡须”的呼唤。在谢老师的辛勤栽培下，他无意中创造了奇迹。

在经过一段磨合时间后，同学们都“放开”了不少。于是有不少不知好歹的人开始在课堂上开小差。而实际上谢老师是个很精细的人，她的反侦察能力相当强悍，上课时眼观六路耳听八方，能遍察全班的情况。假如你的头低得太久，或者仅仅是你的眼神瞥着桌下太久，都会被她不动声色地一击毙命——悄无声息地滑行到你的身旁，如行云流水地抽出你收在桌下的犯罪证据，嘴上依旧讲课，转身又滑行回讲台，整个动作一气呵成，绝无停顿（如无记错我也曾做过刀下鬼）。只有阿高、阿霄等少数心眼实在的同学毫无怨言地认真听讲。

在这个情况下，我们迎来了那节课。

刚开始，一切都很平静，谢老师平静地讲课，大家安静地走神，一切都很和谐。

“胡俊祺！”

突然，谢老师难得地点名了。

特别说明一下，谢老师上课一般不点名叫同学回答问题，如果碰上谢老师点名的话，90%以上的可能是被点名者走神走得太离谱，逼得她不得不出手敲打。从胡须平时上语文课的积极性来看，毫无疑问属于那90%的范畴。

没人起立。

谢老师脸上挂不住了，又叫了一声。

“胡，俊，祺！”

他名字被一字一顿地吐出，铿锵有力。

和胡须同桌的阿高察觉出不对了，扭头看看胡须，后者正双目无神地痴望前方，眼神毫无焦点。

“喂喂，叫你呢！”阿高不易察觉地用手肘撞了撞这个中了邪的人。

“啊？”走神者如梦初醒，“喺（对）喔！我叫胡俊祺喔！”

阿高愕然，瞪着同桌起立。

“×，我老是以为我就叫胡须。”这是他起立前嘟囔的最后一句话。

…………

这就是传说中的忘我了。除去谢老师功力之强大，我们平时对他的洗脑也是功不可没，每天“胡须”、“胡须”地拼命叫，竟然成功抹灭了他17年的记忆，心甘情愿地认为自己就叫胡须了。

平心而论，谢老师除了上课稍显沉闷这一点，其余方面当真无可挑剔。耐心，知识量丰富，对我们的一切提问都能轻松化解，这是我们公认的优点。我一直觉得谢老师是儒家理想中的女性代表，相当有涵养，喜怒不形于色。她从来没有在课堂上暴怒痛骂我们的举动，总是保持着为人师者的风度。她喜欢把怒火不断累积，然后在某一节课上来个厚积薄发算总账，并用一种讥讽式的语言让这种算账变得更锋利。而且——不止我一个有这种感觉——倘若我没有交作业，或做了其他辜负她一片苦心的事，我会感到没脸见她。

这是令我至今百思不得其解的事，谢老师身上似乎天然具有这种气场，能让所有对不起她的人都绕道而走。尤其当看到她平静的表情下流泻出的丝丝失望，更让我不敢直视她的双眼，似乎她下一秒就会对我大加指责——而事实上她一句没说，这反而使我更难受。所以班上的同学无论嘴上说得多么豪气，总是不敢做得太过分。即使如我和紫阳这般经常欠交语文作业的人，偶尔也受不了良心的折磨交一两回作业。

某一次我又是隔了一个世纪才交作业，那一次谢老师在本子上写道“又是好久不见你的笔迹了”，这种不显山不露水的讽刺，让我无地自容，我甚至可以想象到谢老师脸上那似笑非笑的表情。

同样，紫阳也对我提起过类似的事件。

某天，紫阳去装水，正巧碰上谢老师。想起那一堆没交的作业，紫阳顿时浑身不自在，只嘟囔了一声“老师好”，声音低得自己都听不见。谢老师平静地“嗯”了一声，脸上不见喜怒。

两人没再交谈，紫阳就一直埋头装水，根本不敢抬头看一眼谢老师，直到装完离开，才发现自己已经吓出一身冷汗了。

由于谢老师这种强大的人格力量，让我们始终对她既敬且畏，而对另一位老师，我们就没那么“客气”了。

好多人以为，真正有压力的人不应该是阿高而应该是我，因为阿高的上司只是班主任，而我的上司却是权倾朝野的级长，我的一举一动若稍不注意，都有可能上升到全级通报的层面。

面对这种说法，相信16班的同学都会笑着说一句：

“愚蠢的地球人哟！”

三

如果要评选“最亲切领导”，那么吴老师，或者叫吴级长，绝对能排进前三。

身为级长，身材高大的吴老师却完全没有架子，三年里我亲眼见他发火的次数不超过三次。而对于一个老师，尤其是身居高位的老师，没有架子有时也不一定是好事，同学们都觉得级长的气场似乎镇不住学生。

也许也是因为这种“镇不住学生”的良好错觉，我们都很喜欢吴老师，聊起天来也没有什么顾虑。如果说我们跟叶老师聊天总有向领导汇报情况的感觉，那么跟吴老师聊天，就像跟一个比自己年长的朋友在拉家常。他几乎没怎么骂过我们，只是在我们犯错（严重的除外）的时候，用平和的语气提醒我们要多注意。而且由于给我们班任课的关系，他对我们寄予了很大期望，不断暗示我们是除重点班外最有实力的文科班。这句话的真实性且不说，至少使我们集体荣誉感大为增强。

托他的好脾气，让我这个做科代表的毫无心理负担。有时同学们表示作业完成有困难时，我就作为民意代表去向吴老师提意见，而通常吴老师都会体谅我们而做出让步。

吴老师的这种温和，也让他的课堂有种平稳感。我到现在都还记得吴老师上课时，总是用一种平稳语气娓娓讲解，不知为何就会让我有种很安定的感觉。有时讲到有趣之处，他就会眨一眨不大的眼睛，憨憨地笑起来。

同是老师，叶老师的气场显然比吴老师强多了，有例为证。

某一次历史课拖堂，恰好下一节课是班会，当叶老师的脚步踏着班会课的上课铃声走进课室时，吴老师才刚刚从马丁·路德·金的宗教改革中抽身而出，慢吞吞地收拾着讲义。

无可避免地，两位老师短兵相接了。

只是，局势是一边倒。

叶老师抿着薄嘴唇，一言不发地瞧着级长收拾，一脸好整以暇的表情。级长则似乎有点紧张，面对依旧蜂拥来提问的同学，呵呵地笑着说："待会儿再问，不然你们叶老师该骂我了。"

叶老师鼻孔里喷了口气，嘴角微挑，依旧一言不发，甚至正眼也不瞧级长，抱着手臂"若有所思"地看着黑板。面对这么露骨的"挑衅"，高大的吴老师只是呵呵笑几声，不做正面回击，抱起电脑赶紧快步离开了。

叶老师这才闲庭信步地走上刚才还被级长霸占的讲台，字斟句酌地开始演讲。

"下面有几个问题要讲讲……"

根本谈不上势均力敌的一次交锋，以叶老师完胜告终。

目睹了这一幕的同学只剩大眼瞪小眼的份儿，从此对叶老师更加敬畏了。

四

16班的同学曾私底下讨论过，一致认为在任课老师当中，最有责任感的老师有两位，一是教语文的谢老师，另一个就是教地理的胡老师。

两人的责任感可谓不分轩轾，唯一的区别是胡老师可能是语言组织能力不够强，结果在回答我们的提问时，常常有点语言混乱，使我们产生出一种不确定感，多多少少影响了胡老师的威信。

在这年头，由于我们这班90后的学生思维越来越活跃，质疑精神也空前增强，老师倘若没有足够的准备，是极有可能遭到质疑的，尤其是遇上些刺头学生。

不幸的是，这种情况恰恰就发生在了胡老师身上。每当我们“刁难”她时，她总有一句口头禅：“这个这个……”这实在不是一个好的口头禅，更加重了我们的不确定感。

16班是个敢于质疑的好班级，特别是大佬这位牛人，更是质疑的急先锋，他不但自己敢于质疑，而且还善于发动广大人民群众一起质疑。相信胡老师对着他时没少头疼过，因为许多刁钻古怪的问题都出自其手，次次都让老师“这个这个……”老半天。亏得胡老师是个很温和的老师，对我们这些搞得她下不来台的“挑衅”都宽容以对，不然大佬早就被拖出去问斩100次了。

大佬曾有句名言：“有理科班谁会想来读文科班啊！”虽然这话有点刻薄，让我这个纯文科男很受伤，但也点出了一个事实：如果不是在理科的某一科跛脚特厉害，很多同学都不会选择念文科。换句话说，文科班是为不会学理科的同学设的。

之所以要提这一点，是因为文科其实也有自己的独到之处，那就是其答案的模糊性。相信大家经过高三一年文综选择题的折磨都会同意这点。文科不像理科这样说一不二，解题逻辑相当清晰严谨，而是一种模糊的“感觉”——你知道是这个选项，正确答案也确实如此，但你就是说不出为什么，某种程度上是对情商的一种考验。

很多同学就是被这种似是而非的题目给搞死的，尤其是像阿高这样单细胞的死脑筋，非要像纠结数学题一样纠结清楚题目，结果越纠结越混乱。

对于胡老师来说，自然地理肯定比人文地理要好讲，自然地理偏于理科，看图判断、看图计算都是比较严谨的，没有那么多为什么好问。

但人文地理就是个噩梦了，乍看下来，四个答案似乎都对，然而偏偏就只能选一个，只要感觉稍微出了点差错，就可能全军覆没。

“为什么这个区域一定要建医院？建学校不行吗？”

某一次地理课评讲试卷，大佬又开炮了。

“这个这个……”胡老师不知是第几次这样被拆台了，猝不及防下又开始漏出口头禅来。

“距离上看好像不行吧？”阿高开始了对题目的深度纠结。

“对啊，距离上不对嘛。”胡老师不料居然有人出手相救，马上赞成道。

“这图模糊成这样，怎么能这样判断呢？”大佬不依不饶。

“因为医院对环境要求很高啊。”胡老师总算能主动回应了。

“可是，书上说这两者都对周围环境有很高要求啊，你看学校被建到什么地方去了？”受大佬的启发，马上又有新的声音加入了战局。

“这里题目怎么能这么理解呢，看题目有条件限制啊。”淑怡还是坚定维护自己的上司的，马上做出反击。

“这个也算条件啊，太不明显了吧？”阿海的大嗓门也响了起来。

“怎么不算啊，你再看题目……”

台下就此开始了一场混乱的真理大讨论，各种声音此起彼伏，捉对厮杀，而胡老师就这样被晾在了讲台上，兀自对着卷子苦苦思索。

当她终于开声终结讨论时，她说了一句让所有人都哭笑不得的话。

“这个这个……由于时间关系我们就先不讨论了，大家如果有兴趣，可以回去上网查一查，我们看下一题。”

全班黑线……

这句话后来就成为了她打马虎眼儿的经典语句，也成为了16班同学调侃她的代表语句。

说到这里，我发现16班的任课老师都展现出了一种超脱于课堂之外的有趣之处，那么还有最后一个老师，又怎么样呢？

“Hello，every baby！！！”

一句夸张的问好呼啸而来，我们都吓了一跳。

下一秒，一个洋气十足的女老师出现在我们面前……

五

看着眼前这个“浓妆艳抹”、满面春风的女老师，我们都愣了。

“Hello，every baby，我呢就是你们的英语老师，姓谭，这个是我的英文名。”说着，她在黑板上写下了大大的英文名：Marie。

风风火火地介绍完自己，她绝不拖沓，马上开始了讲课。我们还没来得及交换一下疑惑的目光，就迅速地被abc占领了脑袋瓜。

如果问我对这个老师的第一反应，那就是：好年轻。

每个第一次见到Marie的人，都会毫无疑问地认为她只是像年轻的鹏哥一样是刚进学校的新老师，绝不超过30岁。大多数同学一直维持着这个错误的认知，直到某天有个同学无意间提起，自己的母亲和Marie是同学，我们这才吃惊地得知，她已经有个女儿了……

而颇为有趣的是，谢老师和Marie还是很要好的朋友。

关于谢老师和Marie之间的友谊，我一直百思不得其解。在我看来，两位老师都真正地把自己教的科目融入到血液里了，谢老师的沉静内敛就不必说了，Marie可是师生中的明星人物，甚至把威名传播到了理科班去（具体原因后文会揭晓），上课时永远都是肆无忌惮、快言快语，深得欧美风格的三昧。

相差这么远的性格，居然没有成为两人友谊的阻碍，只能说，世界果然是无奇不有啊。

Marie上课时确实相当有明星风范，指点江山激扬文字呼风唤雨喝东骂西指南打北（貌似有点过了），前后五千年的历史在她眼中都不值一提。她跟鹏哥的区别是，鹏哥是千般纠结只为课本知识，这就显得小家子气了，而她常常不知怎么就会扯开话题，大谈起当下的社会热点问题，相当接地气，而且她的点评也很辛辣，常常让我们捧腹大笑。

除此以外，她还有相当豁达的人生观，推崇心灵舒适的生活方式，上课时总是会灌输些“富贵于我如浮云”的超然的哲学理念，但我们私下里都说，Marie的丈夫是个阔佬，所以才能造就她如此超脱的态度，对我们这些“贫农三代”来说，后面还应加一句“浮云于我如命根”。

难能可贵的是，虽然Marie时不时这样东拉西扯一通，但课程的主轴仍被她牢牢把住。扯归扯，决不会因此拖累课程进度。对Marie来说，如果出现赶课这种情况，百分之百是因为外因——级组的突击命令。

说到这个，相信16班的同学都还记得Marie对待《英语周报》的独特态度。《英语周报》是学校订阅的专做英语练习的报刊。然而Marie显然是个喜欢厚积薄发的人（这点倒是和谢老师很像），别的老师总是一来报纸就马上发，然而她喜欢将报纸堆到了足够的厚度时，才一次性轰炸到我们桌面。每当这时，就是科代表思洁遭殃的时候，尤其到了高三，我们已记不清有多少次看着思洁领着两个“搬运工”把一堆报纸搬回课室。在我们对着这一大堆报纸发呆发愣时，轰炸开始了。

“十四期。”“十四期。”

“十五期。”“十五期。”

“十六期。”“十六期。”

“十七期。”“十……十七期。”

“十八期。”“十……十八期？”

“十九期。”“什么！到底有完没完啊？！”

“急什么，还有二十期没发呢。”“……”

这种独特的态度实在让我们吃尽了苦头，在好几份报纸间疲于奔命。然而和她独特的讲课方式一样，这一切都让我们的英语成绩从刚分班时的全级倒数蹭蹭往上蹿，而她也成为和叶老师齐肩的深得学生信任的老师。她凝聚了全班同学的力量，让大家都为了一个目标而奋进，倘若落后，自己都会感到惭愧。

然而正如我适才所说，Marie是个性格直来直去的老师，玩起来像个小孩，发起火来也是绝不留情。

大家喜欢Marie，但绝对没人喜欢被她骂。

还记得有一回上课，Marie检查我们的周报作业，然而那一回不知怎么搞的，一大堆同学都忘了做，包括我。Marie脸色立时晴转多云，不一会儿就是狂风暴雨。她尖着嗓子足足骂了五分钟，不但厉声喝令我们这伙“犯罪分子”起立，而且还把我们通通放逐到了走廊，做完才能进来。我们一个个灰溜溜地出去，却发现再要进去就不容易了。

被流放的犯人中，有几个是真的忘了做，他们本身就实力超群，很快就完成了，如蒙大赦般回归课堂温暖的怀抱。像我这样的英语差生就惨了，因为成绩差所以选择性遗忘了作业，被流放时只记得拿上报纸和笔，字典啥的根本没想到，面对着一堆陌生的单词，抓耳挠腮了老半天，眼看着同学们一个个都结束了流放生涯，抬眼看看冬日的阳光，只觉得异常昏暗，背部像给火针扎了似的，心情沮丧到了极点。到最后还是Marie宽宏大量，赦免了所有犯人，我才能回课室，但那一节课余下的时间我都没什么心思听了。

从那次以后，我对Marie就变得又敬又怕了，不敢让自己的英语烂得太厉害。也因为这件事，我后来上课回答问题，似乎就从来没能一次性通过，要么答错，要么被她挑出点小毛病，总之相比于其他同学的不假思索，我多少显得有点狼狈了。

Marie对我们这帮小鬼子的念头清楚得很，她总是嘲讽我们“英语就是拿来忘的”，多次说：“你们信不信，高考一结束你们就会把我讲过的忘得一点不剩，过完一个暑假你们就会问‘英语是什么’了。”我们无可反驳，只好心照不宣地嘿嘿傻笑起来。

虽然这样嘲讽，但有哪个老师会喜欢自己的教育成绩被否定？不幸的是，思洁这位科代表在某些方面还真是Marie的翻版，比如，说话直得很，有时比起Marie甚至有过之而无不及。

某天上课，Marie半是生气半是好笑地闯进门来，一进门就嚷道：“好你个何思洁，居然说我教得很差？”我们都大吃一惊，望向思洁，思洁也没想到Marie反应这么大，也不知如何是好，一直不敢吱声。

从Marie的复述中我们才得知，思洁竟然当着她的面直说她教得很差，这还真是直得过头了。虽然我们各科科代表偶尔也会吐槽一下老师，但当着老师的面，给我们一百个胆子都不敢这么说。

下课后我们问起她来，思洁才不服气地小声说：“她确实教得不咋地嘛。”

我们都失笑了：这话还真是只有她这英语第一的人才有资格说的话。对我们这些英语普普通通不突出的人来说，Marie已经是我们所能想到的最好的老师了。

那一次，Marie虽然看起来没有特别生气，但我能感受到她内心深处深深的挫败感。一个这么好的老师尚且免不了遭到这个打击，其他教得一般的老师又如何呢？私下里我们尽可以调侃老师，但对他们的付出，我们始终抱有一份敬重。是他们带我们，走过了人生中重要的两年。

时至今日，还能想起Marie在全班同学面前激励式地大声说：“我们的目标是……”

我们便欢快地齐声答道：“没有蛀牙！”

窗外，阳光灿烂，绿意盎然。

第三章

与你同桌

总记得高中时，每次换座位，都是一片兵荒马乱。满教室的课桌在地板上发出巨大的声响，复习资料一沓一沓地堆放，显得如此凌乱不堪。我们猜测着，这次会和谁坐呢。新的环境里，会有什么趣事发生呢？

于是不知不觉间，和大家相处时的欢乐，就在与不同的同学同桌时，填满了青春的记忆。

一

自从开学初抢位置失败后，我就一直陷于郁闷之中，后悔没有在暑假多喝点牛奶让自己高一点，这样就不必用不足一米七的身高去挑战前面六七位同学的铁壁铜墙了。最初几天上课，要不是把脖子扯得老高，我还真的只能“收听”老师上课了。

不过与跟我隔了一个过道的男生相比，我还是觉得自己比较幸福的。男生大名邓启璇，单以身高而论实在不敢恭维，但如果忽略头部以下的部分，大家会惊奇地发现，他还是长得比较霸气的，一脸痘痘，嘴边的绒毛让他看起来胡子拉碴的，很有种沧桑感。我和蔡紫阳在一次机缘巧合下看到了他的身份证，当场被他充满男人味的相片折服——一脸拽得无与伦比的样子，大有睥睨苍生的感觉。蔡紫阳甚至直呼：“哇，睇落去好大只啊（看上去块头好大）！”

刚开学时，上课时总是看见他一手撑着脸颊，一手转着笔，表情木然地斜睨着黑板，如此淡定的风范让我暗自感叹阿璇果然是人中龙凤，而下课时他就似乎百无聊赖地趴在桌上，一动不动，眼睛倒是滴溜溜地乱转，也不知是不是在看哪个美女。

叶老师的其中一个兴趣是在课间“视察”课室，体察民间疾苦。而刚开学，为了提振全班的热情，激发大家的凝聚力，她的视察就更为频繁。以叶老师雷厉风行、行事爽快的性格，自然十分反感无精打采、有气无力、拖泥带水等一系列像是吸了鸦片般的精神特质，在视察中一旦看到有课间睡觉的人，她就会高声喊其起床。

于是阿璇就成了重点打击目标，像他这样下课就趴在桌上的慵懒行径，引起了老师的极大不满。叶老师的嗓门比较大，每次一看到阿璇半死不活的样子，就高声问道：“阿璇，很累吗？！”听到质问的阿璇无言地摇摇头，像条蛇般地在桌上蹭几下，缓缓蠕动着直起身子，长舒一口气，继续表情木然地僵着，眼睛依旧滴溜溜地乱转。

虽然无论做什么都是不紧不慢、走路也是晃悠悠地，连撒泡尿都要花上十分钟，但阿璇其实是个潜力股，有着巨大的能量。最初所有人都被他这种韬光养晦的策略瞒过了，谁也没对他多加注意，阿高的造星运动还在如火如荼地进行着。不过以后发生的许多趣事都少不了这个看起来个子小小的大哥大。

坐在我前面的是一对很不搭调的组合：高调的江总和木讷的阿霄。接下来他们的表现也证实了这个组合确实很不靠谱。

阿霄的妈妈是个老师，一直很严格地要求他，连游戏机都很少让他玩，于是造就了阿霄这种红旗下长大的好孩子，一举一动颇有共产党员的先锋风范，对娱乐事物基本处于文盲状态。这种教育方式的恶果之一，是让阿霄一踏进“复杂的社会”，就难以抵挡诱惑。恰好江总对跟一个成绩这么好的人同桌感到无比别扭，于是就此想出了一个恶毒的计谋来拉同桌下水。

江总家里富得很，换个手机是不成问题的，虽然他后来用的是山寨手机“苹果王”，但一开始只是一部诺基亚。他的诺基亚里有个NBA篮球游戏，最初风靡他周围的人群，我也曾玩过几回（上课时），但很快就受到了良心的谴责而停止了犯罪行为。然而我们玩时却把阿霄给吸引了过来。

下课时，看着阿霄眼睛正若有若无地瞥向江总的手机，居心不良的江总嘿嘿一笑，小声地对我和蔡紫阳说：“你们信不信，我要一把手机给他，他肯定就不会听课了。”没等我们有所表示，就“大方”地把手机递给了他。

阿霄“平静”地接过手机，脸上依旧像块花岗岩，不见喜怒。

下一节课是叶老师的数学课，当我要死要活地从立体几何的各种纠结中抬起头来时，紫阳撞了撞我的手，低声说了句：“看阿霄。”

我一看，从后面来看，阿霄的腰挺得直直的，但经验丰富的人一看就会发现，阿霄的脑袋低得有点过了，两只手也没有放在桌上，而是不老实地垂了下来。

我恍然，他就这么被江总的手机给征服了。

后来据紫阳统计，一个上午五节课，有三节课阿霄都沉浸在了抢断和射篮中。江总事后嘿嘿笑道：“好了，以后阿霄就堕落了！”

江总除了恶意引诱无知少年堕落外，还做过一次极其无聊的调查。

某天晚修，江总一直无法安心学习，总忍不住挑逗别人说话。出于新同学间的客气，我也随口应了几句。

突然，江总饶有兴致地问了一句：“你对陈冠希评价怎样？”

彼时是2009年，虽已一年，“艳照门”余威尚在，陈冠希也还像个孙子似的龟缩着不敢见人。我感到这个问题实在无聊，骂了句就不再回答，继续做作业。

没想到江总却由此兴趣大增，不一会儿我就收到了一张纸，上面明白写着：你对陈冠希评价如何？

我目瞪口呆，江总，您老太有闲心了吧？只好草草写上了一句：无耻。

然后，江总又下达了命令：把纸传下去！我只好厚着脸皮昧着良心把这么一份无聊的调查传给了旁边的人。

就这么一份莫名其妙的调查，到最后下课回收到江总手里时，竟然也有十几二十条回复。大家不会是做作业做得穷极无聊了吧？怀着这种疑惑，我粗粗扫了一眼，有言简意赅地写“卑鄙小人”的，有表达深切同情的，还有人表达了对陈冠希的“热爱”（存疑）。

莫名其妙的“陈冠希调查事件”过后，我越发难以忍受这个位置：坐在最后，周围都是纯爷们儿，还要被江总引诱堕落，这还怎么激发我的学习热情嘛。调座位成了开学后两个星期里我最盼望的事。

终于，某个星期六，阿海站在了讲台上，手里拿着一张表，大着嗓门道：“呐！大家听着啦，待会儿放学我们就调座位，大家下课了就上

来看看吧！”教室顿时沸腾了，纷纷议论那份神秘的座位表，逼得阿海不得不又用力拍了拍讲台：“安静啦！”

终于熬到了下课铃响，早已迫切希望换换环境的同学们一哄而上。我则最后一次受这个位置拖累，最后一个到达讲台，费尽力气才挤了进去。在一片兵荒马乱中，座位表在我眼前闪烁不定，但我总算看清楚了。

我的同桌还是紫阳，但位置靠前了（感谢上帝），而坐在我们前面的是两个女生（再次感谢上帝）。

我再仔细看了看这两个名字。

周阳，谢曼宁。

二

我欢天喜地地迎来了新环境，同样兴奋的还有同桌紫阳。

屁股还没坐热，我们俩就开始打量前面两位女生，但是她俩一开始话都不和我们说上几句，她们的性格到底如何，我和紫阳也实在没法判断。

但是很快，我们就知道了，就算现在看起来很安静，但她俩绝不算是遵纪守法的好孩子，更不是什么省油的灯。

首先展现出另一面的是曼宁。在接下来逐渐增加的交流中，我们发现这女生虽然留一头柔顺的头发，性格倒是个假小子，不仅偶尔爆些“三字经”震一下我和紫阳，而且酒量据说也是颇为了得。

有些同学晚修喜欢拿出手机开开小差，曼宁也不例外，但不久靠窗坐的她就在这个问题上栽了跟头。

某天晚上，晚修才刚刚开始，我低着头奋笔疾书，教室里一片静谧。

耳边一个平静略带杀气的声音打破了这个静谧。

“拿过来！”

我本能地抬头一看，教室外的走廊灯光昏暗，德育处谭主任（现在该叫校长了）的脸在其中显得忽隐忽现。

我吓了一跳，再一看，曼宁捂着手机在拼命摇头。

于是我明白了，她中枪了。

“拿过来！”谭主任的声音依旧平静，但话语中透着无可置疑的坚决。

没想到曼宁颇为硬气，捂着手机依旧摇头，甚至开始尝试与谭主任交涉。全班屏气凝神地注视着这场看似平静的交锋。

曼宁的硬气倒不是因为她有多勇敢，大半的原因其实是来自叶老师。开学以来我们已经清楚了这位班主任对这种违反纪律的行为是深恶痛绝的，没有同学希望会在这个问题上被校领导抓住把柄然后呈送到叶老师跟前。曼宁的拼死挣扎也就情有可原了。

可惜，我们这一届的领导们都有个特质，不论平时多么好说话，碰上这些违法行为都是坚决镇压，格杀勿论，原则性相当强硬。这一点，即使是吴老师也不例外，就更不必说素以严格著称的谭主任了。

任曼宁千般哀告，谭主任只是一句话：“上课玩手机，就是违反纪律。”算是彻底堵死了所有出路。

故事的结局，就是曼宁眼泪汪汪地目送她可爱的手机随着谭主任敦实的背影渐行渐远。

无独有偶，周阳也在类似的问题上追随曼宁的脚步栽进了坑里。

周阳比起曼宁要文静些，但她是个彻头彻尾的时尚追捧者，疯狂迷恋时尚杂志，每每牺牲午睡时间泡时尚杂志，课间仅有的五分钟休息也不放过，杂志不离手。

只是，五分钟何其短暂，周阳哪看得够，于是自作主张“延长”下课时间就少不了了。

一天下午，下一节课是自习，上课铃声已响过，考虑到没有老师的压力，周阳和我一前一后不约而同地决定“延长”下课时间。我捧着一本电影杂志，她依旧是一本时尚杂志。不过都放在了课桌下。

吴老师的脸突然出现在了窗边，而我们也迅速反应了过来，抬头与之相望。

他盯着我们两个（我感觉），几秒之后，拔腿走向前门。我心脏剧烈跳动，我知道这时的吴老师可不是好好先生，而是杀神。

我和周阳一直僵着身子不敢动，在他的身子因即将进门而被门旁的墙挡住视线时，我俩都手指一弹，将杂志弹入了抽屉。

吴老师杀气腾腾地向我们径直走来，我努力控制自己不要摔下椅子。

“抽屉里什么？拿来！”他对周阳说，却看也不看我一眼。

我眨了眨眼睛，不敢相信地看着眼前这一幕。周阳没有曼宁那么硬气，乖乖地交出了杂志。吴老师缴获赃物后，扬长而去，从头到尾都没我啥事。

原来他没发现我，只发现了周阳。

接连两个事件后，我们四人的革命情谊深厚了不少。作为互相熟悉的标志之一，我和紫阳开始商量着给周阳起绰号。

事情的起因，其实只是紫阳不顾周阳的强烈反对，擅自为她找了个哥哥，这哥哥来头大得很，叫周杰伦。

没等周阳郁闷够，紫阳又有了新想法。根据他的逻辑，既然周杰伦的英文名叫Jay Chou，那作为妹妹，周阳的英文就应该叫Yang Chou。

周阳给这莫名其妙的英文名气了个半死，每回我和紫阳拿这名字叫她，她总要细声细气（声音就那么大）却不无愤怒地回一句：“去死啦！”

但这不是终点，最后她这个名字被成功推广并出现了变体，同学们（特别是女生）后来都喜欢叫她：臭阳。

在我们四个这样打打闹闹中，校运会的脚步渐趋渐近，很快，我们四个就会有一个任务了，这里暂且按下不表。

之后的一晚，晚修下课后，男生宿舍楼一片亮光，人声喧闹。

我拿着装着游戏王卡牌的铁盒百无聊赖地踱到103宿舍。

说起来这个是我的老习惯了。在初中时，几乎全班男生都被编入了游戏王的大军，整日捉对厮杀，每一放学，男生们就冲回宿舍，嘴里大吼：“Duel（决斗）！”开始帝国主义之间的战争。

受此影响，直到现在我还喜欢拿着游戏王卡到不同地方，希望能碰上同道。

我抱着这样的想法滴滴溜溜地进了103，大家都在谈天说地，但似乎和游戏王都没啥关系。

正当我即将失望之际，一个声音传来：“乜你都玩游戏王嘅（原来你也玩游戏王啊）？”

我惊喜地闻声看去，一个个子高高、面容白皙英俊、表情略带淡漠的男生正望着我，我依稀记得他叫霍冬宇。

入学以来似乎一直都没怎么和他交流过，总觉得他是个比较闷骚的人。但据我对他少得可怜的认识，似乎他和聪聪一样，也是动漫的深度中毒者。我每回来103做友好访问时，总会看到他手捧一本漫画躺在床上一言不发地看着。

“我初中也是狂追过游戏王的，那时差不多一个班的男生都玩。”他简单地解释道。

“那不是和我一样嘛？”我乐坏了，赶紧问道：“来一局如何？”

他淡淡一笑：“现在已经很少碰了，所以我没带，不过如果你想的话，下星期我带卡吧。”

“哈哈，好，说定了！”我兴奋地和他约定。

他依旧淡淡一笑，继续看起了他的漫画。

找到了一个同道让我好一阵兴奋，对下星期充满了期待。不过，在此之前，我又有新的任务了。

第四章

校运会

田径场上的汗水，总是成为青春最酷的证明之一。对我们来说，校运会上，那些飞奔而过的矫健身影，那些震耳欲聋的喝彩声，那些灿烂飞扬的笑容，还有那片秋日的阳光，无论过去多久，都将唤起心中沉睡的热血和激情。

对我来说，高中时的第一次校运会，也有着数不胜数的美好记忆。

一

校运会前的某天早上。

“#%&#%&……”

我郁闷地看着周阳、曼宁和紫阳像搞阴谋似的一直嘀嘀咕咕。

“喂喂，好歹我们是四人小组吧？把我晾一边算啥啊？”我终于忍不住抗议道。

他们三个鬼鬼祟祟地看了我一眼，互相对望一眼，然后……

“#%&！……”

他们又开始继续嘀嘀咕咕，直接无视了我。

“喂喂！”我气愤地喊了起来。

紫阳终于受不了我在一旁唧唧歪歪地，停止了和周阳、曼宁的嘀咕，转过头来严肃地看着我。

“行了行了，反正这事儿也瞒不了你，但是你要保证不要说出去。”

“同桌了这么久你还信不过我啊？”我一边为终于打入核心机密圈而激动，一边拍胸脯指天画地地赌咒发誓坚决不泄露秘密。

“这样，校运会不是要开了嘛，我们要购置一些比赛用的道具，今天中午就去东方广场（注：学校附近的购物街）那里买。”

“啊，怎么是你负责吗？”我吃了一惊。

“我是文娱委员，忘了？”紫阳平静地说。

“对哦，我们班还有个文娱委员啊？”我如梦初醒。

“我就这么没存在感吗？”紫阳一片黑线。

“那这事有什么好保密的啊？人多力量大不是吗？”我想了想，又大惑不解地问道。

“笨啊你！”这次是曼宁插话了，她瞪了我一眼，“什么人多力量大啊？我们是去干活的，不是去玩的，万一让班上一些同学知道，他们还不得嚷嚷着跟着一起去，然后把工作变成玩乐还不把时间都浪费掉啊？”

“哦。”我像个白痴的小学生般点了点头，“那我也一起去喽？”

“如果你愿意牺牲午睡时间的话。”

我赶紧表态：“完全没问题，为班集体做贡献嘛！那……就我们四个去？”

“不是，还有我们班的财务委员。”

“谁？”

“胡须。”

怀着秘密苦熬是一件比较痛苦的事。我一边提醒着自己管好嘴巴，一边数着时间坐等中午下课，于是那个上午剩下的时间多少就有点心不在焉了（罪过罪过）。

最后一节课的下课铃声一响起，我就像装了弹簧似的从座位上一跃而起，好像下一秒就要抄起AK47去参加歼灭本·拉登的海豹突击队，而其余三人倒是迅速而又不失淡定地收拾东西。

我心一激动，嗓门不知不觉地提了一倍：“等一下去哪儿集合？”丝毫没注意到有几个同学投来了好奇的眼神。

面对我这个一点革命警惕性都没有的小白，紫阳有力而又隐蔽地撞了我一下，悄声狠狠道：“小声点！”

我这才醒悟过来，在周阳和曼宁的严厉注视下乖乖地噤口不言。

按照计划，我们先各自回宿舍收拾东西，然而在离开宿舍前，还是出了点意外。

紫阳的脚快，收拾好东西后眨眼就不见了影，我却慢了一步。正准备离开时，陈曦见我神色不对，随口问了一句：“不吃饭吗？”

老天，我最不擅长的就是临时撒谎，只好含含糊糊地说：“有些事要去处理一下。”眼见他脸上浮起怀疑的神色，似乎还准备发问，赶紧说：“我赶时间，先走了。”随即逃之夭夭。

磕磕碰碰地，我们五个总算有惊无险地在校门口集合了。

“首先买什么？”纯粹来做苦力的我傻乎乎地问了一句。

“啥都不买。”胡须面无表情。

“啊？”

“先吃饭。”胡须还是面无表情，然后拔腿就走。

“……”

当他说出这句话时，我才发现一个严重的问题，我光顾着体现同学义气，啥都没想就跟着出来了，然而，身上仅存的20元多一点的现金量提醒着我一个残酷的事实：假如钱不够，连讲义气的资格都没有。

搭公交时，两元塞进投币箱里，我感觉像是塞了200元一样，心疼得像被剜掉了几层肉。

曼宁和周阳开始商量着午饭去哪一家餐馆解决，我唯恐她们把目标锁定在一些豪华午饭上，连忙一把眼泪一把鼻涕地嚎着自己实在没什么钱，那感觉简直就是贫农央求收租的地主宽限几天。

曼宁一脸“没钱还敢出来闯”的表情瞪着我说：“别瞎担心啦，你以为我们很有钱吗？还要留出钱来买东西的。”

胡须依旧面无表情："我这些都是班费，你就别指望挪用公款了啊。"

那时我还不知道他以后会做出拿班费去买甜酒花生这种恶劣行径（虽然是给男生共享的），一边感叹胡须果然是个廉洁奉公的好班委，一边眼泪汪汪地庆幸终于不用背负饿肚子的命运了。

经过短暂的瞎逛后（其实是为了选个便宜点又好吃点的饭馆），我们最终落脚于一家中西餐厅——"金太阳"。没错，相信你也猜到了，既然是便宜，却又是中西餐厅，那饭菜的质量水分之大就可想而知了。很快我就亲身体验了一次。

首先这家餐厅的服务态度之差就足以让我们下定决心下次坚决不再光顾了。且不说上菜速度之慢，单是落座之后，端水的服务员姗姗来迟就已经让我们很有暴打她一顿的冲动了。

沦为"贫下中农"的我端着菜谱像解剖尸体般研究了很久，就想挑个便宜又好吃的菜，在其他四人都已经点好的情况下，我还在皱眉苦思。

在曼宁又一次不耐烦地催促后，我终于下决心点了个意粉（好歹也是我比较喜欢的），但我显然忽略了一点，质量好的意粉，会只有9元吗？

胡须和紫阳都点了个芝士炒饭，只比我的多了一元，我就纳闷这质量怎么就差了这么远！如果我早知道这意粉的味道，我是不会心疼再多花一元让我的肚皮好受些的。

这一盘意粉绝对是我这辈子吃过的最难吃的意粉，没有之一。那粉条黏稠得像被下了三倍的强力胶，而那番茄也应该是最新科技成果，酸出了个性，酸出了品位，酸出了极限。我勉强嚼了几口，就被黏住了嘴巴，而且那股酸味回荡在我口腔，渗进了我口腔的每个细胞，使我整张脸都扭曲起来。

"不行啦，我吃不下去啦！"我推开盘子大叫起来，嘴里还粘着面条，坐在一旁生起闷气来。余下四人一边一脸幸灾乐祸，一边奋力解决自己的食物，没人同情我的悲惨遭遇。

过了一会儿，我肚子开始动摇了。

虽然喊得决绝，可总不能啥都不吃吧？我暗想。

问题是，我仅存的资金已经不允许我再点一次了。

一直以来我的人生观是人固有一死，但绝不能做饿死鬼。我不好意思向女同志要饭，就眼巴巴地瞧着胡须和紫阳的食物，也不知他们是不是故意气我，纷纷表示自己的菜口感还不错。

我今天不知第几次放弃了男人的尊严，谄笑着开始死皮赖脸地恳求他俩赏我几羹饭。

在我无耻的极力乞讨下，总算从胡须那盘饭里成功刮走了1/5的量。一吃之下，发现这饭粒真的很爽口啊。同样是点餐，差距怎么就这么大？

这一顿史上最悲摧的午餐终于结束了，我顶着半饱的肚子灰溜溜地走出饭店，指天发誓："我再也不来这家'金太阳'了！"

曼宁不屑地撇了撇嘴："亏你还是个爷们，这么抠门！"

胡须还是面无表情："别浪费时间了，赶紧去买东西。"

买东西的过程就没什么好说了。如果不是时间有限，相信曼宁和周阳还要来个货比三家才肯罢休。总之，当时间指向13:15时，我们手里已经拿着好几袋充气棒和彩笔了。

当这场采购看样子已经接近尾声时，大家开始露出了狐狸尾巴。

周阳和曼宁突然来了句："我们去买奶茶啦，你们先走吧。"就撇下我们，转瞬间不见了踪影。

我还没从这个公务出差突然转变成个人享受的巨大落差中回过神来，就发现已经被胡须带领着来到了一家游戏机店里。

我惊愕地看着胡须从书包里掏出了早已准备好的PSP，开始向店主说明要下载的游戏。紫阳的表情倒是波澜不惊，表明他早就知道内幕了。

"敢情到最后就我一个蒙在鼓里啊？"我郁闷地想着。

这个下载游戏的额外行为反而浪费了我们三人更多的时间，以至于回到校门口时已经接近上课时间了。

这时，胡须一拍大腿："我们忘了买水！"

这下我和紫阳都陷入了极度无语的状态，搞到最后这么重要的东西居然说忘就忘了？

我俩紧张地用目光询问胡须："怎么办？"

“来不及折回去了，就在校门口附近的小卖部买吧！”胡须迅速下了决断。

“小卖部的卫生质量信得过吗？”我心存疑虑。

“放心，成箱买的应该没问题。”胡须倒是毫无顾忌，真不知道他哪来的对小卖部的信心。

“别浪费时间了，再不快点真的要迟到了！”在胡须的催促下，我也彻底抛弃了最后一丝良知。

两箱水分别落到了我和胡须手中，我低头一看，不管里面水的质量如何，至少从箱的外观上看实在不能让人放心——灰尘都明显地粘在了我手上。

“反正这决定是胡须下的，出了事他背吧。”看着在前面走着的胡须，我龌龊地怀着不在其位不谋其政的不负责任的想法，提起力气搬着水向课室方向快步走去。

当我们踏着上课铃声气喘吁吁地撞入教室时，全班同学的目光都落在我们三个苦力身上。我们就像是刚从战场上归来的美国大兵，一身臭汗，灰头土脸。

我怀着战斗英雄般的自豪感迎接众人目光，一瞥之下才发现，周阳和曼宁各举着一杯在阳光下冒汗的奶茶，正悠闲地看着我们，嘴角一抹狡猾的微笑，言不由衷地对我们说了句：

“辛苦了！”

二

自从上次与冬宇约定后，时间一下子跳到了下个星期一。这天中午我们如约相对而坐，手里各拿着一盒卡。

不到五回合，我就开始体会到了冬宇的可怕，尽管使尽浑身解数，我却完全破不了冬宇绵密的防御。

很快，我的面子就挂不住了。冬宇虽然不怎么表露过他对游戏王的热爱，但功力是实实在在地摆在那儿的。而反观本人，虽然我很喜欢玩游戏王，但事实上技术“有待提高”（冬宇事后评价），空有一腔热情，却无相匹配的实力。

印象中和冬宇两年来有且仅有的这一次决斗，就以我的大败亏输画下了句号。

回顾这场战斗，虽然我一直积极进攻，然而都被冬宇以乾坤大挪移的手法卸去了力道，偶尔几次进攻成功，对冬宇而言可谓不痛不痒。而冬宇谨守以柔克刚的原则，像磨盘般地将我的锐气消磨殆尽。而他直到胜利那一刻，表情依旧是波澜不惊，让我领略到了何谓强者的风范。

可以说，我输得很憋屈，很窝囊，但也输得心服口服。然而更让我脸红的事还在后头。

围观群众毫不留情地开始了对败者的戏谑：“你不是很喜欢玩的嘛？就这水平？”“整天把卡拿出来，我还以为你是武藤游戏（《游戏王》动画主角）咧！”

种种调侃嗖嗖射来，饶是我脸皮比城墙还厚，听着也不由得“羞愤欲死”。

正当我躲在一边黯然神伤时，一个肥大的身躯突然出现在我眼前，大索的声音传入耳中：“校运会举办的那个周末，要一起留宿去唱K不？”

“嗯？”我暂时忘记了失败的悲痛，抬头望着大索的圆脸愣了愣。

周末留宿？对我来说还是第一回，高一一年都没试过。

我有点兴奋了：“好啊，都有些谁啊？”

“我、大佬、紫阳、胡须、陈曦，算上你就六个人。”

“一起去吧，16班成立到现在还没搞过什么集体活动吧。”陈曦不知啥时候溜达到103来对我游说道。

“行，我去！”我转瞬忘记了刚刚的失败，心情又好了起来。

似乎为了让这种快乐再升级一步，第二天我又得知了一个消息，恰逢建国60周年，为了让我们接受先进性教育，自觉向党组织靠拢，上头派发了《建国大业》的观影券。

观影券发下来，我一看日期，真是老天帮忙，正好是我们唱K那天。

我又兴奋起来，赶紧找到大索问道：“不如那天唱K后就一起去看电影吧？”

大索还没回答，陈曦又飘了过来，看了看我手中的电影券，马上明白了怎么回事：“免费的啊？不看白不看，去！”

这边厢我们几个人商量着聚会的事，那边厢睿韬开始为校运会的参赛名单奔走呼号了。

“呐，大家听着啦！”阿海又站到了讲台上，嗓门一如既往的大，“大家都知道，校运会就要开了，所以呢，对自己的体育有信心、想为班集体作贡献的同学，就赶快去睿韬那里报名吧！”说完，甩了甩手上的报名表。

从小学到现在，我在校运会里扮演的角色永远都是文职工作——写激励人心的稿子投到主席台。所以这次我也不打算报名，不过我却开始猜测起会有哪些人报名。

不出所料的是，作为班里的两个壮男，大索和阿高双双报名了，都是报了扔铅球。看俩人还真是心有灵犀一点通啊，不愧为16班的灵魂双雄。

16班的珠穆朗玛峰、只恨天高的体育委员睿韬也报了个极其符合他身体条件的项目：跳高。大佬则向400米发起了挑战。剧透一下，这两人在校运会都表现不俗，只不过是一喜一悲而已。

耐力更好的阿基更上一层楼，报了800米，而肥仔也报了个扔实心球，算是和大索阿高他们有异曲同工之妙。一向百无禁忌的陈曦则去了跳远。至于江总吗，报的则是男女10×50米接力。最让我吃惊的是沉默寡言的阿霄，他竟然报了1500米，看来他平时不说话是有原因的，原来是把力气都省到这上面来了。

而像我和紫阳这样的酸腐秀才，自然是负责后勤供应，更不用说阿璇这样的“懒人”，直接就编入了拉拉队。

女生的情况就很遗憾地少了很多，如今我只知道淑怡这么个小巧玲珑的女孩居然也参战了，实在让我汗颜，她报的是100米。而另一个跟她形影不离的、看上去傻乎乎的女生艳珊则报了10×50米。而一个平时同样沉默寡言的、看上去瘦瘦弱弱的女生庆薇，竟然也报了1500米，大家这是要通过1500米证明自己吗？

国庆节放假前，这份名单堪堪确定了下来，睿韬看上去如释重负。

我作为看热闹的群众自然体会不到阿海的辛苦，国庆节放假前一天，我开心地收拾好东西，准备美美地享受这个七天长假。

教室愈来愈空，我提起行李袋，准备离开课室。

“日（不好意思这是我难登大雅之堂的绰号），等等。”我回头一看，是大索。

“要一起回去不？”他问。

我有点吃惊，但很快释然：“好啊！”

“你的理想大学是哪里？”

“我啊，复旦吧。”

“哇，不错喔，这么自信，看你的实力应该没问题的啦！”

“哈哈，还好还好，那你呢？”

“我吗……其实我很想去北大，不是因为它名气大的原因，而是因为我觉得那里的中文系是最好的，虽然我知道这个理想很不靠谱，多半是不可能啦。”

“别这么说，只要努力的话，结果怎么样谁也说不准啊。”

“哈哈，希望如此吧。”

在出租车上，我和大索两人从最崇高的“大学理想”开始了我们贯穿全程的漫无边际的聊天。

回忆起来，这应该是值得纪念的历史性日子，这辆出租车的重要性不亚于党在嘉兴湖上的那艘游船。

就在这辆车上，我和大索结成了狼狈为奸的联盟，俩人一起2B的伟大征程正式拉开序幕。

阐发完各自的理想，我们的话题又转向了对班上新同学的深入分析和讨论上。一讨论才发现，大索和我的观点也蛮多相似之处的嘛，然而遗憾的是时日已久，对话的内容多已忘怀。唯一可记得的是，当大索先下车时，留下了一个寒假去他家吃大餐的约定（虽然后来的实情是他只叫了外卖而已）和手机里他帮忙安装的QQ软件，以及我要支付的2/3车费。

三

睿韬和肥仔赤着上身，在宿舍阳台两端的洗手池上奋力地清洗着沾了一身臭汗的衣服，旁边的冲凉房传出陈柏宇《你瞒我瞒》的歌声——是阿基在洗澡。

抬头望向晾晒的衣服，一排大小不一的翠绿色衣服参差不齐地排列着。

没错，这是校运会开幕前两天的一幕情景。那排翠绿色的衣服就是我们的班服。

关于这个班服，我一直都觉得厂家做起学生生意总是马马虎虎的。虽然我们班服正面印着大大的“GOSH”，念起来就像粤语里的“沟屎”（威风的意思），看起来确实够威风，但是如果码数不对，那就成笑话了。具体表现看看大索和阿高就知道了，作为班里两位引人注目的“丰满”人士，穿上班服后，走路都变得含蓄多了，轻易不敢做伸懒腰等大幅度动作，不然白花花的肚皮就会把人眼睛晃瞎，按照阿高的说法是，“明明在纸上写了3个×，但是最后拿件4个×都觉得不合身”！偏偏他俩还要去扔铅球，那么效果就是……顺便说一句，我查了一下字典，发现其实“GOSH”的真正意思是“糟了”，也就是说我们48个人一溜儿威风走来，而每个人衣服上都印着“糟了”……

虽然对粗心或者说黑心的厂家骂声不绝，但好歹钱已经交了，再做也来不及了，我们只好互相安慰道：“这衣服穿起来短小精悍，每一份衣料都用得恰到好处，真是到了增一分多、减一分少的完美境界了！”

谁知天有不测风云，就在比赛前夕，阿高不慎弄伤了手臂，受的还是内伤，肿痛连连，弄得有轻度悲观主义的他连声哀叹。虽然我们纷纷用讥讽式的语言“亲切”劝慰他不要担心，但还是感到有一丝阴云飘过了16班上空：这次校运会，不容易啊。

开幕的前一晚，我安静地躺在床上听着阿基、肥仔和睿韬在黑暗中讨论着各班的情报。

“你觉得男子100米怎么样？”

“估计就是理科班那个××的天下了。”

“还有啊，那谁，跳远很厉害的那个……”

“你说的是×××？”

“对，就他，他现在在几班？”

“应该是7班（理科班）吧，像这些牛人基本都是去了理科班的。”

林林总总听完这么多，看来不光是16班，就连整个文科班群体的前景都是不容乐观，我穿着“短小精悍”的班服，带着点点忧虑迷迷糊糊地入睡了。

早上6点，还在梦中的我被宿舍里各式各样的闹铃声拉回了现实。

我一骨碌坐起身来，清晨淡淡的阳光洒进宿舍的窗口，隐约感觉到窗外的脚步声——静谧的男生宿舍开始喧闹起来。

我很快收拾好自己的东西，蹿到103去找紫阳，一进门却见阿璇面色苍白地坐在床上，一身标准的睡衣装备，一双眼皮无力地垂下，随时有再倒回床上的危险。他平时看起来就有气无力的，现在差不多成了僵尸，而其他人不是在刷牙就是在换衣服了。

“你搞什么啊，丢了魂？还不赶紧？”我碰了他一下。

“你问锁匙去。”他一只手顶住摇晃的身形，又大大地打了个呵欠。

我扭过头去寻找大索，还没找到，一旁的紫阳倒先开口了，听声音像是憋着笑：“昨晚锁匙的呼噜声惊天动地，阿璇到了半夜2点多都还没睡着。”

我再一看就明白了：阿璇和大索是上下床，一旦大索发声，首当其冲受到祸害的就是阿璇了。

“你又是怎么知道的？”我回过头问紫阳。

紫阳终于忍不住笑出声来：“我半夜醒来，听到阿璇在‘吭吭吭’地敲床板，敲了几下锁匙的呼噜就停了，谁知道没过10分钟又响了起来，然后阿璇又开始敲了。”

不管阿璇昨晚被折磨成什么样，最后他还是一脸木然地拖着慢悠悠的步伐晃悠悠地和我们一起来到了操场。

7点半左右，阳光已经毫不吝啬地铺满了整个操场，一片灿烂，却不毒辣。记忆中那时初秋的天气不热也不冷，于我们而言是最佳状态。操场上颜色各异的班服闪闪烁烁，四周喧闹无比，间或传出来自主席台上麦克风试音的嗡鸣声。

转眼间，各班的口号横幅和班旗纷纷闪亮登场，16班也不甘示弱，横幅一拉，“SIXTEEN，KING AND QUEEN”的口号迎着朝阳熠熠生辉。再一拉班旗，一条银色的飞龙反射着阳光傲然飞跃在旗面上，实在是威风凛凛。

按照校运会的流程，我们首先要迎接的自然是校长的一番“今天秋高日爽、风和日丽”之类的讲话，但是毛校长可谓与众不同，每回讲话都可以把话题拓展或者说拔高到国家民族的高度。毛校长矮矮胖胖，一丛银发中只剩几撮黑发在顽抗，我们这一届学生是他任教的最后一批。据说他是教语文的，这就不难解释他为什么能做到“发言立意，总览世界”的地步了。他虽然一把年纪，却依旧有很多年轻人都缺少的激情，因而讲话开始不到3分钟，他特有的似乎随时都会声嘶力竭的声音就响彻了全场，并不出所料地开始高谈阔论阐述国家和世界的形势。

当他以一声最高音的“祝本次校运会获得圆满成功”来结束他激情澎湃的“演唱”时，我们在场下早就为他的嗓子和麦克风捏了把汗。

应该说第一天的上午，大家还是比较“定”的，没有比赛的都老老实实坐在本班位置里准备发挥拉拉队的效力。我们“公款旅游五人组”买来的充气棒都被吹足了气，开始有节奏地响起来。

印象中当天早上就来了个1500米的比赛，这是个相当考验意志的比赛。然而阿霄很淡定，一言不发、“表情坚毅”地站在了起跑线，也没有来一句“为了班集体我一定会努力的！”这样的很有主角气息的话，就随着发令枪响，迈开步子跑了起来。

古龙说过，凡是以老幼妇孺病残面目行走江湖者，必定是绝顶高手。

现在看来，古龙也说错了。

阿霄平日以“语塞者”面目示人，我们本以为他其实是深藏不露，准备一鸣惊人，但他到最后并没有上演惊天大逆转的剧情，遗憾落败。

但我们一点都不在乎，当阿霄喷着粗气走回来时，我们真诚地送上了掌声。

而宠辱不惊的阿霄，面对掌声，表情依旧“坚毅”。

1500米对女生的挑战无疑更大，连阿霄这样的“精壮”人士到最后都只能拿个倒数的名次，就更不要说瘦弱的庆薇了。但庆薇最后同样坚持了下来，我还记得在她几乎是拖着脚步跑过我们班旁时，全班同学是怎样拼命给她加油的。

能不能拿到名次，其实一点都不重要，看着大家为了班集体的荣誉去拼搏，不也是另一种美吗？

运动员在场上奋力搏杀，我和紫阳这些围观群众，就自觉担负起御用文人的责任，开始奋笔疾书给广播站投稿。

但过了一两场比赛后，大家就真正放松了。本来平日学习就紧张，好不容易有一次名为校运会的大派对，还要钉在自己座位上就太笨了。人群开始四处流动，某些积极分子更是从操场一端流窜到了另一端。

大佬也不甘寂寞地开始了他的表演。比赛间歇，看到大家的拉拉队热情略有下降，充气棒都垂了下来，马上把它们都收集起来，然后往自己身后衣领里塞，男生们一看，纷纷起哄帮忙，往他裤子后塞了两只，连他的衣袖都不放过。一番折腾后，大佬身上花花绿绿的总共塞了八只充气棒。

有好事者见状马上把数码相机对准了他，大佬也相当有镜头意识，摆出了蜀山剑侠的姿势，双手作剑指状，浑身的充气棒似乎都要飞射而出，看起来还真有几分剑仙的味道，引起了大家一片欢呼鼓掌。不过相机一闪过后，没有粘固定胶的充气棒立时东倒西歪、溃不成军。在此建议，如果要拍《仙剑奇侠传2》，导演不妨考虑请大佬去当主角。

然而大佬一人之力毕竟有限，他引起的欢笑没过多久便消失殆尽，班里的人员密度以几何倍数的速度稀疏起来，余下的人也是东倒西歪，百无聊赖。至于为什么大家没有都走光，并不是因为余下的人良心发现，只是因为人口流失到一半时，叶老师出现了，她匪夷所思（至少我们当时这么认为）地要求我们通通不能离开座位，并指派同学去缉捕外逃人员，于是在她强大的行政干预下，16班的外逃行为被遏止了。当然，已经潜逃在外的同学肯定不会选择抛弃自由回来“蹲牢”。我们这些老实坐着的人，只好望着别班来去自由的同学空表羡慕。“锦衣卫”阿高无聊之下甚至主动和上司联络感情——其实就是吹水（粤语瞎聊之意），按他自己的说法，是“吹得史无前例地没水平”。而我呢，只好无聊地继续写稿，类似什么“艳阳高照”“奋力拼搏”“加油啊16班”之类的句子反复出现在笔端，饶是我满肚子词语，也写得快吐了（我记得我后来投了11篇高居全班同学之首）。

校运会的其中一个传统，就是拿着自己的班服四处晃悠，让相熟的人给自己签名，衣服签名越多越好。也不知是不是因为阿高吹水吹得太没水平，叶老师不想跟他啰嗦，反正说着说着，叶老师终于决定离开了。

她前脚刚一离开，我们这些“蹲苦牢”的劳改分子就纷纷四处出击，疯狂积攒自己的衣服签名量。

正在我们逮人签名时，突见外教James也溜达过来了。看见外教我们都比较激动，虽然没办法流畅交流，但至少相互傻笑几声再捞一个签名就容易多了，正好James就是个相当喜欢“呵呵”傻笑两声的家伙。

我、大索、紫阳等几人同时看见了James，然而紫阳的反射神经相当敏捷，当我们刚决定把脚步迈出去时，他已经快奔到James面前了。

似乎是唯恐我们抢走了他的签名机会，还没到James面前呢，紫阳就忙不迭地用差不多要吼起来的语调大叫道：

“Can you write down your name on my SHIT?”

……

我们稍一愣神，哄地大笑起来。谁知James不知是不是耳朵也出了问题，没有表露出任何疑惑的表情，“呵呵”傻笑了两声，连说：“OK！OK！”接过笔就往紫阳的“狗屎”上签了自己的大名。

纷纷扰扰度过了一上午，但显然还远未到结束的时候。男生宿舍许多人甚至直接忽略了午睡，一直在谈天说地。不知道本就已经严重缺眠的阿璇，会不会因此陷入更悲惨的境地。

下午，睿韬和大佬即将迎来各自的赛事。

“高二参加男子跳高的同学，请准备！”广播里发出了通告。

很快，轮到睿韬了。周围观看的同学屏气息声，短暂的沉默静谧。

他定睛，扎好脚步。

深呼吸，再深呼吸。

脚尖陡然发力。

奔跑几步，跃起。

他的身子像鲤鱼打了个挺，自横杆上方拉出一片阴影。

完美通过。

沉默被打破，围观同学爆发出一片尖叫和喝彩。

横杆的高度开始逐步拔高，同学们尖叫和喝彩的分贝也开始节节拔高。相应的，睿韬的压力也开始渐渐加大，到了一定高度后，横杆每拔高一点，都是完全不同的境界了。

终于，在围观同学们遗憾的惊叫和叹息中，睿韬的身子两次撞翻了横杆。但是即便如此，睿韬之前的成绩也足以助他打入前三了。遗憾过

后，同学们又纷纷欢呼着鼓起掌来。

花开两朵，各表一枝。当睿韬在跳高处挑战极限时，大佬正在班级大本营里应付着如潮的祝福声浪。

托大佬平日里的高人气，他的400米比赛成功获得了极高的关注度。就在大佬备战过程中，我们轮流给他加油打气。

“加油啊大佬！”“大佬你行的！”“去拿个前三易如反掌！”我们七嘴八舌地挖空心思变着法祝福。

本来就相当活跃的大佬，在一波波祝福下也变得飘飘然，开始与大家东拉西扯起来。

在引起了不知第几波笑声之后，大佬估摸着时间差不多了，于是就像即将出征的将军般向大伙儿挥挥手，就差说句：“同志们，我出发了！”我们报以大声的叫好，目送着他的背影渐行渐远，然后又开始各自闲聊起来。

“嗯？那个不是大佬吗？”不到5分钟，有同学突然叫道。

我们纷纷注目，一个身影渐行渐近，果然是大佬。

“奇怪了，我们没见到他跑啊？而且从比赛前准备到比赛结束，怎么说5分钟也太快了吧？”一边的紫阳纳闷道。

等大佬走近，不等我们说话，就见他一脸沮丧地说：“靠，顾着聊天，错过比赛时间了！”

大佬摆的这个大乌龙却完全没有影响到江总的心情，他的比赛还没到，于是纠集了一帮不法分子，堂而皇之地准备打牌。一边的阿高见状，显示出他身为“锦衣卫”不坚定的立场，也手痒痒地决定加入。

不过他人品差得实在不行，完全不适合做违反纪律的事。牌发完了，阿高的手刚抓起牌，叶老师又神鬼不觉地突然出现了。

“谁允许你们可以打牌的？”叶老师用鼻孔说话。

“犯罪分子”吓得赶紧把手里的牌扔到一边，而阿高不知是不是还停留在上午和上司吹水的和谐氛围中，手里抓着牌，傻乎乎地看着叶老师。

“你为什么带牌来玩？”

阿高扭头四顾，发现刚才的好牌友特别是为首的江总都已经人间蒸发了，他这才醒悟过来，叶老师的火力已经瞬间集中到了他身上。

“不是啊，冤枉啊，我是被引诱的啊！”阿高像面对昏庸知府的良民般振臂喊冤。

“就你抓着牌呢，这么嚣张，不是你是谁？”

“我……”阿高无言以对，再次扭头四顾想把江总这个祸首揪出来，然而江总早已不知消失到哪里去了。

“乱张望什么呢？好好听我说！”叶老师强行把他的目光又拉了回来。

阿高申冤无门，只好长叹一声，乖乖接受叶老师的批斗。

叶老师狠P了阿高一通后，心满意足地离开了（来找碴的？）。原先人间蒸发的江总瞬间又重现于天地间，对着阿高嘿嘿笑道：“Martin，不好意思让你背黑锅啦！”

阿高的眼神如果可以杀人，这时已经可以把江总千刀万剐了。

不过江总的缺德行为很快招来了报应，只可惜这个报应的代价太沉重，把全班都陷进去了。

接近5点的时候，男女10×50米接力开始了，像接力这样的项目一向都是热门，吸引了大批观众，把比赛场地围了个水泄不通。

比赛伊始，16班的表现就非常抢眼，男女生都表现不俗，配合得紧密无间，渐渐地把旁边的班级甩到了后头。见形势一片大好，围观的我们的喝彩声也卖力无比，在一片喧闹中杀出重围，直冲云霄——如无意外，这场接力赛，我们拿定冠军了！

意外发生了。

接力棒传到了江总手里，他发足狂奔，同样把两边的班级甩了下去。然而他的回报却是身后我们一片心急火燎的大吼大叫。他惶惑地停下了脚步，想知道怎么回事。

“16班由于抢占别班的跑道，取消比赛成绩。”裁判冷酷无情的宣判回答了他。

原本气势无匹的喝彩声瞬间哑火了，江总的表情看上去就像被泼了大粪。

一天之内接连发生两起乌龙事件，这对我们班士气的打击不可谓不沉重。到了晚自习时，本想借学校播放的电影提振一下精神，没想到播放的居然是不知什么年代的《太行山上》，剧情沉闷无聊，画质奇差无比，这下我们更疲了。

第二天出发前，我照例来到103，又看到阿璇穿着标准的睡衣，摇摇欲坠地撑着坐在床上，呵欠连天。

“昨晚又‘吭吭吭’地敲床板了？”我忍着笑问道，一旁的紫阳毫不掩饰地哈哈笑了起来。

阿璇不语，只是又打了个大大的呵欠作为回答。

今天的看点在于灵魂双雄的扔铅球，尤其是仍受伤病困扰的阿高。临出发前，我问道：“手臂怎么样？”

阿高的悲观情绪好像更严重了，他摇摇头重重叹了口气：“不行啊，还是痛。”

“那比赛怎么办？”

“只能尽力而为吧。”他毫无热情地回答道。

结局果然不出阿高的预料，带伤强行比赛还能凭着精神意志那一套东西大获全胜，那是只有日本的热血少年漫画才有的情节，现实是阿高还是敌不过伤病的威力，大败亏输。责任心很强的他后来在空间上发文，自怨自艾了许久。

这一次，灵魂双雄第一回出现了鲜明对比。这回大索的状态异常神勇，在围观同学的欢呼声中一路高歌猛进，直杀到接近第八的名次（前八进入决赛），差之毫厘与决赛失之交臂，让大家都大呼遗憾。

尽管灵魂双雄的境况一个天一个地，但当他们并肩走回大本营时，我们都欢呼着为他们叫好。这时我才遗憾地想起，没有在他们比赛时看看他们有没有露出白花花的肚皮。

“行啦，不要这么难过了，手受伤了又不是你的错！”我和紫阳用力拍着还有点失落的阿高。

“就是就是，不就是一场比赛嘛，有什么好纠结的。”大索撞了他一下。

“我还错过了比赛呢，比你更惨。”大佬现身说法。

“别再摆出这么个臭脸啦！”胡须言简意赅地作了总结。

陈曦把他的相机给了一个女生，大声地对我们几个人说：“不摆臭脸，我们各自摆个搞怪的表情，来张合照！”

“好主意！”我们纷纷叫好，七个男孩在几张凳子上东倒西歪地挤作一团糨糊，脸上挤眉皱眼地，摆出了自认为最搞怪的表情。

“来，一二三，茄子！”咔嚓一声，七个人的恶心表情，就定格在镜头中。

说起来我至今有一个遗憾，就是没参加过大旋风比赛。下午的最后一个比赛项目，就是大旋风。为了准备这个大旋风，睿韬前两天临阵磨枪，马不停蹄地对参赛同学进行特训，光是为了跑的过程中手怎么挽，就反复改进了几次，甚至牺牲了同学们中午抢排队吃饭的时间，惹得民怨沸腾。

这样赶工特训的结果是可想而知的。吴级长虽然常对我们说：“临阵磨枪，不快也光。”但事实上这一条定律不是万能应用的，至少在这次比赛中失效了。16班的大旋风在正式比赛中，还是出现了运转不灵并最终断线的情况，为特训开出了一个不及格的成绩单。

尽管是以惨败告终，但我依旧珍视这份回忆，这是16班共同拼搏过的证明，在一旁为他们加油鼓劲的我，心也和他们一起跳动。

现在，我偶尔还会在梦中弥补这份遗憾，我和16的同学手挽着手，在那片草地上等待着发令枪响。

天空湛蓝，阳光火辣辣地倾泻在我头上，汗水滴在泥土里，鼻子里是被炙烤过的青草味，我感受着两边同学手心里汗水的温度，周围喧嚣的人群融化成模糊的一团。

“预备！”我的腰随两边的同学一起往下弯了弯。

“跑！”

我们同时迈步，发足狂奔。

向着前方狂奔。

“冲啊！16班！”

第五章

青春如歌

和要好的同学们一起去飙歌，大概是很多人的青春里都有的记忆吧？尽管那时嗓音尚未摆脱稚嫩，也许还不停地跑调，但和他们肩并着肩、肆无忌惮地高声唱着时，嘴角总会不由自主地挑起弧度。

那些回荡在心间的歌声，正像那些年和我一起走过的你们，那样年轻恣意，那样神采飞扬。

"哈哈哈……"

"哈哈哈……"

"哈哈哈……"

夜幕下，较之往常幽静百倍的教学楼，却隐隐回荡着一阵阵丧心病狂、鬼哭狼嚎、撕心裂肺的笑声。

顺着声音寻去，源头却是在16班。

校运会的最后一幕就定格在同学们夕阳下提凳搬桌的背影中，白天的喧嚣热闹现在已经被夜晚的静谧取代了。大多数同学都以海豹突击队般的速度"撤退"回家，教学楼的许多课室都陷入了黑暗中，只剩寥寥几间课室还顽强地发着光。

而因为第二天的"光棍六人组"的唱K活动，我选择了留宿。

对于高中生涯中第一回留宿的我来说，眼前的景象还真是不可多得。满满一课室的亮光却落到了空落落的位置上，平日里全员低头疾书的景象不复存在，但看着每张桌上都堆满了课本，即使主人不在，仿佛还能嗅到平日里紧张的气氛。内走廊外一片漆黑，只有点点微光，还真有点阴森森的味道。

紫阳和陈曦跑去东方广场逛街了，教室里就剩下我、大索和胡须，还有一个平时沉默寡言的女生韵婷。本来这个星期的作业就少，借着校运会无聊的时候我又做了一些，剩下的就屈指可数了，我也不是什么热爱学习之辈，三下五除二解决了之后，就开始和大索、胡须谈天说地起来。而同一时间，韵婷却默默地在一旁发奋，这让在闲谈中的我一边惭愧一边抑制着惭愧继续聊天。

现在让我解释一下开头那销魂的笑声吧。我们三个聊着聊着，胡须突然对着手机哈哈狂笑起来，莫名其妙的我和大索马上凑上前去围观，手机里赫然显示着：华英老师名言集。

这里稍稍补充一句，我、胡须和大索三人初中都就读于华英，搞笑、古怪、糊涂……“形态各异”的诸位老师给我们留下了深刻印象，其中少不了的就是他们曾一次次引爆我们笑点的“名言”。有心的同学特地对全级的老师“名言”进行了收集整理，于是就有了现在让我们看着倍感亲切的名言集。

“让我看让我看！”我和大索都争先恐后地开始品读。

然后，恐怖的笑声就此破喉咙而出……

趁着故事里的我们还在狂笑，作为叙述者的我摘录其中几句，以飨各位也曾在华英就读的同学。

1.某物理老师（名字忘记）：1盏灯就100瓦，9盏灯就1000瓦（额……），1个人就1000瓦，6个人就6000瓦，有没有学过物理啊！

2.体育老师欧阳烨：看我一脚把你扔出去！

3.物理老师符方阳（抓着粉刷问学生）：“这个可以杀（擦）掉吗？”众人曰：“杀吧！”

4. 记得初一时，周佳老师放幻灯片给同学做题，想翻到下一页，但N多人没做完，于是：

“快点抓，快点抓（做）！我要挂（过）了！你们再不挂（过）我就先挂（过）了！我挂（过）了啊！好了，我现在就挂（过）！”……

5.（体育课）

刘剑老师：你们在1分半钟内给我跑完一圈……

某些男同学：Shit！Fuck！

刘剑老师：Who?!

6.当然，最经典的还是校长杜尚强同志每逢级会都必讲的一句话：

“你的对手在搏杀，你在干什么！”

看着这些亲切而又搞笑的名言，我们几乎每看一句都要狂笑一分钟。只是苦了一旁的韵婷，忍受着我们三人的魔鬼般的噪音，依旧埋首于书本中。

晚修下课后，宿舍里。

“胡须。”我一脸谄笑地对着胡须，搓着手说：“那个啥……PSP借我玩可以吧？”

胡须的PSP是我们男生的香饽饽，大家都争着向他索要，连我这个游戏盲在看了之后也羡慕地想着，毕业之后我也要买一个来。

不过我们为了索要PSP而进行的各种讨好活动彻底把他惯坏了，面对我们如潮的请求，他的原则只有三个字：看心情。

我向他请求原本也没指望他能答应，没想到无心插柳柳成荫，他简单说了句：“好，今晚就给你玩。”我一愣之下不由大喜过望，差点怀疑自己耳朵出问题了。

往日就算能碰这部PSP，后边也还有一大堆排着队的人不耐烦地催促，然而今晚我窝在103的厕所里（PSP充电中），没有谁来打扰我，手里捏着PSP，感受着这部游戏机的质感，心里充满着独占欲得到满足后的快感……

我本来就是个游戏菜鸟，因此一次次地GAME OVER自然是不可避免，但是我却可以放心大胆地不断重来，直杀了个天昏地暗……不对，现在已经是深夜了，再一看时间：已经接近12点了。我一想到第二天的聚会，就立马勒住了几乎玩野了的心，恋恋不舍地强迫自己放下游戏机。

这个周末似乎做了很多以前都没尝试过的事，虽然放下了游戏机，但心似乎还想再闹腾点什么。我再转过目光，看着面前103大多数都空着的床……

“好！我决定今晚在103过夜啦！”我大喊一声，就开始在那几张空床间挑了起来。

“喂，我睡这张可以吧？”我指着某张床问大索。

大索耸了耸肩：“随你便，反正那张床就是随便让人睡的。”

“那我不客气了。”我嘿嘿一笑。

很快，我就躺在阿高麻酥酥的床单上，这个床单还真让我有点睡不惯，也不知被子里会不会有他的异味呢，怀着对这床的质量的担心和对明天的期待酣然入睡。

顺便一提，高二时睡眠质量还很好的我，没有听到大索如雷的鼾声。

当我们六人涌入不算宽敞的K房时，桌上的两支麦克风正等着我们用魔鬼的嗓门进行蹂躏。

必须事先指出，我们六人没有一个是科班出身，都只是洗澡房里的超级巨星，因此指望我们唱得有多美妙动听是不现实的。

但不论从哪个角度来看，光棍六人组的第一次唱K都是意义非凡的，它开创了为数不少的首例，而这些都为我们今后的唱K活动提供了指导借鉴意义，并被我们完美延续下去，具体可用以下镜头来说明。

镜头1：身为大佬，凡事都要讲究一个身份地位，行为举止也一定要与众不同才担得起小弟们的仰视，就连唱歌，也要唱一首能配得上自己地位的歌，才显得足够霸气。

“大佬准备唱什么歌？”我们在一旁好奇地问道。

“稍安勿躁。”大佬倒是完全不担心这个问题，气定神闲地接过我们恭敬递上的麦克风，沉郁顿挫饱经风霜的音调（伪）即刻喷涌而出：

“我不做大哥好多年……”

“我不爱冰冷的床沿……”

不愧是大佬，这首歌真是选得再合适不过了。

余下五人看着柯受良在屏幕上一脸颓唐的模样，再看着大佬依旧在一旁卖力地嘶吼着《大哥》，一边感叹着大佬之气度，一边怪叫着跟在大佬后面一起嘶吼。

大佬受此鼓舞，嘶吼得更卖力了。

自此一役，《大哥》就成为了大佬每回唱歌的必点曲目之一。

镜头2：毫不夸张地说，三人行，必有爱周董歌之人。光棍六人组对周杰伦的歌自然不会陌生，陈曦作为周杰伦的粉丝，更是点了一大堆周杰伦的歌，《星晴》《半岛铁盒》《晴天》……大有把他的歌全唱完的势头。

平心而论，陈曦的声音平时听起来就是懒洋洋的，周杰伦的歌那种由于口齿不清所致的颓废感倒是被他刻画得挺好。但是周杰伦的高音功力也是不容小觑的，这就不是一般人能做到的了。陈曦却毫不畏惧高音之艰难，奋力高歌，即使嗓音尖得已经快进入超音波的频率，也依旧坚持攀爬。

一曲《星晴》唱毕，他就如重度缺氧的病人一样瘫倒在沙发上。

镜头3：事实上，对高音歌曲，只要你愿意拼死去拉，还是有达成的可能的。而面对《夜的第七章》时，作为周董歌曲专业户的陈曦却不得不退却了，毕竟其中比重甚大的rap部分不是谁都能轻易唱好。

我却不知其中奥妙，这首歌我曾对其中rap的部分详细研究过，虽不说倒背如流，至少也可不打磕巴。这时见他不动，默默抢过了他手中的麦克风。

大家的焦点瞬间都集中到我身上来。

“干吗？”我纳闷。

“你能唱这段rap？”大索讶然。

“可以啊。”我依然纳闷，“不是很多人都可以的吗？”在我当时的想法中，大家都应该对这段rap进行过解剖式研究的。

“厉害！”大索无语，只蹦了这两个字出来，“那这首歌你负责

rap，我负责正声部分。”

“哦。”我愣愣地回答。

接下来我和大索可谓合作无间，我一字不差地把这段rap如赶馄饨般溜溜唱完，而大索则连后半部分女声化的歌声也轻易挑落马下，引来我们的一片惊叹，初步展露出其对高音部分的强大掌控力。

鉴于此次愉快的合作，我和大索决定在各方面进一步深化交流合作，《夜的第七章》日后就成了我和大索展现合体技的重要曲目。

镜头4：有了《夜的第七章》成功演绎女声部分的铺垫，大索决定再展雄风震一震我们，又向陈奕迅的《浮夸》发起了进攻。

《浮夸》个人感觉是一首旋律十分诡异的歌曲，之所以被大索定为新的目标，全在结尾处的高音尖叫，那难度比《夜的第七章》高了可不止一两个级别，除了要有足够的毅力把音拔高到身为男人难以达到的高度，还要有足够的脸皮厚度强撑住别人诧异的目光。

然而大索很自豪地宣布：这可是我索大爷的饮歌（拿手歌）！

在我们一片敬佩的目光中，大索的多段位声调全面铺开。所谓多段位，就是从低沉浑厚的声线起步，像登山一样逐步向高峰进发，其间大索声音起起伏伏，却始终游刃有余，无论是沉浑还是清越他都毫不费力。

终于到了最后的高音尖叫部分，歌曲中明显有个停顿以作蓄势，强如大索，也不得不先运一口气在丹田中游走一圈。

原本跟着一起唱的我们，都知趣地闭起嘴巴，现场出现了一瞬间的静默。

俄顷，凄厉的尖叫直冲霄汉。

伴随着的是我们热烈的鼓掌欢呼声。

从此，大索演绎的《浮夸》在我们中间的地位不可撼动，而他日后还会有一次机会在全班人面前威风一把。

镜头5：严格意义上说，紫阳应该算半个学院派，他高一时曾师从学校里的音乐老师，据说天天在教学楼天台运气吼唱，知晓一些唱歌运气的方法，也算有基础，看起来他似乎迫不及待地要展示一下高一的特训成果。对《海角七号》情有独钟的他，挑选了这首歌作为发威的舞台。

不知是不是高一之后就不再练习导致技艺生疏，又或是犯了教条主义错误没能领会老师的教导，虽然我们听得出他一字一句都是从丹田处浑厚吐出，显然比我们这些喉咙派的人来得强，但是声音只能说是断断续续。

断断续续的原因在于，他每吐出一口气，又要再运一回吐出，效率极其低下，大约是学到了怎么换气，但没学到怎么快速地换气。结果他甚至跟不上歌曲的速度，加之这气吐得似乎很不稳定，像一个在走钢丝走得摇摇晃晃的人，声音也是左摇右摆地仿佛随时有崩塌的危险，我们在一旁听得提心吊胆的，直呼“受不了啊受不了”。

紫阳倒是毫不气馁，继续摇摇晃晃地走钢丝。这也是他的特点之一，看上去很随和的样子，但实际上很有主见、很有毅力，一旦决定要做，便有赴汤蹈火的决心，毫不顾忌旁人的眼光。这一次唱歌的经历，多少也预示了他日后高三的发展。

总之，被紫阳唱得如嫠妇之泣的《海角七号》还是勉强走到了曲终，我们全松了口气，如蒙大赦般按了“下一首”。

好说歹说，这首歌也算是成了紫阳的名片之一。

镜头6：胡须在歌曲方面的爱好比较泛，有时与其说他喜欢某一首歌，倒不如说他喜欢唱歌的人。某一段时间他曾天天嚷着“钟嘉欣好靓女啊”然后经常放她的歌，而如今他又一头栽入了日本女星小野惠令奈的怀抱中，近两次去他家聚会，他总要强行播放小野的歌唱视频向我们进行宣传。

有鉴于此，我也不能硬说他就喜欢什么歌（喜欢什么人倒是真的），只能说他喜欢唱某一类型的歌，归纳起来的话，貌似是側田的歌唱得最多。

好吧，胡须=側田。

我默默地记下了。

镜头7：关于我们光棍六人组共同演唱的歌，同样是在这一次唱K最后产生的。

“时间差不多了吧？”大索问。

“我喉咙受不了了，唱不下去了。”我在一旁哑着嗓子费力地摆了摆手。

“那就赶紧唱最后一首。”胡须下达指示。

我到现在也不知道是谁点了这一首歌：迪克牛仔的《有多少爱可以重来》。但我感谢、无比感谢，这首歌给我留下的美好回忆。

这首稍稍有些声嘶力竭的歌就这样成为了我们六人两年情谊的见证，在后来的日子里，它还将被我们多次唱起，是我们共同的羁绊和纽带。

我们不顾饱经摧残的喉咙和麦克风，纷纷扯开嗓子大唱起来。到后来，麦克风也被扔到了一边，我们搭着彼此的肩膀，仰天“嚎叫”。迪克牛仔在挥汗如雨地演唱，而我们已经快听不见自己的声音了。

走音了？管他呢！

唱错词了？管他呢！

在这一刻，有的只是友情的真挚和青春的狂放。

偶尔会有些幼稚、偶尔会有些不顾一切的疯狂，这不正是青春吗？这不正是我们应有的青春吗？

“有多少爱可以重来？有多少人值得等待？”

有多少青春可以重来？有多少朋友值得你一生惦念？

只属于我们的、独一无二的青春。

只属于我们的、独一无二的友情。

青春如歌，得友如此，夫复何憾？

当我傍晚疲惫地趴在桌上等着上晚修时，脑中盘旋的便是这句话。

紫阳在一旁也累得不行，中午没睡觉，搞得两人都有点昏昏的。

当我俩迷迷糊糊地几乎快闭上眼睛时，曼宁和周阳扭头用力拍了拍我俩：

“别睡啦！叶老师来啦！”

第六章

恰同学少年

再一次换座位后，又发生了不少有趣的故事。可惜的是，如今仍保留在记忆里的只有寥寥数件而已。当年华老去时，这些年少轻狂时做出的种种奇事、怪事，一定会成为你我最亲切的怀恋。

一

根据我龌龊阴险的想法，念文科除了让我不再受理科（数学除外）的折磨外，另一个快感就是看着别人受文科（尤其是历史）的折磨，那些对我来说顺理成章的问题在他们看来却仿佛是跟幽灵搏斗般捉摸不定。

于是我在班里逐渐吃香起来，作为一个内向的人来说，主动跟女孩子打交道无异于让我抱着炸药包去学董存瑞，然而凭借在历史课上积累起来的威望，开始有为数不少的女同学来向我请教问题。作为一个心灵长期处在自卑状态的屌丝，如今居然一下子就处在一片莺歌燕舞中，实在让我忍不住满心的壮怀激烈，仰天长啸一声：

“我胡汉三也有今天呐！”

和曼宁、周阳一起嬉笑怒骂了一个多月，对我和紫阳而言是一段愉快的回忆，课间两个酸腐秀才和两个貌似文静实则野性的女生时不时来个“唇枪舌剑”，互相吐槽，其乐无穷。

但正所谓天下无不散之筵席，国庆过后没多久，阿海就再一次捏着一张新座位表站到了讲台上。

“第二次调座位喔。”

“希望不要坐这么后啦！”

“不知道这次会和谁同桌呢？”

“我知道，和你一样是个男的。”

“废话！”

周围又是和第一次时一样，一片议论纷纷扰扰。

我半开玩笑地对紫阳说：“不知道这次会不会分到一个美女坐附近？”

紫阳立马像打了鸡血似的亮起眼睛：“真是这样就好了！”

我从来不认为自己的运气有多好，更别提什么心想事成了，但不知为什么有时一些随口的无心之语倒是会成真，比算命先生还准。

这一次，在某种程度上看，上天满足了我们的要求。

前面两位，地理课代表淑怡和个性迷迷糊糊的艳珊，两位整天形影不离的女生如今集体搬迁到我和紫阳前面来。

后面两位，在要求女生剪短发的一中校园里真是两道亮丽的风景线，同为舞蹈队的莎丽和诗颖，均留着一头飘逸的长发。这最大限度保证了当我和紫阳扭头时视觉获得的最大享受。

换了座位没几天，前头两位女生就开始向我进行业务（历史课问题）咨询了。

当然，她们具体问的是什么问题我是不记得了，只需肯定的一点是，好为人师却又无甚机会出彩的我，得此业务实在是大喜过望，稍一思考，就唾沫横飞地开始了解说，为了显示水平，我恨不得把一句话掰成十句来说，务求更精更细，差点要追溯到上古轩辕时期，直唬得两位顾客一愣一愣的，皱眉望着题目微微点点头，道了声谢，又转过头去了。

这段小插曲让我获得了极大的成就感，一个晚修心情都好极了（这样看来我平时真的很自卑的说）。

但是我错误估计了艳珊的迷糊程度，晚修下课后，她又拿着练习册来找我了。

“嗯？还是刚才那道题？”这回轮到我愣了：不会吧，我觉得我已经穷尽人类语言所能有之精华，解释清楚得不能再清楚了。

“到底是她的智力有问题，还是我的智力有问题？”我头一次对自己的大脑产生了怀疑。

抱着对自己脑袋的深刻怀疑（以往这种怀疑只在做理科作业时才有），我深刻反省了自己的语言系统，检讨了自己的工作失误，本着对人民负责的高度责任感，重新梳理语言，把语速调慢一倍，几乎要一字一秒地开始了又一轮解释。

“懂了没？”我口干舌燥地结束了第二轮讲解。

“哦！”她用力点了点头，但看她的表情，我觉得她似乎还处在迷糊状态中。

客观地说，艳珊的眼睛是黑而大的，应该算是漂亮的眼睛，但怎么往外冒出的老是糊涂的光芒呢？

“那这一题呢？”她不给我休息的机会，马上又拿另一道题来轰炸我了。

如此好问的好学生还真不多见，我勉力打起精神，开始了新一轮的征程。

接连三道题下来，我彻底虚脱了。关键还不在于我每解释一部分她就必问一句“为什么？”以及由此使我吐字过多导致的口干舌燥，而是在于我原本的解题办法，就是靠之前十多年的看历史书得来的直觉，这种直觉“只可意会，不可言传”。现在我为了在美女面前逞威风，已经做了我此前十多年都没做过而我也不认为能做到的事情：试图把我的这种直觉用人类的语言说出来。

吴老师上课关于这些题目的解释我是基本不听的，因为我看重的是题目的对错，既然对了，听不听也罢。现在我尝到恶果了，我完全不能（或不会）用吴级长的解释语言来跟她说，而只能全靠我自己的语言组织，然后慢慢地就开始露出马脚了。

“嗯？你刚刚不是说……”艳珊的这句话甫一出口，我就感觉到这是个极度危险的信号，意味着我的解释前后矛盾，无法自圆其说了。

“啊，这个这个……”我微微心虚了，一不留神竟然染上了胡老师的口头禅，“不对不对，让我再想想啊。”

急急忙忙地先扔个烟幕弹拖延艳珊“逼宫”的脚步，我抓过练习册来，一边把题目重新审视了一遍，一边在脑中飞快地重新架构我的解题思路（天地良心，我做的时候哪有解题思路这玩意儿），艳珊就在一边沉默地睁着她那双黑而大的眼睛盯着我，我眼角余光感觉到她比订书机还固执的眼光，我的冷汗渗出了背颊。

其实这一道题对我来说十秒都不用即可选出答案，在艳珊孜孜不倦的追问下，我冥思苦想了好几分钟，不仅让她觉得这确实是一道难题，而且连我也生出错觉，这好像还真的挺难的啊。

艳珊这种穷究的精神虽然值得夸赞，但对我来说绝不是一件好事。用佛家的话说，自此开始我就“着相”了，从一个野生的直觉派蜕变成标准的理论派，但我做题的出错率也节节升高，我就这样在把艳珊的成绩拉起来的同时被她拉了下去。

当然，这些都是以后的事了，至少现在，浪费了一大堆口水终于使艳珊黑而大的眼睛里冒出理解的光芒并让她满意而归，对我来说还是颇有成就感的，只是我不知道，这样的“业务”只不过是刚刚开始而已。

我累得半死，紫阳倒是还兴致勃勃地扯了扯我衣袖：“给人解疑解得挺爽嘛！你看后面两位怎么都不说话啊？发挥一下你的魅力，想办法去搭讪一下嘛！”“你饶了我吧，什么魅力不魅力，我嗓子都要冒烟了！”

就这样，在新的座位上，我和紫阳开始了新的旅程。

16班的“大事件”，即将在我们这段新的旅程里上演。

二

“蔡紫阳、陈曦，你们又迟到了！”

叶老师站在讲台上对气喘吁吁的两人冷冷说道。

两人连话都说不出了，只是喘着粗气推了推眼镜，又摆了摆手。

对于他们这种明显想糊弄过去的态度，叶老师的不满又升了一级。于是在两人大口大口的深呼吸中，叶老师开始了她拿手的思想教育。

说明一下，最近这几天，紫阳的迟到次数可以说是蹭蹭往上蹿，这种行为自然不可能逃过经常来巡查的叶老师的眼睛，于是一场场批斗会就成了必不可少的节目。

下面我们通过这份表来观摩一下叶老师是如何对犯错同学进行教育的。

叶老师思想教育流程一览

1.开篇点出两人迟到的事实。

2.询问两人迟到的原因。

3.然后（中间间隔时间不超3秒）开始分析该迟到行为的错误本质，指出该行为严重违反了学校有关规定，严厉批评了他们无组织无纪律的散漫行为。

4.阐述为何以及如何建立一个具有良好学风的班集体，同时指出他们的迟到行为是与建立良好学风的班集体的精神背道而驰的，是应受谴责的（可将“迟到”这一行为置换成任意一种违纪行为）。

5.警告他们若再有类似举动，由此造成的一切后果将由他们本人负责云云。

纵观上述教育流程，思维严密、逻辑清晰，环节之间递进流畅，而且叶老师有着扎实的哲学功底，坚持世界是有机联系的统一整体，事物之间都是有联系的，通过极为严谨的论证证明了迟到行为与建立良好学风的班集体之间的内在联系，最后还开展屠刀教育，提出了“具体”的惩罚措施，配上叶老师铿锵有力的语调和“生动”的语言（主要修辞手法为反复），实在是一篇不可多得的优秀议论文。

叶老师在发表了这篇优秀议论文后，终于遣返了两人，紫阳如蒙大赦地扑到了座位上。

“最近你好像总是迟到啊？”我一边盯着书准备上课，一边漫不经心地问道。

“这……这次是有原因的。”紫阳的气还稍稍有些喘，好不容易吐出了一句。

“唔？什么原因？”

“阿璇。”紫阳言简意赅地回答。

“啊？这也跟他扯上关系了？”我微感讶异，环顾四周，“话说回来，那家伙还没到啊？”

“他当然还没到啦！”紫阳脸上浮现出奇怪的笑容，在老师抑扬顿

挫的讲课声中，开始小声地回忆。

出了名是慢性子的阿璇，在午睡过后晃晃悠悠地起床（顺便提一句，他连午睡都要换上睡衣才睡），换衣服、洗脸、穿鞋……诸般精细流程下来，时间已所剩无几。

而“迟到专业户”紫阳和陈曦起床晚了更是顺理成章的事，但好歹比阿璇要快一些，为了体现义气，他们在广播里温柔的“离宿舍大门关闭还有10分钟”的提醒下，坚持等阿璇准备好了才一起出发。

临走前，紫阳看了一眼手表，顿时大惊失色。

此时距离宿舍大门关闭已不足一分钟了。

三人紧赶慢赶地向宿舍大门发足飞奔——紧赶的是紫阳和陈曦，慢赶的是阿璇（没办法，他实在快不起来），身边还有好几位其他班的同样在夺命狂奔的倒霉蛋。

说实话，像阿璇这种从来做事不急不赶的慢性子，如今强行提速，那就相当于高铁强行提速，是极其容易导致动车组事故的。

紫阳和陈曦在前面不要命地拔足奔跑，门已经开始缓缓关闭，两人迅速估摸了一下时间，保持这个速度还是可以逃出生天的。

时间仿佛变得很慢很慢，那拉闸门每前进一寸，都伴随着紫阳和陈曦一阵“劈里啪啦”的脚步声。

迟到与否，就看这最后几秒了！

终于，在门还留下约两三人空隙的时候，他们成功挤出门外，而同一时刻，宿管正杀气腾腾地站在门卫处，准备抓不幸的“越狱”失败者。

“好险好险！”两人站在门外心有余悸地大口喘息。

正喘气呢，紫阳先发现不对了。

“阿璇呢？”

原本共同逃跑的“三人团”，如今少了一人，成了“越狱双雄”。

两人赶紧扭头看去，才发现一幕极其悲凉的场面。

在太阳的曝晒下，阿璇留给紫阳和陈曦的只有一个异常落寞的背影，犹如被世界抛弃的英雄（身高有些缺憾就是了）。他缓缓朝相反的方向走去——一瘸一拐地走去。

两人怀着“难道他扭到脚了”的想法仔细看去，却发现阿璇某一只脚（具体哪只忘记）已经失去了遮蔽，白花花的袜子极其醒目。

他是捡鞋子去了。

现在稍微回放一下刚才的场面，在刚才由宿管临时举办的现场百米跑比赛中，阿璇的那只鞋估计是承平已久，缺乏磨炼，导致系统老化，无法适应如此高速，奔跑中竟脱离了阿璇的“行星体系”，飞出一米外的距离，将阿璇的袜子暴露在光天化日之下，他眼睁睁地看着两位同伙成功冲线，自己却只能跛着脚折回去捡回他的鞋。

难得阿璇认认真真扎扎实实地跑了回100米，上天却极其不厚道地临时将这次跑步改成了折返跑。

“迟到的同学，过来记名！”宿管“亲切”的声音打破了阿璇的怨愤，开始进行颁奖仪式。

紫阳和陈曦忍不住幸灾乐祸地哈哈大笑起来，阿璇估计是破罐破摔了，又恢复了他不紧不慢的行事风格，一脸呆滞、晃悠悠地去宿管那里记名了。

陈曦反应过来，一拍大腿，叫道：“祝你好运，我们先走啦！”就此把阿璇撂在了宿舍门后，逃之夭夭。

“事情就是这样，现在那家伙大概还在赶来的路上呢。”紫阳作了总结发言，而我早已捂着嘴笑得趴在了桌上。

“又要被宿管记名，又要被叶老师批评，阿璇可比你惨多了。”我捂着笑疼的肚子小声说。

“你放心啦，宿管那里不用担心，阿璇肯定会用上保留招数的。”紫阳又浮现出意味深长的笑容。

“难道是……签假名？”

“正是。”紫阳胸有成竹地说。

我还想再问，冷不防老师在上面训了一句：“你们嘀嘀咕咕说啥呢？认真听课！”

下课后，我和紫阳又开始对阿璇的悲惨遭遇进行深入交换意见。

正说话间，猛听得身后“咣”地一声响，把我们两个都吓得浑身一激灵，回头一看，诗颖正连声道“不好意思不好意思”，弯腰去捡地上的水壶。

我们低头瞧了瞧，一个硕大的墨绿色水壶正躺在地上。

“……这水壶是你的？”紫阳勉强挤出一句话。

“是啊，有什么问题吗？”诗颖毫不在意地回问一句，丝毫不觉得一个文静的女生（伪）用这么一个“大气磅礴”的水壶有什么不妥的地方。

我们顿时对眼前这位长发飘飘的脸圆圆像猫一样的女生肃然起敬。紫阳把我拉回来，小声说道：“仔细瞧了瞧才发现，她用的东西好像都是巨无霸啊。”

我又偷瞄了一眼，这才看清，不仅是水壶，连笔袋的体积都比同桌莎丽的大了一号，而她穿的阿迪达斯贝壳鞋，按紫阳的说法是“简直就像个龟缩的大龟壳”！姑且不论这个说法从语法上看是否有毛病，但看回诗颖这鞋头，怎么看都比普通的鞋子浑厚。如此看来，诗颖原来是个“豪放不羁”的女生啊。

“话说回来，咱们跟她俩都还没怎么交流吧？赶紧扯上几句吧。”紫阳推着我又往回扭。

“啊？”我毫无准备，猝不及防下又迎面碰上她们两个没什么表情的脸，这让本来就不怎么伶牙俐齿的我彻底陷入失语状态。

“你……你们都是舞蹈队的吗？”

憋了好半天，我就憋出了这么个弱智到极点的问题。

“喂喂，你这搭讪技术也太烂了吧？”紫阳小声抗议。

“少啰嗦，有本事你来跟她们说！”我恶狠狠地同样小声回道。

就这样，在我们两个互相拆台的背景下，我们在这个新的座位上又翻开了新的篇章。

三

对16班大多数同学而言，莎丽平日斯斯文文、安安静静，虽不至于说内向，但确实比较低调，不像某高、某索那么具有话题性，奇闻逸事一抓一大把，但她也有自己的故事，不过是别人主动找上门来的罢了。

作为美女，莎丽的辐射力不容小觑。高一时已经使同班的一个男生平治中箭，到了高二，又俘获了级里大名鼎鼎的风云人物刀哥，但我可以保证她和这俩人都不太熟。这样看来莎丽已经到了手足不动，伤人无形的至高境界了。

值得肯定的是，两位追求者都很有追求真爱的无畏勇气，不但有想法，而且落实到了具体措施上，让我这个有色心没色胆的家伙自愧不如。只不过他们的积极劲头大有喧宾夺主之势，把主角莎丽的戏份都抢了大半。

当然，世间百态，众生万象，具体到他们两位的追求办法，也是各不相同。

刀哥生得五大三粗，嗓门极大，天生北方人的豪爽性格，这个级在他而言就是一个江湖，而他就是江湖里的大哥大。但让人大跌眼镜的是，他走的竟然是文艺青年的路线（那时貌似还没有三种青年的提法）。在短信邮件满天飞、所谓爱情都只是光纤里的一段数据的今天，刀哥相当复古地采取了鸿雁传书的方法，将一腔心意化作墨水铺洒在纸张上，并托人辗转交至莎丽手中。

姑且不论结果如何，光从选用这种方式“进攻”来看，刀哥的诚意都是不容置疑的。

信送到的当天晚上，立马就成了一个炸弹，整个班都轰动了，街头巷尾路边社高速运转，大家纷纷交换情报，对整个事件马上知道了七七八八。

而在风暴的中心，又是另一番景象。

莎丽是个老实人，和大多数女生一样，她对这种“当幸福来敲门”的突兀剧情毫无经验，她愣愣地看着桌面那张写了满满一面的纸，就像在看一个烫手山芋。

不要以为只有女生才八卦，男生有时比女生还八卦！不骗你们！真是这样！

——Marie

我和紫阳完美展现了身为男生的那点八卦心理，对那张纸表现出了极大兴趣。看着莎丽发愣的表情，我小心翼翼地问了句：“能拿来看看吗？”

莎丽不置可否地“嗯”了一声，一旁的诗颖接口道：“看吧，我刚刚也看过了。”我们赶紧小心地捧起那张纸，扭头认真“解剖”起来。

5分钟后，我们抬起头来。

信的具体内容我是早就忘记了，但还记得当时看完之后的极度震撼的心情。如果说当时得知刀哥竟然选择写信这种文艺的方式来表达心意，已经让我震惊莫名的话，那么当看到刀哥那手完全不输于浪漫诗人的优美文笔时，简直就让我惊为天人了——这么细腻感性的笔触，真的是那个豪爽热情、声如洪钟的刀哥写的？多种优美的譬喻源源不断，对自己内心空灵的刻画，撇开实质功用不谈，这封信也是一个极为优美的散文。

我和紫阳对视一眼，都从对方眼神中看到了极度的震惊。

虽然作为两名资深的酸腐秀才，我和紫阳对这封信给予了高度的评价，但丝毫没有缓解莎丽的苦恼。毕竟，我们可以站在一个纯粹的欣赏角度来观摩这封信，但莎丽还要考虑欣赏完之后的具体应对措施。

“那你打算怎么应对呢？”紫阳问道。

莎丽还是一脸的不知所措：“我不知道，他送信来那时我才知道有这么一个人。”

我&紫阳：“……”

我和紫阳又对视了一眼，暗暗叹息：“落花有意流水无情，可惜了一篇好文章啊。”

毕竟是人家的私事，我和紫阳也不好多说什么，就没有再多嘴了。不过据说事件的最后结局是，莎丽又托人把信原封不动地送了回去，没有任何表示，也没有写任何话回复，算是婉转地拒绝了。不过，在她把这封信送回去前，信的内容已经以几何级的速度在班里流传开来。于是刀哥这封信没能帮他换来一份爱情，倒是为他建立起了浪漫的才子形象，也算是一得一失吧。

另一位仁兄平治，就比较生猛了。他和刀哥正相反，虽然看起来规规矩矩的，真认真起来可一点都不规矩。刀哥除了写信之外，也曾跑到莎丽训练的舞蹈室外，久久徘徊不去，相当痴情，但也只是“远观”而不“亵玩”。相比之下，平治就实在得多了，人家不玩虚的，也没有以才情赢爱情的浪漫情怀，他直接就杀到了我们班教室外。

在“刀哥寄书”事件后不久，莎丽又开始了新一轮的苦恼。有一段时间她每晚晚修下课后都要很晚才能走，原因就是这几天平治几乎一放学，就堵到了我们教室外，只要莎丽的脚步一踏出教室，他就上前去搭讪，聊些诸如“能和你聊聊吗”“今天天气真好”这些明显没话找话的话。对此莎丽已经明显表露出了抗拒的态度，含蓄的她已经近乎直白地拒绝平治了，他却依然不屈不挠，持续着攻势，大有打破砂锅问到底（好像用错了）的势头。

几番下来，莎丽已成惊弓之鸟，放学后轻易不敢出教室。由于平治如果等不到人就会一直等下去，如此坚挺的耐力和持久性实在让人胆寒，除非是快到宿舍关门时间，有迟到记名的风险了，他才会一步三回头地依依不舍地离开。莎丽只好每晚都拖到很晚才走，还拉上了姐妹护航，一出门外就拔足飞奔，比紫阳和陈曦赶宿舍关门前出去都要快。即使如此，还是有两次差点迟到。

这样搞法，虽然平治追求幸福的勇气依旧令人敬佩，但已经离骚扰不远了。某天莎丽苦恼万分地向我们大倒苦水，并请我们几位男生晚上放学后给她护一下航。我答应下来，又有点好奇平治“抓住”她的那两天，跟她聊了什么，于是就出现了以下对话。

我：“他那两晚跟你聊什么啊？”

莎丽：“他前天问我喜欢吃什么。”

我：“嗯，了解一下食物方面的喜好，很平常的搭讪手段。”

莎丽：“可是他接着就开始说起他喜欢吃的东西，还给我详细分析了那种食物的营养价值。”

我：“……”

我：“那昨天呢？还讨论营养价值？”

莎丽：“没有了，昨天他就问我那个写信的人（指刀哥）还有没有来烦我。”

我：“……”

如此无自觉也真是难得了。

接下来我和大索等一干人等自觉展现了身为16班男生的责任感，义不容辞地当起了护花使者。那晚莎丽成了出巡的秦始皇，被我们前四人后四人地簇拥着浩浩荡荡开向宿舍，三米外是平治故作随意的脚步紧紧跟着。在如此不利的情况下依然不放弃，平治的决心确实可嘉。

不过决心归决心，还是要讲究外交方法。虽然当晚平治依然跟着，但见阵势闹大了，顿觉形势不妙。为免和我们班直接冲突，也不敢再堵下去了，我们护花使者的功效立竿见影，第二天平治就没有再出现了，莎丽的生活终于恢复正常。

莎丽的同桌诗颖，则是一个傻乎乎的女生，某种程度上和艳珊有异曲同工之妙，她的特点在于脸圆圆的，很有萌猫咪的那种神韵，所以她也有个绰号叫“猫猫”。我和紫阳跟她混熟之后，偶尔会开点含蓄的荤段子笑话，但与周阳和曼宁迅速反应过来不同的是，诗颖只会睁着“天真”的眼睛问道：“啊？什么意思？为什么啊？”每当这时候我和紫阳都觉得讨了一肚子没趣，同时对自己这种污染了纯真少女心灵的猥琐行为十分惭愧。而且印象中她的笑点比较低，我和紫阳貌似经常会因为一些莫名其妙的原因导致她发笑，往往等她笑完了，我们依旧是莫名其妙。

每当这时候，我和紫阳只好看着她那双好像“龟缩的大龟壳”般的阿迪达斯鞋以及她桌上那些大得离谱的文具呵呵傻笑。

16班里除了莎丽和诗颖，绮媚也是舞蹈队的成员，出于顺嘴，班里同学都喜欢叫她“美眉”。三人的长发曾是班里的醒目标志，但到高三上学期，中秋假期过后，三个我们不认识的人出现在我们面前，不止一个人嘀咕着是谁走错课室了。

费了九牛二虎之力，我们才“惊恐”地认出这三位就是长发飘飘（过去式）的舞蹈队成员。

此时的她们，诗颖剪了个超短发，而绮媚则变了个沙宣头，莎丽虽没有那么夸张，但也已“面目全非”。

对这种破坏美的做法我们都非常不忿，纷纷追问事情原委。而当事人莎丽以她的视角还原了事件，作为忠实记录者，我以下文字摘自莎丽的证词。

Part 1

时间：中秋节放假前某天下午，貌似刚上完胡老师的课

地点：教室

人物：莎丽、叶老师

过程：【莎丽口述】我在台上整理东西，然后叶老师进来，灰常阴森地抓了一下我的辫子，然后意味深长地说："莎（叶老师对莎丽的称呼），头发好长啊啊啊啊……"

Part 2

时间：当天晚上

地点：办公室

人物：莎丽、诗颖、绮媚、叶老师

过程：【莎丽口述】（叶老师）就是晓之以情动之以理地说短头发怎么怎么好、长头发不容易打理……然后灰常悲剧的，我和其他两位MM的头发都是散下来就会蓬起来不能见人的……我们宁死不屈，第一时间就拒绝了……然后她非常严厉地下命令，中秋节之后全部剪了……

通过这份口述，我基本可以想象到当时的场景，叶老师一开始先披上羊皮，对三位女生和声细语地进行劝降工作，宣扬了一通党的政策，而在三人表现出油盐不进的"宁死不屈"的态度后，叶老师立马抛开了伪装，从一开始的商榷语气变成了别无他项的单选题。

面对这既不是油也不是盐，而是闪亮的大屠刀时，三位女生终于明白这场外交博弈从一开始就是没有平等和人权可言的单方面屠杀。

事实证明，三位女生都是好汉——好汉不吃眼前亏。她们在叶老师的严令下接二连三地屈服了。

于是，16班硕果仅存的三位长发女生也被叶老师毫不留情地"抹杀"了。

不过这是一年之后的事了，至少现在，我和紫阳一回头，还是莎丽和诗颖醒目的长发。

当我们在新环境下逐渐混得风生水起之时，某天，传来了一个消息……

"喂，听说了吗？级里要举办个羽毛球赛！"

第七章
“大事件”

在16班两年的历史中，“大事件”对于每一个身在其中的同学，都有着不可磨灭的记忆。在那将近一个月的时间里，各种事件纷至沓来，故事情节用一波三折、柳暗花明形容毫不为过。而16班之所以为16班，“大事件”起着不可替代的作用。

传奇，是对这段记忆的最佳注脚。

一　第一战

高二级羽毛球赛正式接受报名！

16班的“大事件”亦终于拉开序幕。

在一中，最受欢迎的运动毋庸置疑是篮球，一大群壮男猛男天天都挤满了各大篮球场地挥汗如雨。而紧随其后的大概就是羽毛球了，对于体格小一些却依旧期望在运动场上彰显魅力的学生来说无疑是绝佳的选择，而对于每天坐在办公室辛苦工作的老师来说，羽毛球亦是既能出足够的汗又不会有身体冲撞的最好运动选择，许多学生都曾目睹过吴级长和江级长赤着上身PK的场景，一高一矮、一瘦一胖，可谓相得益彰，可惜我无缘得见，只得脑补一番过瘾。而我和阿高也曾在偶然之下，领略了谢老师在场上的“英姿”，不过几个来回后就左支右绌，技术实在不敢恭维。恰好一中最不缺的运动场地就是羽毛球场，新旧两个体育馆各有十几个场地，基本满足了广大师生的需要。

在这样的背景下，举办一场全级性的羽毛球赛，引发的热情完全不逊于篮球赛也就不足为奇了。

在此之前，有必要先介绍一下这次羽毛球赛的基本规则。这次羽毛球赛不设单打，分为男双、女双、混双三类。每次比赛均打满三场，一场一类。不同的是，比赛前要在公证人的监督下进行抽签，决定这三场比赛的顺序，赢两场者即获该场比赛胜利。作为参赛人员的三男三女，可以任意调换组合参加不同类的比赛，由各班自行决定。这为各班在不同比赛上进行相对应的战术安排提供了自由。

说实话，这种随机决定比赛顺序的做法，很大程度上提高了比赛的含金量。由于无法预见比赛顺序，所以指望通过田忌赛马的方式放弃哪一场比赛的取巧做法是行不通的了，必须保证六位参赛选手能代表本班的最高水准，才能最大限度地保证本班的胜利。

这种规定在提高比赛质量的同时，也把一些水平在及格线上徘徊的同学给无情淘汰了，比如在下。鄙人一直不认为自己是个运动青年，只是一个近“宅”者，羽毛球是我为数不多的能拿得出手的运动项目之一，因此无比希望自己有朝一日也能在羽毛球场上拼杀一番，像奥特曼打怪兽那样接受场下众人的欢呼和支持。如此大家就可以理解，当我听说到这个比赛后，那份从脚跟直涌上大脑的、比吃了一整盒过期伟哥还要澎湃汹涌的激动心情了。然而这份激动心情在大索一声类似于“就你这水平算了吧”诸如此类意思的嗤笑后，被彻底浇灭，空余袅袅残烟，只好乖乖地选择了当忠实的啦啦队队员。

男生群在排除了像我、紫阳、聪聪这些明显的秀才型人员后，名单最终确定了下来，三位出征者分别为大索、陈曦和胡须。

对这份名单，我要作一个补充，在后来的比赛中，男生的实际参赛人员其实是四位。大佬作为一个实力不俗但心情百变的高手成了半路杀出的程咬金。一开始毫无参加的意愿，后来却又表示加入，至于具体原因，稍后再提。

对此我们倒没有太大意见，反正比赛时别人也不知道谁是谁，只要你不是做出在一场双打里派三个人上场这种极端的行为，你就是请林丹、谢杏芳来帮忙打混双也没人管你。因此严格说来，代表16班出征的男生不是三个火枪手，而是四大天王。

实力不足，没能代表班集体参赛虽然让我不是一般地遗憾，但面对这份名单我倒是心服口服，四大天王平日里不但积极参加该项运动，且每每有极为抢眼的表现。尤其是大索，多少次我看着他以重量级的身躯打出了梦幻般的球技，不但力道强，速度竟然也是不弱丝毫，着实不容易。

男生确定后，我们再把目光放到女生方面。

关于女生的情况，就比较有趣了。一中不是体育院校，所以大部分女生和全国其他普通高中的女生一样，奉“生命在于静止”为真理。平日里多见女生在一群臭汗满身奋战不休的男生旁稍显嫌恶地施施然飘过，一脸不食人间烟火的清高，至于上场露上一手的着实不多。在这种神秘的态度面前，我也实在不好判断女生的实力。

基于这种情况，在面对经过程序不明的挑选后得出的这份名单，其含金量到底有多少我还是怀有一丝疑虑。

曹嘉琪，易进怡，傅可欣。

这就是女生名单上的三个名字。

说实话，这三位女生我从开学以来和她们虽然都不算太熟，但好歹也多少有些了解。

首先是嘉琪。嘉琪个子不高，但据说实力在女生里也是出类拔萃，而她最大的特点其实在于尖锐的话锋。我和她熟了之后发现，她总能用一种坦率到令人发指的语言一下子揭露出事情的本质，这种坦率有时听起来难免刺耳，但仔细一想又不得不承认确实如此。这样看来嘉琪很有几分灰原哀（《名侦探柯南》中的人物）的味道，说话很直接，但句句直指真相。

而进怡和可欣则是咱班里少有的几个高个子女生之一……哦不是，是之二。进怡因其名字的谐音，我们都亲切地称她为“金鱼”。她经常和另一位同样高个子的女生许潇手牵着手形影不离，而其程度之深只需用叶老师一句话就可说明。

在高三某一次巡视班里情况时，许潇和进怡又一次结伴出现的景象让叶老师有感而发：“你们两个要努力复习，争取考上同一所大学，继续出双入对！”

这个百合味道十分浓重的批语一出，让我们一边笑一边惊叹原来叶老师也可以时不时来点重口味嘛。从此以后，“出双入对”就成了她俩的专属代名词。

而可欣则和之前提到的绮媚十分要好，当然，还没到出双入对的程度。可欣的性格十分开朗，和绮媚的文静正好互补（或者其实两个都很奔放只是我不知道？）。而她接人待物都很有一股认真劲，比如高三开始实行单人单桌的制度，而我就坐在可欣旁边，下课时和她聊些严肃或文艺的话题，发现她也完全不在话下。不仅如此，她还对我上课睡觉的行为提出了批评意见。

由于高三课业负担重，睡不够是困扰所有同学的问题，下课睡觉也有被叶老师喊起床的危险。而我的解决措施就是在自己拿手的课上补回来，而可欣就看不下去了，某天“严肃”地向我提出意见：

“你知道吗？困也是会传染的！

“啊？”我愕然。

“你老睡觉，把我也搞困了。”

“啊……哦。”我继续愕然，下意识地点了点头。

“我也是为你好啊。”她换上一副语重心长的表情，“老是睡觉学习怎么会好呢？以后上课不要睡觉啊。”

“啊……哦。”我依旧保持愕然，惯性之下傻乎乎地点了点头。

自此我就不敢再经常在课上睡觉了，怕又被可欣逮到语重心长地教育一番。但这也迫使我不得不加入了“下课睡觉党”，于是也不幸成了叶老师的重点打击目标之一。

以上就是这三位女生的一部分资料，至于她们在赛场上的实际能力，还有待实战的检验。

在分组过后，第一场小组赛就迅速迫近了。

在第一场比赛前一晚，阿海上台发表讲话，对即将上场的参赛者进行了热情鼓励，也希望其他同学多多到场加油。

虽然我们已经预料到了级里高手如云，想要拿个好成绩谈何容易，但也没料到会碰上如此不利的开局。

第一场比赛，虽然具体过程因为时间久远已经无法复述（其实很简略地输了也没办法复述），但三场比赛只赢了一场，基本被干净利落地消灭了却是不争的事实。

只是第一场比赛而已，不要紧不要紧，后面扳回来就好了。我们有些沮丧，但还是怀着一丝侥幸相互安慰。

让我们吃惊震惊且心惊的是，第二场比赛的结果更加惨烈。根据大索提供的回忆资料，第二场应该是对上了整体实力最为强悍的理科重点班7班（剧透一下也是本次大赛的最后冠军），参赛人员基本都有校队背景，完全是专业打业余的情况，三场比赛似乎是一个不剩地被全部干掉，惨遭灭团。

这下形势严峻了，连输了两场，再输就可以直接卷铺盖淘汰了。亲眼目睹了两连败的旁观同学情绪都相当低落。大索他们下场后表情僵硬，一脸沉重。看着他们的表情，我们也很不好受。伴着比赛场外的夕阳，我们默默无语有气无力地离开了。

而当时有相当一部分同学对这比赛不闻不问，使得我们班的啦啦队显得门庭冷落，在比赛时对手的啦啦队喊得震耳欲聋，而我们只能有气无力地发出几声绵软无力的“加油”，自己听着都觉得毫无底气。甚至到后来已经完全被对手的啦啦队的声音淹没了，毫无抵抗之力。

这种门庭冷落的景象让我在输了比赛后憋了一肚子气。其实输了比赛不是最伤心的，真正让人伤心的是班集体表现出的一盘散沙，对集体荣誉的冷漠和不在乎。我记得我当时和紫阳一起去吃饭时发了一通恶狠狠的牢骚，对前景充满悲观。

看来，16班的羽毛球赛征程就要匆匆画上句号了。

不止一个同学怀着与我相似的想法。

我们就像一群等待毫无悬念的判决的死囚一样没了热情。

只是，以这种窝囊的方式退场，真是不甘心啊！我默默地想。

而这些情形，阿海都看在了眼里。

当晚，阿海作为班长再次上台进行了发言。面对大家时，他没有流露出丝毫的沮丧情绪，也没有过分渲染形势的严峻，只是简单而平静地说了两点：1.比赛人员尽了努力，表现得很好；2.希望明天多一点同学前去观战，为我们班的比赛加油打气。

没有豪言壮语，没有声嘶力竭，更没有暴跳如雷，甚至基本上重复了第一战前的发言，但在阿海的语气里，我听出来一种“就算赢不了，也要见证到最后”的坚定意味。

我沉默着。

全班同学都沉默着。

虽然没有人说话，但大家心里多少都有了触动。

晚修刚下课，之前干脆地拒绝了参赛的大佬过来向阿海表示，如果需要他，他随时都会上场。

而大索召集了参赛的几位男生，开始讨论关于明天的比赛该如何布置战术。

而我和紫阳这些场外观众所能做的，就是继续坚持去观战，去为参赛者加油鼓劲，“见证到最后”。

明天的对手是5班。

虽然在实力上我们要高一筹，但在连败两场、军心不稳的阴影下，我们也不敢拍胸脯保证百分百可以获胜。

那么，是谢幕前的最后一场戏呢，还是下一篇的序章呢?

我们在等待。

我们在不安与平静之间等待。

二　开唱

现在我们把时间倒退回比赛开始前几天。

季节逐渐向寒冷的冬季迈进，流感开始在学校里肆虐，班里同学纷纷中枪，一时间喷嚏与眼泪齐飞，鼻涕共纸巾一色，到处都听得到擤鼻涕的呼呼声。

而此时，与传出羽毛球赛消息差不多同一时间，传出了另一条消息。

高二级合唱比赛的通知正式下发。

又是一个集体比赛项目，不过这回，所有人都将成为参赛者。

叶老师对这个比赛的关注明显比羽毛球赛要高。也难怪，毕竟羽毛球赛只有六人参赛（请忽略大佬乱入），而这个合唱比赛可是实打实的关乎集体荣誉。而16班的文娱委员紫阳，就义不容辞地担负起了这次合唱比赛的总指导一职，我身为他同桌，也有幸参与到了核心决策上来。

在接到通知的那一刻，选择哪首歌作为合唱曲目的问题就摆到了大家面前。

后来发生的事实证明，选一首好歌对合唱比赛而言是多么重要的一件事。这里“好歌”的概念不仅仅是指旋律优美而言，还要能适合非职业合唱者的能力水平。若单以狭义的标准来说，周杰伦的歌曲毫无疑问符合“好歌”的标准，可是你能想象一个班48号人整齐划一地唱“快使用双节棍哼哼哈嘿”吗？但有些班明显就犯了这个错误，选了那些好听是好听，却完全不适合合唱的歌曲，结果嘛……

对我们这些业余选手来说，合唱时的速度绝对是最大的问题。48个人48张嘴，每个人对歌曲的节奏把握都有差别，如果不训练，一到唱时立马就变得一盆散沙溃不成军了。而且就算训练了，一旦唱快一些的歌曲，结果一样惨烈。因此最好选用一些节奏中等偏慢的歌曲，便于上口，降低训练难度。

当然，以上这些经验只是我在日后的训练中才慢慢悟出来的。现在的情况是，仅仅在一天后，候选歌曲就送呈至紫阳面前——只有两首歌：《青春纪念册》和《爱因为在心中》。

如此寒碜的数量，倒不是说我们同学缺乏想象力，只能想到这么少，而是比赛对歌曲的题材限制——题材、内容均需健康向上。

按说这一点要求也算正常，但大家知道，现在的歌坛基本上一片莺歌燕舞生离死别缠缠绵绵，这怎能展示新时代中国青少年的精神风貌呢？

不过数量少也有数量少的好处，现在也就是个二选一的局面，非黑即白，选起来就容易下手多了。

于是，在候选歌曲送上的当天晚上，在阿海的主持下，紫阳就歌曲的选择问题发起了全民公投。说起来这也是16班的一个优良传统，作为民主意识浓厚的新一代，我们凡是有重大事项都要进行全民公投，让同学们在实践中接受民主的锻炼，切实行使自己的投票权（这种带有浓厚政治课本味道的话语是怎么回事），比选举人大代表实在多了。

两首候选歌里，《爱因为在心中》是由大索提交的，至于是否为此对16班其他选民进行了拉票活动就不得而知了。作为16班里德高望重的大人物，大索的意见不容小视，到最后全民公投时，在大索的巨大声望的影响下，多数选民都投了《爱因为在心中》一票，这首歌以绝对优势完胜《青春纪念册》，成为16班的合唱曲目。

历史有时就是如此奇妙而难以捉摸，就是大索的强烈建议，就是这一次全民公投，使《爱因为在心中》在16班的历史里留下了无可替代的印记。

确定了曲目，接下来就是要安排如何唱了。如果只是简单地将一首歌由头合唱到尾，似乎有点缺乏技巧，要想在众多班集体里冒出尖来可不容易。但是就业余选手而言，似乎又不能指望我们能玩二重唱三重唱×重唱之类的高端技术。因此经过大家一番讨论后（具体讨论人员及讨论内容缺失），决定找几个人作为领唱来唱歌曲的前奏和过渡部分，剩下的主歌部分则由大家合唱。于是，这几个领唱者的选定就又成了我们的下一道问题。

在羽毛球赛来临时，那种像是吃了过期伟哥的激动感又从我脚跟直涌到了头顶。

和羽毛球一样，我对唱歌也有着强烈的热爱。虽然我知道自己既不会运气，也不会什么美声唱法民族唱法，完全只是靠喉咙运作，一旦歌曲难度稍大，立马就有破音的危险，但我依然愿意站到台前去唱，我依然不想放过这个难得的机会。我已经放任羽毛球赛的机会溜走，这次无

论如何都不愿再放弃，因此一听紫阳说要选领唱，立马又像打了鸡血似的站了出来，而且态度非常坚决而不容置疑。

而这一次我终于没有再失望，其他同学有的是因为能力问题，有的是因为勇气问题，基本没有谁会像我这样有了三分颜色就敢开染坊，没水平也敢出来乱闯。而我又直接参与了最高决策，在这种环境下，我就捡了个大便宜，如愿以偿地拿到了这个领唱的位置。

而大索凭借在光棍六人组里的优异表现，以及一贯热心班级活动的积极态度，也拿下了另一个领唱的位置。

在确定了男生的领唱者后，紫阳对女生领唱者的选定陷入了苦恼。由于咱班女生在唱歌这事儿上都颇有谦虚风范，个个深藏不露，紫阳也不清楚到底谁能真正胜任这份工作，空自着急了好久。

某天晚修放学后，紫阳又找我商量关于女生领唱的问题。而这次，紫阳灵光一现，提出了如下方法。

“不如这样，我们先集体练一次，就当热热身，唱的时候你跟我都留心一下，看哪个女生有料，就选她。”

“好主意，反正现在大家对这首歌还一知半解的，也有必要先让大家熟悉一下。”我想了想，确实是再好不过的方法，就赞同地回答道。

“那就这样定，我去跟叶老师打个招呼，明晚晚修上课前先排练一次。”

“那我到时就把歌词先抄上黑板。”

“OK。”

一旦想到了选拔方法，之后的程序就变得简单多了。我和紫阳言辞简洁地讨论出了大致的方针，终于将定心丸吃到了肚子里，就各自收拾东西回宿舍了。

夜幕中，我怀着对明天晚上第一次训练的期待，酣然入睡。一夜无话。

月兔落下，金乌跃起。

催魂夺命的闹铃声令人恶心地响了起来，我迷迷糊糊地睁眼，凭着一瞬间的决心毅然坐起身来。然而几秒之后……

"咳咳咳！"

我惊恐地发现，仅仅一晚的时间，我的喉咙就像患了多年咽喉炎的人一样，好像塞满了沙子在喉结。

"咳咳咳！"我又忍不住咳了好几声，沙哑难言。

我脑海闪电般掠过了一个念头：

"糟糕！难道我也感冒了？"

大事不好，今晚可是要……

怎么办？

三　困境

说起我的身体情况，不知从什么时候开始，像是调了一个超长的生物钟，平时都无甚大病，但却固定在每年冬季必有大感冒一次。所以如果你问我什么时候容易得感冒，我就可以唱上一首《大约在冬季》作为回答了。

在关键时刻身体竟然掉了链子，虽然一年只病一次，我得承蒙上天厚爱，可是这感冒早不来晚不来，就挑这种时候来，真是不由让我大呼："老天爷你坑我啊。"

病情来势汹汹，尽管我还想将唯心主义进行到底，欺骗自己其实没事，但现实却是到了傍晚时分，我的身体已经开始不断冒虚汗，头也开始变得晕晕乎乎的。

看来这次是真的躲不过了，我只好打电话给妈妈报告病情并向叶老师请假，这意味着我今晚要缺席16班的第一次合唱训练了。

虽然即将要回家了，但我还是放心不下班里的合唱训练，趁着病还没爆发，晚修开始前，我就赶紧把歌词抄到了黑板上。然而却遭到了众人的吐槽：

"字写得不咋样嘛！"

"你那字怎么越写越歪了啊？"

"就是，一排字都翘上去了。"

我定神一看，还真是，由于我的写字习惯，如果没有下画线的规范，一行字就会被我写得要么翘上云端，要么坠入地底，整体效果相当难看。

羞愧得无地自容的我只好灰溜溜地把笔交给了女同学来写，马上字的整体效果就得到了极大改观。

这时候，叶老师进来了，她看到我站在门口，就发话了：

“你不是病了吗？怎么还不回去？”

她用一种明显的“你不会是装病吧”的表情盯着我。

晕，我只是想在回家休养之前，再多关心一下班集体嘛，怎么连老师都和我过不去啊，我感到一腔“悲愤”无处诉说，但还是结结巴巴开口：“等着家里人来接我呢，就再看看大家训练的情况呗。”

叶老师眉头稍稍舒展，就开始絮絮叨叨了：“病了就赶紧回家休息嘛，还留在这里磨蹭什么啊，快点养好病，不要把学习落下了……”我“嗯嗯”地敷衍作答，一边看着紫阳在讲台上准备播放歌曲。

终于，《爱因为在心中》轻柔舒缓的旋律从课室的音箱里缓缓倾泻出来，全班同学看着黑板上的歌词，开始了第一次训练。

当然，说了是第一次，自然不能指望情况能好到哪里去。大家似乎都还有些放不开，许多同学光见嘴唇嚅动，但却没发出半点声音，搞了半天，原唱的声音比我们的声音都还大。

我一看势头不妙，赶紧厚着脸皮冲上讲台，大声吼唱着带动班里逐渐颓废下去的声音。但和我一样“不要脸”的同学似乎只有寥寥几个，整体的声音还是无可阻挡地急速向地表以下坠落，速度也开始变得乱七八糟，唱得快了的有，唱得慢了的也有。在这种混乱的局面下，我也渐渐感到了一股无形的压力扼住了我的喉咙，声音也慢慢哑火了。总之待得曲终，我们已然溃不成军，晕头转向不知东西了。

虽然知道是第一次练习，问题多多是不可避免的，但我还是焦虑无比，想找紫阳商量一下对策，可没等我再说什么，叶老师已经开始了新一轮催促：“好了好了，病了就不要老在这里吼，赶紧回家去！”怕叶老师的耐心接近极限，我不敢再违拗她，只好匆匆去收拾东西。

收拾东西时，紫阳就在我旁边，问了句：“准备走了？”我“嗯”

了一声，突然感到有点悲壮的意味，就像和战友并肩战斗许久，但终于无法支撑伤势了那般。我也不想说些太矫情的话，只是简单说了句："接下来你们自己加油啦！"将所有的期待都放进了这句话中，就此离开了教室。而就在离开时，我都还盼望着后背长出一只眼睛，看看接下去的训练情况。

随后，课室门就被毫不留情地关上了。

接下来，我浑身发烫、脑袋昏沉地在家中的被窝窝了两天，脑袋里一片空白。到了第三天，我半死的身躯终于有力气从被窝里爬起了，我首先想到的就是合唱比赛的情况，不知两天过后他们练得怎么样了呢？

我估摸着晚修已经下课，就发了一封短信给紫阳故作轻描淡写地问道"练得怎么样"，而紫阳的回复也算让人宽慰："还不错，大家一开始还有点拘谨，后来我和锁匙、黎思鹭他们上去带着唱，情况就好了很多，大家也开始能放开了。"

我一看到"黎思鹭"这个名字，就知道女生领唱的第一个人选可以敲定了。

说起这个个头娇小的女生，那可真是一言难尽、罄竹难书（额……）。虽然身形似萝莉，但明显已经具备了女王的所有特质，永远豪迈奔放、气势如虹，面对男生也是丝毫不落下风，连冬宇这样的高个子帅哥，见了她都得毕恭毕敬地叫上一句："女王好！"一句"浓缩的都是精华"已经不能概括她的全部威力了，用她自己的话说就是"萝莉身御姐心"。此外，她还是个工作狂，永远忙得不可开交，一旦工作起来就是六亲不认的状态，实在让人胆寒。不过她的文章倒是很符合一个女孩子的婉约形象，文风细腻优美。我和她算是笔友，有幸见到了她笔尖下不为人知的另一面（会给杀人灭口吗）。

由于她自初中起就是合唱队的，内力深厚无比，估计说话之前都要先在丹田运上一口气，何止是声如洪钟那么简单。假如认真起来火力全开的话，完全是震耳欲聋的级别，拿着麦克风都不一定干得过她。

这样一个强力专业人才，指导我们这些门外汉是再合适不过了。

我稍稍放心了些，就开起了玩笑："大家想我不？"

紫阳的回复就明显地反应过度了："歌神！没你怎么成啊，养好病赶紧回来吧！"

歌神……

虽然紫阳封这个称号给我只是玩笑，但我也同样感觉到了他对我的期待。被拉到和张学友一样的高度，我可实在是心虚到了极点。就我这个基本不会声乐技巧的人，能当领唱已经是让我受宠若惊了，就怕表现不好辜负了大家，现在面对着一份沉甸甸的希望，我感觉压力陡然增大了。

"既然还不能回校，我自己先练一练吧。"为了回去之后能有足够的底气面对大家，我也开始了自我强化训练。

当我终于了结了疾病，怀着满心期待回到班里时，却发现面前的情况虽不说严峻之至，但也绝对不容乐观。

现在我们的训练时间基本固定了在晚修放学后，而我回来当天晚上，就开始了16班的第三次训练。《爱因为在心中》优美的旋律又一次飘荡在教室里。

思鹭的实力果然不是盖的，在众多声线中，她的声音可谓是一枝独秀，歌声洪亮清越，起到了良好的带头示范作用。而同学们也比两天前要放开了，声音整齐了不少。

虽然有所改观，但是距离一个合格的合唱还是有相当大的距离，很多同学还是没有彻底释放自己喉咙的声音，整体的效果依旧像个小脚女人，畏畏缩缩，缺乏合唱应有的强大气势。

我的个性比较急躁，见此状况又开始焦虑了起来，在合唱过程中时不时地嚷一句："大家大声点！不要怕！大声唱！"不过像我这样的口头鼓劲似乎效果不大，大家的声音依旧是不温不火地唱到了曲终。

第一轮训练刚过，我就想上讲台去"严肃"地教育大家一番，但阿海和紫阳没有给我机会，当我刚迈步时，他们已经站到了台上进行总结发言，而他们的发言基本以鼓励为主，缺点虽也有提，但只是作为一个微不足道的部分说出来，让我觉得实在太过蜻蜓点水了。从这一点上来说，我得承认我确实不是一个好的教育者。现在回想起来，那时只是刚开始练，确实没有必要一下子把对大家的要求拔高到身经百战的合唱团的高度。如果当时是我去讲，把大家批个狗血淋头，打击了大家的信心，大家还哪里会有热情继续练？自然也就不会有后来的传奇故事了。

不过当时的情况却也不由得我不着急，此后两天我们又训练了几次，依旧起色不大。唯一的收获就是又解决了女生领唱的第二个和第三个人选。

第二个女生领唱是汪滢，这位性格内敛的女生平日里沉默寡言，最大的特点就是嗜睡，她似乎永远都睡不够，叶老师每次巡视教室，基本都能见到她趴在桌子上睡觉。但她在唱歌方面和思鹭一样也是个专业人才，如果我没记错，她也是合唱队的。在某次训练之后，我和紫阳发现了她这个“金子”，真是喜出望外。于是在训练结束之后，我们俩就像不良少年堵住小学生收保护费一样，往坐在座位上的汪滢面前一站，一致要求她再秀一秀她的歌喉。

汪滢平日里就是很低调的人，不爱出风头，给我们这么一逼迫（怎么说得我们很坏啊），她紧张得面红耳赤，但还是应我们的要求开口唱了一段。

“不错，她可以。”听过她唱了之后，紫阳小声地跟我说。

“那就敲定第二个人选了。”我点头同意，“汪滢，现在我们就把领唱这个光荣的任务交给你了！千万别辜负全班同学的期待啊！”

汪滢起初还有些犹豫，但给我们软磨硬泡了一会儿，终于点头答应了。

“搞定！”我和紫阳击掌。

而第三个人选则是嘉怡，这个女生应该是我们班数一数二勤奋的人物。她高一时也是在重点班，之前刚开学时和聪聪传所谓“绯闻”的就是她。在训练时我和紫阳意外地发现她的声音在女生里也是比较突出的，于是萌生了将她作为女生的第三位领唱的念头。但她平时对这些集体活动一般都是敬而远之的，我们甚至不确定能不能征得她的同意，于是抱着姑且一试的想法询问了她一下，没想到事情倒是出乎意料的顺利，嘉怡只是稍稍犹豫了一会儿，就点头答应了。

“五个领唱，两个男生，三个女生，够了吧？”

“嗯，再多的话就可以搞个小合唱了。”

虽然全部领唱人员的确定让我和紫阳很是振奋了一把，但丝毫没有改变总体合唱依旧不给力的现状。有时训练时间刚好和别班重合，我们甚至能听到15班传来的歌声，这种侵略性极强的歌声让我们的信心更加受挫。

而同一时间，羽毛球赛场上的接连失利也让我们一片唉声叹气，真可谓是流年不利，难道16班就要可悲地在连续两个集体项目上像灰尘一样被毫不留情地吹散吗？

“明天就是和5班的比赛了。”

“是16班晋级最后的机会了吧？”

大家对明天的羽毛球赛议论纷纷。

结果，到底会怎么样呢？

我们现在，只有静静地等待。

四　转折

终于，攸关我们晋级前途的比赛光临了。

我之前提到，由于随机决定三类比赛顺序的原因，指望我们能通过田忌赛马的方式放弃哪一场比赛是很难的。但是对5班的这一场，就不一样了。

根据赛前大索的分析，5班最强悍的一个选手是在校队服役且外出参赛无数，经验值高得恐怖的林斌鸿，他连佛山市的高手都会过了不少，那些猛人都未必奈何得了他，我们在他面前，也就是和风细雨的小场面。所以5班的优势就在于有这么一个堪称BUG的人物助阵，在别班看来是相当拉风。

然而他们的劣势和优势一样明显，那就是，除了林斌鸿以外，别人的水平基本都够不上级里的平均水平。

这就没办法了，林斌鸿再厉害，也只是一个人。他可以保证自己的比赛万无一失，但如果队友跟不上他的脚步，对整体而言还是杯水车

薪，起不了决定性作用。

所以现在我们的目的就很明确了，无论林斌鸿打哪一场比赛，那场比赛我们都不再抱任何幻想，只要在另外两场比赛上做足准备，胜利一样是我们的。

比赛当天。

当我到达比赛场地时，我简直以为我走错场地了。

16班的场边挤满了前来观战的各位同学，大家脸上的表情都充满了期待，这是此前两场比赛从未有过的超高上座率，一扫此前的冷清和颓势。

这个前所未见的场面给了在场中准备比赛的大索等人以极大的底气，他们虽然依旧严阵以待，但脸上多了一份镇定和自信，前两次比赛里的沉重和不确定感消失殆尽。

我笑了，突然心里就有了预感：这场比赛，我们赢定了！

这一次，六位参赛选手终于可以彻底发挥出全部实力了。大索和陈曦的重扣火力全开，胡须的技巧性打法使对手防不胜防。而女生这边也不落下风，嘉琪充分发挥在女生中出类拔萃的力量型打法，让对方女生毫无招架之力，可欣凭借此前在校队里的专业训练，对付业余选手绰绰有余，而进怡是少见的左手握拍，她打出的球总能给对方制造出不一样的“惊喜”。

场下观战的同学也成了选手们的强大发动机，每赢一球，人群都会爆发出震耳欲聋的喝彩和叫好声，令人完全无法想象这是一支已经惨遭两连败的气沮之师。这片如雷的喝彩声也使场上比赛的大索等人气势越发凌厉无匹，真是怎么打怎么顺手。

我们所有人都感受到了一种兴奋的酣畅感，不仅是因为比赛向着我们所期待的方向发展，更是因为我们都从中感受到了一股强大的凝聚力正将大家紧紧捆绑在一起，仿佛有很多条看不到的线将场上的六位同学、场下的众多观战者以及场上和场下的同学通通连接起来了。

这一刻，我们的心同步跳动！

比赛的最终结果，有林斌鸿参战的那一场毫无悬念地输了，而其余两场，被我们以如虹的气势成功拿下。

胜利了！

16班没有可悲地走上覆灭，我们成功开启了新一章的序幕！

是我们大家合力开启了这个序幕！

场上的六位同学还没有完全摆脱久战之后的疲惫，但脸上无一例外的是喜悦和欣慰。

场下的我们，送给他们的，是一波又一波的欢呼和叫好。

这一秒，我们无人不是英雄！

这一场久违的胜利一扫连日来弥漫在班上的颓废气息，很明显它起到的功效不仅是重新燃起了我们对比赛的热情，而且还将这股热情蔓延到了其他地方。

当晚，合唱训练也让我和紫阳有了新惊喜。大概是受到今日羽毛球比赛的激励，大家的喉咙好像被砸开了一条锁链，合唱的分贝可谓是直线上升，至少以我而言，说是引吭高歌真是毫不夸张，气势与前几天相比简直是脱胎换骨。

“每个人，都拥有一个梦，即使彼此不相同，能够与你分享，无论失败成功都会感动……”

连日来被我们唱得滚瓜烂熟的歌，今日似乎被赋予了崭新的意义。因为羽毛球赛，让我们对这首歌的领悟趋向了更深一层的境界。

16班的48位兄弟姐妹，怀着不同的梦想走到一起，幸运地我们的生命中意义非凡的两年遇见了彼此，一起笑，一起哭，一起闹，一起经历种种酸甜苦辣，感谢我们为彼此留下了一份美丽的记忆，一份疯疯癫癫的、不着边际的，但却充满希冀的记忆。我们会记得，在我们最憧憬梦想的那两年里，有最好的朋友和我们一起守望。

缘分真的是很奇妙的东西，不是吗？

这是一个转折点，如果按照历史书上的说法，其地位就相当于遵义会议，16班终于扭转了被动挨打的局面，开始缔造属于自己的辉煌。

挟着战胜5班的信心，我们迎来了羽毛球赛的下一个对手17班。说起来，17班的参赛选手和我们沾亲带故的着实不少，比如名动江湖的刀哥就是其中一个，还有我初中的同学孟贤哥，以及和大佬似乎很熟但不知是什么关系的“深圳佬”。当然，沾亲带故不能成为我们放水的理由，不过这场比赛从一开始就被我们说成是“棒打鸳鸯”的一场比赛，原因是我们班有两位女生的男朋友都在17班，一位是曼宁，一位是性格文静、被我们“尊敬”地称为“姑娘”的映婷。我们开玩笑说这场比赛不论谁赢了，结果都会让这两段跨班恋情被无情终结。

话虽如此，到了事关班集体荣誉的大是大非上，我们大家还是很有大义灭亲的觉悟的，到了比赛这天，双方都列出了大阵像，前来观战的人里三层外三层将场地围了个密不透风。

在这场比赛里，连大佬也进来掺和了一把，他和大索组队参加男双，但结果却导致了非常搞笑的一幕。

前文提过刀哥是个五大三粗的纯爷们，打起球来自然是虎虎生风，相当给力，相对的，大索作为一个重量级人物在打球的力度上也是非同小可，而他们恰好都是参加男双比赛，于是两位高手就不可避免地狭路相逢了。而男双的另外两位选手，就是大佬和“深圳佬”。

想象一下，一场男双比赛，两个是棋逢对手的猛士，两个是交情深厚的好基友，这个情况无论如何都让人有种违和感，而接下来的比赛也让人感觉确实有点不靠谱。

根据大索的回忆，在这场男双比赛里，全程基本上就是名为双打的单打，就是他和刀哥两人在各种吊高球、打远球，火力交锋完全集中在后场，而负责前场的大佬和“深圳佬”，基本上和比赛绝缘，只是时不时地协助把球挑高或者打后，以方便大索和刀哥接着拼杀，结果他俩到最后百无聊赖，居然撇开比赛，隔着网开始叙旧了。

我至今百思不得其解，无法想象这样的场面：后方将士打得如火如荼，前方将士却在喝茶聊天？

你没有看错，我……应该也没有写错。

这场奇妙的比赛就成了大索和刀哥单挑的专场，两人的力量大比拼。最后总算是大索略胜一筹，拿下了这场男双。

而看大佬和“深圳佬”，好像也聊了很久了。

下一场是混双，17班的混双组合，男的正是我的初中同学孟贤哥，他的技术原本也是相当强悍，扣杀有力，然而可惜的是，在他初中某次打篮球时，不慎被人撞倒，拉伤了腿部，休养了整整半个学期，从此落下了伤病，不能进行过分激烈的体育活动，这就大大限制了他在比赛中的移动范围，除非必要，否则他基本上就固定在了一个点上进行回球。而他们混双的女选手冯椅华，则是大索的初中同学，在女生里的实力也是不俗，扣杀力道强，但由于身形稍显丰满，导致移动速度大受影响。

对于这两个“熟悉”的对手，大索可谓是做到知根知底了，对这场比赛，他心里自然也有谱了。混双即将开始时，大索拉住了正在热身准备的胡须，开始了面授机宜：“对方的两个选手都可以说是力量型的，但是他们的弱点也都一样，就是无法快速移动，针对这一点，你的任务就是不停地吊球，前后左右吊个遍，他们就没法接了。”

拿了锦囊妙计的胡须在接下来的比赛严格贯彻了大索定下的战略指

导方针，不停地将球打向不同方向，让对方疲于奔命，无法开展有效反击，最终将混双斩于马下。

而女双也没有让我们失望，同样以胜利告终，最终以三场全胜的完美战绩战胜了17班。

就这样，16班在羽毛球比赛的征程上又前进了一步，正式杀入半决赛。

“没想到，开始连输两场，到现在不但没被淘汰，还杀进了半决赛。”大家纷纷感叹，16班的生命力果然够顽强。也幸亏大家在“危急存亡之秋”团结起来拼搏，才有了今日征途的延续。在高兴的同时，我们心中又有些不安：不知道这份难得的顽强和团结，能支撑我们走到哪一步呢？

越往后，路越难走。

比赛表上显示，16班下一场的对手：11班。

16班的最大挑战，即将来临。

五　大逆转

16班的羽毛球赛之路里，真正含金量十足、旗鼓相当的一场比赛，就是和11班。相信凡是经历过那场比赛的人，不到比赛结束那一刻，都没有一个能猜得到比赛的胜负。

这绝对是一场“玩的就是心跳”的极限比赛。

在不少人的记忆里，11班的实力也是相当不俗，并非易与之辈。观察即将交战的双方，16班沉浸在由挨打转为进攻的扬眉吐气里，势头正猛；而11班据说也是在之前的比赛里所向披靡、罕逢敌手，气势同样凌厉。两个同等量级的气场相碰撞，会引发怎样的暴风呢？

两强相遇，名副其实的两强相遇。

尽管来比一场吧，且看鹿死谁手？

经过前面几场比赛的柳暗花明，已经彻底将大家的斗志和团结精神激发了出来，阿海已经不需要再额外地进行什么战前动员了，到了比赛当天，我们都自发地来到了比赛现场加油助威，现场一片人头耸动。

我们想亲眼见证这个班的力量，我们想亲眼见证这个班的成长，我们更想亲眼见证这个班的辉煌。

16班，是我们48个人的16班。

战局的胶着几乎从第一场比赛的第一个球就开始了。然而可惜的是，许多人已经对前两场的比赛无甚记忆，只是记得无比地艰苦，赢的一场赢得很艰苦，输的一场也输得很纠结。

胜一场，负一场，最终拖到了第三场。

最后一场是女双。

打得如此艰苦的比赛在之前还真是从未遇过，现在就看女双了。虽然我们的女生选手的实力在级里绝对算得上是出类拔萃的，但眼见前两场打得如此艰苦，几乎不必幻想11班的女选手实力会差到哪里去。

16班的女双阵容是，嘉琪和可欣。

由于时间久远，许多当事人关于那场比赛的具体情况都已模糊，但非常幸运的是，可欣对这场比赛的记忆非常清楚，许多近乎戏剧性的情节通过她的回忆得以重现。

在女双比赛一开始，11班的攻击性就表露无遗，回球回得非常凶狠。

第一球，平淡的开球，但仅仅两三个来回后……

“啪！”一声听得出非常有力的干净利落的声音。

11班那头的欢呼声雷动般地响了起来。嘉琪和可欣似乎才回过神来。

球已经落在了嘉琪和可欣身后。两人看了一眼似乎是瞬间出现的球，脸上是一副惊讶的不甘，还带着一点迷惑。

显然，11班的两位女生是想在比赛一开始，就通过快速进攻将主动权抓在手里。她们的策略明显收到了效果，嘉琪和可欣还没站稳脚跟，就被杀了个狼狈不堪，犹如惊涛骇浪中的一叶扁舟，时有覆灭之危。从11班的角度来看，开局十分顺利，将嘉琪和可欣调动得团团转，然后一瞬间扣杀，使两人根本没有回过神的余地。嘉琪和可欣本来就似乎还没找着状态，被拖入了对手的迅猛节奏中，就更加找不着北，只能勉强回击，虽偶有得分，但整体优势却牢牢被11班把握在手里。

我们在场下心吊得老高，每一球结束都要拼命高喊加油，盼望这一声声加油能真的化作实质的能量传入场上的两位选手体内。眼见局势似乎无法挽回地向11班倒去，一股无形的焦虑紧张在16班所有人里弥漫开来。我们的信心都开始微微动摇起来。

才刚刚将所有人的意志凝成了一股劲，难道现实就马上要给我们泼一盆冷水吗？

怎么能接受这么仓促又无聊的结局啊！

16班！

可欣毕竟是校队出身，有相当的比赛经验，当发现比赛已经非常危险地被拖入对手的节奏时，她深深吸了口气，然后……

“裁判，这球羽毛掉了，我要求换球！”

裁判看了看那球，同意了她的要求。

一个崭新的球替代了原本那个被11班玩弄于股掌间的略显残旧的球。

按照规矩，换了新球之后可以先试一试球感。嘉琪和可欣就在这几下试球里终于找回了手感。

比赛重新开始。

球类比赛里很注重的一点是气势，所谓一鼓作气，再而衰，三而竭。有时候比赛的局势一旦被某一方完全掌控，说是一泻千里地赢到底也毫不奇怪。因此另一方就需要通过暂停或其他办法来打断这种过于顺畅的势头，打乱对方的节奏，扰乱对方的感觉，同时也为本方赢得缓冲的机会。

可欣这一下换球的举动堪称及时，11班的选手一往无前的气势被突然阻断，换球之后，心神明显有些不够刚才集中，16班接连赢下几球，比分逐渐持平，局势终于被嘉琪和可欣从悬崖边上拉回了一些。我们刚刚有所低落的情绪马上被这接踵而至的几球胜利推回高潮，加油鼓劲的声音越发高涨。

有希望获胜了！

我们乐观得太早了。

球陡然被挑高，在后场的嘉琪眼见球从头顶飞过，急忙后撤去救，无奈身高限制，球虽接到，力道却只剩两三分，晃晃悠悠地飘到了自家前场。

11班的选手不是尼姑，自然也不是吃素的。她们的实力原本就与嘉琪和可欣旗鼓相当，甚至说略胜一筹也不为过。只是因为换球的突兀，气势被稍微动摇了一下，一旦回过神来，很快又以毫不输于刚才的凶猛再度与嘉琪和可欣争夺起比赛的主动权。

战况瞬息万变，仿佛刚刚赢球的欢欣还没从我们观众席上退却，比分却已残酷地显示，11班不但已经扭转了局面，还将比分反超了，不但反超了，而且还将分差优势扩大到了5分。

这种由乐至悲的转变太快，也太狠了。

好不容易追赶上来的成果瞬间灰飞烟灭，带给我们的动摇和打击甚至比刚才还大，我们的信心被实实在在地重创了一把。

9：14

21分的赛制。

分差在三分以上就已经进入危险界线了，而如今面对两个实力甚至在我们之上的对手，五分在我们眼里简直就是天堑，是天堂和地狱的距离。

这一次，大概无论如何也躲不过失败的命运了吧？我虽不愿承认，已经有这样的念头开始像蚂蚁一样折磨我的神经了。我环顾周围的同学，大家脸都绷得紧紧的，有多少人脑海里也开始闪烁这样的念头呢？

关键时刻，可欣的经验又一次帮了大忙。她意识到在开局时，对手不但将己方拖入了她们的比赛节奏，而且在数个回合的你来我往中已经摸清了己方的弱点，嘉琪的扣球虽然比较出色，但是受制于身高，一旦球的高度超出了她的能力范围，她就只能徒唤奈何了。刚才的连续几个高球就是觑准了嘉琪在后场的薄弱，才打得她们毫无反击之力。

想通了这点的可欣喊了暂停，把嘉琪叫了过来，开始了临时的战术调整。

而我们在场下则只能拼命多喊几句加油。

暂停结束，嘉琪和可欣再一次各就各位。我们的喊声渐渐弱了下去，不由自主地屏气凝神起来。

几乎在球开出去的同时，嘉琪和可欣就动了。她们的阵型作了些变动，嘉琪不再死守后场，而是迅速奔到前场拦网，她在网前干脆有力的截击可以攻破对手的防线。与此相对，身高上优势显著的可欣退至后场，以逸待劳只等对手把球打过来。

这种分工明确的阵型显然符合两人的特点，威力明显。没几下，可欣一记狠扣就把球送到了对手的空隙处。

这一球兔起鹘落，嘉琪和可欣打得从容而精准，毫无刚才的疲于奔命之态。我们看在眼里，再一次燃起了信心，但唯恐战局又瞬间转变，喊加油喊得有点小心，不敢过分大声把嘉琪和可欣的好状态打破。

11班的选手也意识到了对方的变化，也不敢再有任何掉以轻心，集中起十二分精神全力拼杀。

在经历了刚才阵地反复易手的拉锯战后，双方终于都将能量催至百分之百，毫无旁顾、正面发起了最后的激斗。分差在互不相让的拼力缠斗中逐渐缩小，5分、4分、3分、2分、1分……

这种逼出人体极限的比赛，让可欣在场上完全进入一种恍惚的状态，只是在机械地盯着球靠本能来回击着。她唯一的记忆，是隐约地听到体育委员睿韬在场下仿佛虚无缥缈实则声嘶力竭的声音：

“逆转！逆转！逆转啊!!!”

这个拼尽全力的喊声像一股飓风扫遍全场。渐渐地，我们的加油声也如百川汇海，逐渐汇集到了一起：

“逆转！逆转！逆转啊!!!”

又是仿佛几个世纪的几球争抢，终于……

19：19

逼近了最后的局点。

战斗竟然被拖到了最后一刻，我们不但填平了5分的差距，而且还将战况拉到了最极限的局面。

逆转，真正的逆转！

和11班的这三场比赛真正是做到了倾力而上，毫不打折。

我们都紧张到了极点。

这一球，由可欣来开，但是却出现了意料之外的小插曲。

又重新凝滞起来的比赛氛围里，可欣突然抓着球捂住嘴打了个清脆的喷嚏。

我们都愣了愣，反应过来时，那个兴许沾了可欣唾液的羽毛球已经被开了出去。

每一个来回，我都产生幻觉，那球似乎随时都会飞到嘉琪和可欣接不到的地方去。而嘉琪和可欣每回一球，都似乎会遭到对手的无情而又防不胜防的扣杀。

那个被可欣“祝福”过的球，似乎终于把一丝运气漏了出来，只听场上又是一声清脆而干净利落的“啪”。

然而这一次，球落到了11班的场内。

20：19

我们怀着随时会掉下悬崖的心情又小小欢呼了一番。

终于到最后一球了。

绝对不能大意啊，对手的可怕已经被我们充分领教过了，她们就像隐忍的杀手，只要稍不留心，就会被一击致命。

最后的最后了。

然而刚才那一球的胜利，似乎把11班的选手心里紧绷着的一条线“崩”地一声剪断了，仅剩一球的沉重压力瞬间压垮了她们开赛以来的气势。

这是无可挽回的后果。

活了17年的我第一次体会到，时间真的会变慢。当那一球被扣至赛场的另一端，无力地落到地上时，我看着嘉琪和可欣慢慢闭起眼睛，缓缓抬起头，那一口憋了许久的浑浊的二氧化碳从口鼻间丝丝吐出。

我忽然发现，时间真的凝固了，周围的每个人的动作都变得很慢很慢。我随着大家的脚步仿佛一步一个脚印向场内移动。

而比分，就定格在了21：19。

这凝固只有短短一秒，一秒之后，雷鸣般的欢呼声在我耳边震耳欲聋地响了起来，震得我的耳朵快炸了。眼前的一切景象回复了正常的速度，我们就像俗气的动画片里的场景，全都挥舞着双手狂叫着疯狂地涌到了场中央，只为了奔向我们的英雄。

逆转了，真的逆转了！

我们赢了！！！

与11班世纪大战的当晚，全班都陷入了极度的兴奋中，晚修临下课时，大佬甚至按捺不住激动的心情，上台发表了一通热情洋溢的讲话，讲话绘声绘色地回顾了比赛的激烈战况，他特别表扬了可欣的神勇，并提到了可欣那一下突如其来的喷嚏，更对此大加赞赏。根据大佬的说法，可欣的这一下喷嚏是有灵气的，就在最危急的关头，因这一个喷嚏，嘉琪和可欣才能有如神助，砍下这场宛如走钢丝般的极限比赛。

我和紫阳本想听完大佬全篇演讲，但由于要为课后练合唱拿场地，因此只能怀着愉悦而遗憾的心情提前退出课室。

让我们始料不及的是，唯一的一间空置教室竟已被其他班抢先占领，这下我们陷入了无场地可用的境地。由于合唱已渐入佳境，我们已经开始排列队形，大家都要集合到一起才能使合唱的效果发挥出来，因此在课室这么多障碍的地方已经不适合用于训练了。

“怎么办，还有哪里是比较宽阔的场地？”我皱眉，“特别是要有插座的地方？”看着紫阳手里的音箱，我又补充了一句。

紫阳眼神飘了起来，显然在思考。过了几分钟，他灵机一动：“有了！”

于是放学后，我们48个人都集中到了17班门外。我们的教学楼俯瞰呈“匚”形，16班和17班隔空相望，而在17班这一条走廊上正有一大片凸出来的场地，而且角落处正好有一个插座。

完全符合条件。

我们怀着一丝对17班的抱歉之情开始了训练。16班的48位同学都绝对是与人为善的，像这种有“晒命”嫌疑的做法本不在我们考虑范围之内，然而如今只得硬着头皮上了。

熟悉的旋律响了起来。

我一张嘴，就将所有顾虑都抛开了，满脑子只剩今天那场奇迹般的比赛。

我们不抛弃、不放弃，坚持到了最后，值得骄傲的不仅是六位选手的技术，更是他们的顽强和韧劲，还有我们场下所有人的呐喊。能身处16班如此顽强的集体，夫复何憾！

在这样的思绪中，我们的歌声在星空下，不知不觉已经响彻了整栋教学楼，不少还没离开的学生纷纷围观。这种浩大的声势是我之前几天想都不敢想的场景，然而经历了一系列的波折，到今天这个场面，我却一点都不感到惊讶了。

仿佛，16班，从来就应该如此。

我甚至在我们的歌声中听到了一股纯粹的、毫不掩饰的自信和豪情，如此地振奋人心。我唱着唱着，忍不住咧开嘴笑了起来。

而大家的表情，也都是微微地笑着。

之前在家里独自练时，每逢最后的高潮，我的声音总是差了几分，就是冲不上去。但是在合唱时，就像是自然而然的，我听到身后一把洪流般的声音推着我，像一只大手推着我往顶峰狂奔而去，就那么轻而易举地，大声地唱出了最强音。

我顿悟了，我是不能离开16班这个集体的，我作为领唱，只是把大家的力量引导出来，而后面的部分，不是我带他们唱，而是他们拉着我一起唱。

我只是其中的1/48，而已。

我们，是一个整体。

我们，是16班！

六　我们的舞台

合唱训练的要求日趋严格了。

随着比赛日期的临近，以及大家几次突破性的进步，我明显感受到紫阳的野心大大地膨胀了。从最初只求能不过不失地唱好全歌，开始憧憬着能向冠军发起冲击了。

因此，面对着这么一个面貌已然脱胎换骨的集体，紫阳依然感到距离自己的理想状态还有一定的上升空间，想尽一切办法希望再提高大家的水平，不仅经常征询专业人士的意见，而且还联系了教合唱的老师，来对我们进行专业强化训练。

面对越发频密的训练和日渐提高的要求，同学们都相当配合，不需多言，我们已经自发地把16班的荣誉和骄傲，真正当作了自己的荣誉和骄傲。

我相信，这样的班集体，是所向无敌的。

尽管我看出了紫阳冲击冠军的决心以及为此越发严格的要求，但他临近比赛前几天的决定还是出乎我意料。

“我和锁匙他们商量了，决定要增加和声部分。”那天，紫阳就很突然地向我宣布了这个消息。

我大吃一惊：“什么？现在？这个时候？”在我看来，大家已经练得有模有样、熟门熟路了，只要保持着这样的状态到比赛当天，虽不敢说能拿冠军，但拿个好成绩是绝无问题的。

然而现在突然加了个和声进去，等于一个几乎建好的发动机被突然告知，要马上加几个齿轮进去，不仅需要把发动机拆开，而且还要让这几个齿轮与原有的零件进行一番磨合。已经到了临开赛的阶段，时间紧迫，但求能把原有的架构再反复强化完善，却不应再做其他变动了，这样实在是太冒险。

然而紫阳又有另一番道理了：“我们现在声音是够大的，合唱节奏配合也很好，确实实力不差，但是这两点难道只有我们班才有吗？”

他这问题一抛出，我就沉默了。

确实，音量和节奏配合只是一个好的合唱的两项基本条件，甚至算不上优势，无论哪个班经过一番苦练都可以具备这两个条件，要想在20个班里脱颖而出，我们的确还要加些别人不具备的元素。

“我想过了，要体现出一个真正的‘合唱’的技巧，和声是一个很好的选择，不算复杂，又可以给合唱增加一些变化。毕竟从头合唱到尾太僵硬了，没什么亮点可言。”

我不自觉地开始同意他的意见了，但还是有很多担心：“话是这样说，关键还是时间的问题，现在距离比赛开始没剩几天了，来得及增加和声吗？还不仅仅是增加，把它练好也是要时间的吧？”

紫阳倒是显得很淡定：“放心，这个和声不是由头和到尾，只是在最后高潮时再加，和声的人不用很多，要练好也很快的。”

“你打算要几个和声？”我马上又抛出了一个问题。

“看看吧，大概三四个。”紫阳显然还没有考虑好，有点敷衍地回答了这个问题。

这个重要的问题在他那里居然还没着落，对这个仓促的决定，我本就不放心，这下更加感到自己坐在了一辆似乎随时要脱轨的盲动火车上。

不过虽然嘴上说不确定，紫阳还是很麻利地开始了对和声人的选定。

根据我们合唱时的队形排列以及那点粗浅的合唱知识，和声的人选被圈定在位于队列右翼处的几位高个子女生，她们都位于队列的边缘，从声音的配合上看，正适合做和声。

首先许潇和进怡这对出双入对的好百合毫无疑问就入选了，其次是政治科代表敏迎和我们班最内敛低调的文静女生诗婷（这样看来我们班高个子的女生还真不少）。接下来，就是我们班的著名腐女佳蔚了，她和冬宇一样，是二次元的常住居民，喜欢看漫画不说，画功也是相当不俗。

作为腐女，除了这些正常的喜好外，她还有两个“有些不正常”的喜好，一是喜欢肌肉男，我至今记得英语口语课上，当外教问起“What’s your favourite things?”之类的问题时，她当着全班同学的面赤裸裸地回答道：“Strong man！”把我们都吓了一跳。此外，她还在不同场合都表露过对肌肉男的疯狂迷恋，自称最大的心愿是去内蒙古看肌肉男。

而另一个喜好，就有点重口味了。佳蔚喜好肌肉男不说，还喜欢看俩肌肉男在一起发生些×××之类的事情，相当有哲学内涵，对《黑子的篮球》这种容易搞出同性CP的动漫非常狂热。腐女称号，可谓实至名归。

选定了这五位女生后，考虑到这五位都属于非专业人士，为了在剩下的几天时间内能实现“大跃进”的速成，紫阳又特意安排了语文科代表同时也是合唱队一员的乐濛也成为和声的一员，算是导师一样的身份带领其余五位女生练习。

加进和声虽然有点突然，在接下来的训练里，也确实给整体的配合造成了一点影响，具体表现为每当到高潮时，和声一起，就像给旁边负责合唱的同学施了混淆咒，把他们也一起拉进了和声的步伐里，出现了不同程度的混乱，但这个问题还不算大，在几次训练过后，大家基本适应了在高潮部分时突然响起的和声，心神坚固了不少，没有再被和声的同学引入歧途。

几天的时间很快就过去了，在这几天里，基本不再有什么大事发生，训练按部就班地进行。除了某次，阿璇跟着陈曦和紫阳去借用空教室等训练开始，他在空教室里百无聊赖地踢墙玩，结果一不小心，再次上演了掉鞋的杯具……哦，这次应该叫“飞”鞋更准确。他某只脚的鞋被他踢得直冲九霄，直飞上天花板，撞到了天花板上的风扇，陈曦和紫阳当时就震惊得五体投地了。

我当时不在场，事后听说，怎么也无法想象那场景，踢墙竟然也能踢得这么惨烈，阿璇你是练十二路谭腿的吧？

终于，合唱比赛的日子到了。

比赛在晚上进行，地点就在新体育馆，即如今的体育活动中心。

女生的情况如何我不得而知，但男生这边的气氛还是有些紧张的。也许是为了调剂一下这样的气氛，103就出了点小插曲。而引起插曲的主角，依然是我们的话题王阿高。

阿高身形丰满是众所周知的，在洗澡过后，他穿着薄底的拖鞋正往阳台走，刚走到阳台门口，地上的积水对阿高的拖鞋实施了勾引行为，阿高的拖鞋实在没什么定力，瞬间背叛了自己的主人。

当时阿海就在阿高身后不远处，他看到阿高偌大的身躯伴随着陡然狂挥乱舞的双臂，以迅雷不及掩耳之势一滑……

“砰砰！”

两声惊天动地的声音响起。

阿高在滑倒的时候双手还是比较幸运地抓到了两边的门框，使他的屁股没有和地面进行太过亲密的接触，但他肥厚圆润的双腿就没那么幸运了。阳台的宽度比较窄，他的腿被他这么一伸，直接就撞上了放在阳台外大家用的水桶。

而那两声巨响，很不幸，是源自紫阳的水桶。

当众人闻声赶来时，阳台外的水桶早已东倒西歪，紫阳的水桶更是被阿高的腿“插”得惨不忍睹。自己可爱的水桶惨遭辣手摧花，紫阳正要向阿高兴师问罪，再定睛一看，却发现了一个堪称世界第九奇迹的情形。

“Martin，你确定你只有两条腿吧？”他突然不怀好意地嘿笑着问了阿高一句没头没脑的话。

“什么？”正准备低头认罚的阿高一下子没反应过来，不由错愕道。

“你能不能解释一下，你的两条腿，是怎么样在我的桶上戳出三个洞的？”紫阳继续嘿笑着，向着自己那破桶一指。

宿舍众人顺着紫阳一指，发现那桶上赫然留着三个大小不一的洞口，顿时轰然大笑。

“Judy！想不到你这么强大！”

“哈哈哈哈……”

每个人脸上都带着暧昧而猥琐的笑容，向阿高的“阿姆斯特朗回旋加速喷气式阿姆斯特朗炮”（具体含义请自行百度）的一鸣惊人表示了热烈的祝贺和良好的祝愿，弄得阿高百口莫辩，哭笑不得。

阿高引发的世纪之谜成功稀释了男生群的紧张气氛，不到7点，我们就有说有笑地来到了还没多少人的新体育馆。

在开始比赛前，我们班就显示出了与众不同的表现。我们不仅早早到场，而且还抓紧时间上台进行了彩排练习。

从远处看，整个舞台像个巨大的发光体，黄灿灿的融成一片，而这样的亮度，也使镁光灯散发出非同一般的热度，在寒冷的冬季里竟然能让我们直喊热。

彩排了两次后，眼见来的班级越来越多，已经不能再霸占舞台了，思鹭就提出带大家到场外开声，以使等一下的合唱能发挥出最佳效果，不过到最后就变成了48个人在发着高低不一的尖叫声。同一时间，其他班级正鱼贯入场，看着我们，就像看着一群疯子的感觉。

我却完全没有了羞赧的感觉，连在17班门口当众训练这么出格的事都干过了，开个声又算什么。我知道大家这么多天以来的努力是为了什么。

“等一下我们一定会让你们大吃一惊的！”我自豪地想道。

16班的上场次序印象中是在第八或是第九，总之是不前不后的位置。20个班一列列地排满了整个新体育馆内的大场地，人头耸动。虽已进入冬季，坐在台下，内心的一丝丝紧张和近千号人呼出的二氧化碳还是让人感到有点闷热。尤其一想到等一下要在这么多人面前合唱，刚刚平静下来的心跳又开始加速了。

叶老师来来回回地巡视，时不时坐下来和我们闲聊，借此缓解我们的紧张情绪。

在我们前面的班级好像刷地一下就唱完了，但又好像唱了有一个世纪那么久。有的唱得细声细气，有的唱得声音洪亮，有的唱得整整齐齐，有的唱得东倒西歪。而我的耳朵好像有点间歇性失聪，台上的声音传了些下来，又好像什么都没传下来。我知道，我还是不可避免地紧张了。希望永远不要轮到我们班，又希望下一个马上就到我们班上场。

在这么矛盾的心情中，终于听到阿海低声通知道：“去后台准备啦！”

我怀着在冬天里紧张时必然会出现的全身肌肉激烈颤抖的现象站起身，在黑乎乎的台下随着看不清表情的同学们走向后台。

在最后的等待里，经常喜欢和大索腻歪、个子小巧的雪薇突然提议道，来个围圈搭手，作为上场前的最后鼓劲，这个提议在黑暗里很快获得大家的同意。

48只手，在别班的歌声里，在模糊的黑暗中，搭到了一起。

不用多余的话，我们拼搏至此，一定不会让我们自己失望，一定不会让我们16班的每一个兄弟姐妹失望。

“嘿！”我们发了一声喊，48只手陡然往下一压，就此四散。

当我站在台上时，灯光的亮度让我只记得台下是一片的漆黑，看不到观众们的表情。

而后，熟悉的音乐从可以响彻全场的大音箱里流向了我们每一个人的身体。

我感到先前狂跳的心脏把一股热流从脚跟直推上我四肢，在大家共同的声音里我总是无比地安心，那百倍的勇气在我体内鼓胀起来，仿佛这一刻我能做到任何事，任何事……

“每个人　都拥有一个梦

即使彼此不相同

能够与你分享

无论失败成功都会感动

爱　因为在心中

平凡而不平庸

世界就像迷宫

却又让我们此刻相逢our home……”

这就是舞台，这就是我们的舞台。

在我们的舞台上，展现我们最绚丽的一面吧！16班的兄弟姐妹，让我们每一个人的梦想在这个舞台上交织，幻化出最美丽的色彩，一定比那耀眼的灯光更耀眼。

我们是最棒的！

“第二名，16班！”

在场下紧张等待的我们，听到了主持人最后的宣布。

“耶！”

我们纷纷击掌庆贺。没能拿到冠军虽然让我们有点小小的失望（紫阳甚至为此无比地自责），但回望这么多天我们走过的一波三折的道路，我才意识到我们到底经历了什么，一切都曾那么不确定，一切都曾那么让人灰心绝望，最后竟然能把这一切艰难化作我们团结前进的催化剂，竟然能让大家怀着无比的自信和骄傲，欢笑着坐在一起，这不已经是最大的收获了吗？这不已经是最好的结局了吗？

我们的经历，完全称得上是传奇。

合唱结束后回到课室，阿海抑制不住激动，连续三次喊道：“给我们自己鼓个掌吧！”

而我们大声笑着，以惊天动地的掌声回答了阿海的呼喊。

最后的最后，在合唱比赛结束后，我们迎来了最后的一场羽毛球赛。

决赛！

从一开始小组赛的连败，再到反击，再到半决赛的惨烈胶着，最后，就是决赛。

中间，发生了好多事啊！

而对手，竟然就是我们一开始就遇上的7班，这不由让我们百感交集：在我们大败亏输的那天，谁会想到我们竟然还有再次和这个强敌对垒的机会？

而且面对身为理科班的7班，我们无意中竟然成了文科班的代表，这场决赛成了文理科班的最终交锋。

7班的实力我们已经领教过一次了，就算再比一次，获胜的希望依旧很渺茫。我们心里都很清楚这一点，但我们都已彻底释然。我们已经完成了一段传奇的书写，我们已经证明了16班的力量，还奢求什么呢？

“加油哦！”我们笑着对即将上阵的6位选手大声地鼓励道。

他们则依旧严阵以待，镇定地站在了这个曾经打败过他们的对手面前。

“比赛，开始！”

裁判发令了。

面对着强大的7班，我们发起了最终的冲锋。

…………

第八章

暂时的告别

这个充满传奇色彩的高二上学期，终于还是迎来了落幕的一天。

虽然已经是很老土的一句话，但我还是觉得，跟大家的相识，仿佛还是昨天的事。而现在，我们已经是“狼狈为奸”的一个集体了。

差不多从两个星期前开始，电影《阿凡达》就对尚处校园的我们展开了全方位攻势：3D技术、无比震撼的场面、冲击16亿元票房的勃勃雄心、征战奥斯卡、千金难求一票……每天听着宿舍里的《中国之声》东拉西扯地说着关于这部电影的八卦，实在是心痒难耐，但同时，我们却不得不面对日益临近的期末考。

于是，作为这个学期的最后一个句点，我们相约在这学期结束前的最后一天，用卡梅隆大神的力作来告别这个学期。

已经很难回忆起期末考的那几天是什么情况了，倒记得天气是很冷很冷的，天空一直是晦暗不见一丝阳光，如刀的冷风狠狠刮过我们裸露在外的皮肤，三三两两的学生瑟缩着，在落叶纷飞的校道上慢慢走过，即使把长袖校服的拉链拉至最高，托了其冬凉夏暖的优异质量，依然让人觉得冷得不堪。地上枯黄的落叶虽多，头顶的绿色却似乎不见稀疏得太多。那几天的一中校园，很淡，很静谧。

那三天过得很呆板，很有规律。“沙沙沙”的笔触声，如死水一般的凝重气氛，还有胖胖的音乐老师鲁岩监考时睡着发出的呼噜声，是那三天的主旋律。只有在每考完一科后爆发出的种种嗡鸣般的讨论声，才让这个校园又回复了几分往日的喧嚣。

当我反应过来时，一切都已宣告结束，已经到了收拾东西撤离宿舍的日子了。

忙忙碌碌地收拾着东西，收拾着心情，一个上午已接近尾声，校园里的人也走了大半，宿舍里难得的祥和和安静。仿佛是知道我们要放假了，天公在这天也很给面子地撤去了乌云，那一缕缕多日不见的阳光挤进我本已模糊的记忆里，飘然洒落，于是那个中午也变得金灿灿的，暖洋洋地甚至让人生起一股倦意。

宿舍外或许还能隐约听到几个学生的脚步声，但已不是往日急促的鼓点声了。“真的放假了呢。”我忍不住这样想。看着空荡荡的102

和103，脑海中就蓦然涌入了大家的身影：阿基和肥仔总是带回种类各异的外卖大快朵颐，大佬“一本正经”地抖着各种笑话，陈曦时不时就要扭动腰肢来上一段街舞，江总和他的不知哪个女朋友聊半天电话，阿霄迈着正步上床化身“木乃伊”，阿璇“吭吭吭”地敲床抗议大索的呼噜，大索拿起厕纸喊道：“请珍惜生命！”冬宇和聪聪总是安静地宅在床上煲书，马丁四仰八叉地摔倒在阳台并神奇地在紫阳桶上戳出三个大洞……然后就是阿海一声大喝：“嘘！11点啦！不要吵啦！”随之而来的却是胡须的另一声大喝：“嘘你××啊！”

当我再次走在学校的林荫道上时，林叶依旧茂密，却有点点阳光洒下，几日来的冷风也变得柔和轻缓，于是地上便满布着或明或暗的光斑，随着叶子的叹息轻轻浮起，又缓缓黯淡。几声清脆的鸟鸣回荡在难得空寂的校园上空。这个历久弥新的百年老校只有在这时，才显得放松下来，就如我已故的祖奶奶，曾一脸安详地坐在藤椅上，闭目养神一样。

我们相约看的是下午的场次，因此在集合时间到来之前，我们都是各自行动。记得当时我和艳珊打的直奔电影院，紫阳本也要同去，然而临出发前却接到老爹的电话说家中有事，在他激烈地口头抗议几番无果后，只得骂骂咧咧满是遗憾地提前告退。

一路上阳光很好，出租车内明亮亮的，感觉挺舒服，不仅如此，还让乘客感受到了一种独特的飘逸感，简单来说就是司机进入了《头文字D》的剧情里，把车辆众多的路面当成了崎岖的山路，开车开得那叫一个狂野，随着车子在车流里的左突右闪、横冲直撞，我们的身子也无节奏地左摇右晃，抛开生命安全不谈，那还真是挺爽的。

在一路狂飙之后，我们总算庆幸着、完好无损地从“藤原拓海”飘逸的操作中走下车来。又过了约莫十来分钟，各路诸侯也纷纷登场：大佬、大索、阿高、江总、胡须、陈曦、淑怡、敏怡、思洁……每次这样看着大家，都让我有种安定的快乐。

在这儿我的记忆又遇上了模糊的区域，那电影厅我记得还是挺空的，但也许是我们人数众多、声势浩大的缘故，还是没办法坐到一起去，最后只好分成了两个分队坐。其中一个分队只有两个人，就是我和阿高，并且坐的位置比较靠前，单就观赏效果而言并不算好。

不过我一点都不在乎，对我而言，电影情节的好坏并不是最重要的，能和同学一起开开心心、没有任何束缚地坐在电影院里，才是最大的快乐。不过我和阿高的“孽缘”，似乎也就从这次看电影开始了。

幸好，《阿凡达》也没有让我们失望，无论剧情、场面、音乐各方面都相当出色，让我们大呼过瘾，当然中间也少不了跟阿高对电影进行的欢乐吐槽，比如男主角在充满氨气的丛林里打火探路。唯一美中不足的是，所谓的3D效果一点都不明显，只是稍有立体感而已，字幕倒是飘来飘去的，搞得眼睛很不舒服，甚是坑爹。

当我们从剧院里走出来时，已经是傍晚时分，天空变成了一种玄妙空灵的暗蓝色，虽然暗，却显得很干净、很清澈。剧院外的空旷似乎猛然告诉我一个事实：我已经被禁锢在学校里的三点一线很久了。我抬起头，凝视着那片清澈的暗蓝色天空，就感到了一种久违的放松。一阵晚风不疾不徐地拂过，那么清爽，迥异于几个星期来的冷风，让我顿时有种轻飘飘的感觉。

我看着大家，他们都开心地互相说笑着，准备道别。我这才惊觉这个学期我认识了一群多么好的朋友，过了一段多么难忘的日子。下学期，又会有什么别样的精彩呢？

真是期待啊！

想着想着，于是我也忍不住笑了起来，向他们挥手：

“寒假后见！”

第九章

征程再启时

到了高二下学期，新的挑战，新的拼搏，都走进了我们的生活，活动减少了，压力增大了，但不变的是前进的决心，和那份彼此间的默契。

我们可以在集体活动里创造奇迹，在学习上也绝不会输于人后。

一

不长不短的寒假悄然结束了。

这也意味着，我们高中生涯里最后一个完整的假期结束了。

早在放假之前，鹏哥就“语重心长”地提醒我们：“这个寒假可是你们高中最后一个可以完整过完的假期了啊，好好想想要去哪里玩吧。”当时我们听到这话时都窃笑道，这不是废话嘛，假期当然要好好疯玩一把才对得起自己。

事实证明鹏哥实在太有先见之明了，我假期前计划了一大堆要玩的事，结果才刚放假没几天，就又变成了极有规律的“三点一线”生活：床—电脑—饭桌。天天宅在家里“醉生梦死”，要么就去兜一兜红包，见一见七大姑八大姨，寒假前计划的一大堆东西统统束之高阁。而大索那个去他家“吃大餐”的承诺也降格为叫了份利菀外卖而已。我本以为其他同学会过得稍微丰富些，一问之下才知道，“宅”是大多数同学这个假期的常态，我不是一个人在战斗。

老师们在每次假期结束之后的第一节课，总要循例问一个雷打不动的问题：“假期过得怎么样？有没有去哪里玩？”鹏哥也不例外。开学之后的第一节政治课，我们都怀着一种近乎“愧疚”的心情面对着满面春风的鹏哥——他这个假期不但去了旅游，还回了一趟阔别已久的老家，时间安排充实得近乎紧凑。

当他这个问题一问出口，底下的我们全都睁着一双双明显还带着假期综合症的茫然而呆滞的双眼，愣愣地看着他，却不发一语。鹏哥不料这么一个平常的问题竟然得不到回应，颇有些尴尬，自顾自地开始给我们展示他旅游和回乡拍的照片，让我们这群宅男宅女忍不住异口同声地感叹：“老师你的假期实在太充实了！”

不过假期的无聊很快就被重新见到大家的开心冲走了。值得一提的是，开学之后座位来了个大洗牌，我告别了和我并肩作战了一个学期的紫阳，迎来了新同桌，也就是在看《阿凡达》时和我一起跑到前几排坐的阿高。

应该说这是我的幸运。虽然阿高学习时固执得近乎死脑筋，对一些靠感性理解的题目深度纠结，大小问题层出不穷，开学不久就被坐在附近的思洁取了个新绰号“问题小Judy”，但不得不说他这种打破砂锅问到底的精神多数时候还是很值得敬佩的，也让我见识到了好成绩是如何实打实地炼成的。

来到高二下学期，意味着离高考又近了一大步，再像上个学期那样时不时来一些大型文体活动，就不大可能了。而这个学期的最大挑战，无疑就是学业水平测试了，物理、化学、生物这三科阴魂不散的老冤家，将在这个学期对我发起最后也是最猛烈的纠缠。而当时的我真是不负“理科白痴”之名，虽然这三科相比高一难度已经下降了很多很多，但只要是跟理科沾上一点关系的，我的反应还是要比别人慢上几拍，成绩也依旧是在六七十分上晃晃悠悠地徘徊。因此面对着号称及格率在90%以上的学业水平测试，坦白说我心里一点底都没有。

明显加重的课业也引发了一个副作用，我本以为和阿高同桌后，对我的数学就会大有裨益，但托了庞大的作业量的功劳，阿高养成了几个非常不好的口头禅，每每让我憋出一肚子内伤。

以下是场景再现：

Part 1

我（拍拍阿高）：喂……喂……高！

阿高（极不耐烦地）：咪（别）搞我！我宜家（现在）好忙！

我：……

Part 2

我（拿着题目）：高，呢（这）题点（怎么）做啊？

阿高（极不耐烦地）：唔好（不要）问我！我宜家（现在）好忙！

我：……

Part 3

我（小心翼翼地）：高，有事问你啊。

阿高（极不耐烦地）：咩（什么）？快滴（点）问！我宜家（现在）好忙！

我：……

现在大家可以看到了，由于繁重的课业，阿高似乎永远处在非常忙碌的状态，导致我每次去问他问题时，他都似乎要条件反射地说上一句“我宜家（现在）好忙！”这个荼毒贻害无穷，直到上了大学，他都还常把这句话挂在嘴边，搞得我每次打电话给他，都有点在联系日理万机的大领导般，生怕骚扰到他工作，这活脱脱是中国教育的负面教材。

而奇怪的是，当女生来向阿高进行业务咨询时，他突然又变得不忙了，不仅毫无怨言地接过了对方递来的问题，还认认真真地开始了解疑答惑的工作，耐心程度之高令人发指。

而提问的人走了之后，前前后后算下来用了差不多15分钟，待遇差别之大，使我忍不住出言谴责阿高这种搞区别对待的歧视性做法，阿高倒是很老实，毫不掩饰地用一句极为朴素的话回应道：

“人家好歹是女生嘛！”

“哇！你用得着说得这么直白吗？重色轻友啊！”我气结。

“那你还想要我怎么回答？随你怎么说，没空理你了，我宜家（现在）好忙！”说罢他又投入到了永不完结的忙碌中了。

“……”

当然，对我们要求颇为严格的叶老师，在开学之后的第一节班会上，以一句不变的开场白“下面有几个问题要讲讲”，就把我们的注意力统统拉了过来。

在接下来的讲话中，叶老师用她一贯的字斟句酌然而又条理清晰的话语，强调了这个学期的重头戏，即学业水平测试，作为高考第一关的重要性，让还残留着假期后遗症的我们嗅到了迫近的紧张气氛。当她作完新学期的第一次讲话后，全班鸦雀无声，我似乎听到了同学们开始加速的咚咚心跳。看着她平淡面容下掩盖的严肃，我开始对我依旧不容乐观的成绩深深忧虑起来。

我终于理解到，剩下的时间不多了。

就这样，在新一轮开始的吵闹和拼搏中，这个注定没有上学期精彩的看似平淡的下学期，以另一种方式揭开了我们16班新的篇章。

二

“哎呀，搞不赢啊搞不赢啊！”鹏哥忍不住仰天长叹。

“搞不赢”是鹏哥著名的口头禅之一，具体含义视实际情况而定。而这次让他如此大发感慨的原因，自然是我们精彩纷呈的考试情况。

高二下学期，我们开始学政治的最后一个模块：哲学与生活。

大家都知道，哲学这玩意儿，是天才的智慧和疯子的语言的结合体。马克思革命斗争了一辈子，也没彻底闹明白什么是社会主义，而我们却得在几节课里“吃透”马克思的哲学思想，这怎么看都是很不靠谱的事。

而文科生的噩梦——政治主观题——一直是我们心中永远的痛。每次作答，都要绞尽脑汁，恨不得把整个课本的内容都搬上去，写得手筋作痛、墨水将尽，满满一纸都是蝌蚪般的字，甚至直到收卷那一刻都还忍不住要再写几句。然而我们的一片拳拳之心却总是得不到改卷老师的体谅，16分的题目拿个两三分甚至一分不得实在不是什么稀奇的事了。

把这主观题的恐怖和哲学的纠结结合到一起，就让我在第一次政治考试的主观题中，收获了一张写满了字的答卷和几个鲜红的鸡蛋。

当然，导致我获得这几个鲜红鸡蛋的原因很大程度上是背书不力的缘故。对历史题我可以呼风唤雨，只要我知道写什么、怎么写都行，但对政治主观题我就没辙了，鹏哥反复对我们强调政治主观题答题的三个部分：课本语言+材料语言+时政语言。得分点基本在课本语言一项。而我偏偏是个懒于背书的人，于是面对只有寥寥十几个字却有十几分含金量的主观题，我手握签字笔呆愣了足足一分钟，才颤抖着写上第一个字，开始了我天马行空的瞎编乱造。

那么，是不是背了书就行了呢？应该说，效果还是有的，至少每题都比没背书的同学多那么两三分，几道题累积算下来也能把其他同学甩出一段距离。但并非每个勤勉背书的老黄牛都能拿到高分，辛苦背了很久结果和没背书的一样一分不得的大有人在，原因就在于没有审清题目。

为此，鹏哥不得不多次在课堂评卷时恶狠狠地强调审题的重要性：“看清题目啊同学们！这题的题干是‘辩证的唯物主义’，不是‘唯物主义辩证法’啊！”“题目问的是‘是什么’，你给我答原因去干什么咧？”“说了多少遍要审题啊！有些同学就是这样，拿到题目看都不看，抓起笔就给我写写写！写得乱七八糟！什么都给我往上面堆！你这样子怎么拿高分捏？嘶……”

尽管鹏哥每次都得讲得声嘶力竭，但过后的每次评卷里，我们似乎都还是得瞪着一双双茫然的眼睛继续接受他的批判。时间一长，鹏哥也被搞得有点心灰意冷，于是有好几次评卷伊始，他总是声音低沉，传递出一种“既然你们这么冥顽不化那我也无所谓了，你们爱怎么着就怎么着吧”的冷暴力态度，搞得我们惶惶不安。但鹏哥是个藏不住感情的人，每个老师在愤怒之时，嘴上都会说“既然你们是这个态度那我也无所谓了”（谢老师说起这句话来更恐怖），但其实不可能真正放弃学生。鹏哥也一样，讲着讲着，他一度疲懒的声音又忍不住节节拔高，他那经典的“恨铁不成钢”的声调再一次响彻16班的课室。看着他气急败坏的样子，我们相视一笑：这才是真正的鹏哥。

前文评价阿高是个单细胞的死脑筋，因此在政治主观题方面，他也充分发挥了爱纠结的优良品质，不把题目解剖个淋漓尽致不算完，因此他也是鹏哥的常客之一。虽然鹏哥偶尔也会对阿高反复纠结却还是出错的情况失控，但不得不说在这种纠结下阿高的主观题提升确实很快，倒也没有辜负他政治课本和试卷上黑压压的一片字迹。

我很快发现，用“良师益友”来称呼阿高确实不为过，虽然他经常叫嚷着“我宜家（现在）好忙”，但我真正有问题问时，他还是会很负责地给我解答。而在课余时间，他也是一个爱玩爱闹的人，对足球有着深厚的热爱，甚至影响了阿基。另外，他还是《实况足球》（游戏）的常胜将军，对自己的实力相当有信心，在他谦和的外表下潜藏着一种充实的自负。

某次阿高和大索、大佬等人去打游戏，他和大佬进行了一场实况友谊赛，但由于大佬技术实在不济，到最后，一贯“低调”的阿高甚至非常挑衅地让本应是前锋的C罗去当守门员，并且彻底无视本队的防线，让这个不称职的守门员带球一路杀进了大佬阵营，轻松灌入龙门，临进球前还装模作样地玩了一把花式，结结实实地羞辱了大佬一番。

而当真正是棋逢对手时，他也表现得相当兴奋，当然，前提是他能最终获胜。

同样是在这次打游戏中，大索和大佬正在玩着其他游戏呢，阿高突然一脸郑重地走过来：“刚刚碰上了一个好厉害的家伙，被他进了两球，真是好厉害！”大索和大佬以为阿高这次终于碰上克星了，正想安慰几句，谁知阿高接下来慢悠悠地说了一句："不过最后我赢了。"充分做到了以对手的强大来衬托自己的伟岸形象。

除了球技了得，阿高也是一个"感情经历"十分丰富的人，虽然他现在已经成功"脱光"，但当年我们几个还没人认领的猥琐男，有哪个不是怀着对爱情朦胧的憧憬？于是不知从什么时候开始，我、阿高和紫阳就开始习惯在晚上熄灯后，在宿舍阳台上，躲避着宿管的探照灯，一边赤着上身洗衣服，一边交流着彼此对感情问题的一些看法。而阿高当时虽然还是光棍一条，但纸上谈兵倒是十分在行，经常装得像个情感专家一样，大谈理论问题，每次都唬得我一愣一愣的，而实际上他和我们也不过是半斤对八两，问题分析得头头是道，一旦到了实践方面，立马打回原形。后来次数一多之后，我和紫阳对这个感情"叫兽"就相当不感冒了，他再发表宏论时，我们就会用他实践中的惨痛失败来刻薄地嘲笑他眼高手低。

在经过一段时间的同桌生活后，我和阿高形成了一个一起上洗手间的习惯，这个习惯一直持续到后来的高三，相信很多当年一起奋斗高三的同学都会有过类似的经历。现在回想起来还是会觉得很奇妙，在那个压力最大的时刻，心中的不确定和惶恐总是时不时地敲打我们的神经，这种似乎随时会崩溃死去的感觉折磨得我们发疯，而从教室到洗手间，那短短的一段路上，仿佛承载了我们关于青春的一切记忆，那一口沉重的呼吸随着每一个脚步的落下而吐出，那份沉重也因此带上了些许诗意的优美。在跟自己这辈子遇到的最好的战友或疾或徐地走着，有一搭没一搭地说着可能毫无营养的废话，甚至不知道为什么要说话，也许只是为了让自己前一秒还紧皱着的眉头稍稍放松些。而我很享受这条短暂的道路，它无声地提醒着我，有一群最好的兄弟姐妹，在陪着我，经历一场青春的洗礼和盛宴，这是我所能想到的，最好的走下去的动力。

而当时还处在高二下学期开端的我，并没有想到对我而言还显得太远的将来，我只是在庆幸着，交上了一个很好很好的朋友。

那么，接着走下去吧，一切都还是未知数，属于我们16班的那份拼搏，还在继续进行着。

三

“我发现，16班的同学真是非常会跳水啊！”

某天语文课，课堂伊始，谢老师就慢悠悠地说了这么一句莫名其妙的开场白。

我们在下面虽然对她这句话摸不着头脑，但一看她的表情（没有表情），再一听她说话的语气，就马上做好了心理准备：老师说的内容是什么一点都不重要，如果面对这种山雨欲来的气氛还毫无自觉，那我们上个学期的语文课就真的白上了。

果然，接下来谢老师就用上了她经典的悠然的声调，展开了对我们的批判。事情的缘由，其实是我们最近一次的语文考试，成绩实在不敢恭维，此情此景让谢老师不由得“忆往昔，峥嵘岁月”，回想起上学期我们语文成绩的风光来，从而对现在“烂泥扶不上墙”的我们生出莫大恼怒。

“虽然屡次提醒，可是我们16班的同学还是坚持义无反顾地直线往下跳，这个真是不容易。这个卷子很难吗？你看，有哪题我之前没讲过的……”谢老师啧啧有声地继续讥讽着我们。而我们在台下鸦雀无声，看似认真听着，实际上都是对着眼前的卷子在发愣，个别人也许还在YY着：假如这几题做对了，那就……

做学生的其实很忌讳考完试后想这个问题，因为一切都已经是既定的事实，这个问题毫无意义。这么一想，除了陷入深深的懊悔和遗憾外，一无所获。对我们而言，真正带给我们痛苦的是眼前的试卷，老师为此讲了什么，其实真的没什么人在意，因此难怪后来Marie总是这么说：

“我每次骂你们都骂得特爽！你们肯定不敢还嘴，而且我也完全不用担心你们会出什么事！你们的脸皮厚着呢！”

而对我来说，语文虽然一直是我的拿手科目，但我这个“拿手”实在没啥好夸耀的，跟股市一样没个谱，牛市的时候牛气哄哄傲视群雄，要熊起来的话真是比北极熊还熊。而在这次考试里，我也嗅到了一丝危险的味道：我的作文好像已经没有过去写得那么顺手了。虽然这次的分数好像还是不低，但我可算是如鱼饮水，冷暖自知，在写之前，对着题目就已破天荒地感到不知怎么把握，这种感觉让我感到非常不祥。而写的时候字字句句都写得十分别扭，总觉得词不达意，一篇文章真的是“呕出来”的。课间休息时，我带着学习交流的心态去看年级优秀作文，结果不看还好，一看之下真是惊为天人，这几篇作文水准之高，拿去参加作文大赛都没问题。

自尊心受到重创的我，此时还不知道，我的作文的低潮期，才刚刚开始。

正所谓屋漏偏逢连夜雨，理化生这三个老冤家也趁着我内外起火的时候，向我发出了严厉警告：三门平均分算下来还不到70分的现状不断高声嘲笑着我，假如就揣着这么个成绩去考水平测试，别说能不能考个好大学，就连高考有没有资格考都是个大问号。而其他同学的三科理科都已经基本进入稳定状态，只需要偶尔的修修补补，相形之下，我的三科还是一艘不成形的烂船，一个浪头打来就可以粉身碎骨。

理化生尚且如此，就更不用说我一贯痛恨的数学。别人学一遍就懂了个七七八八的知识，我学过之后第一感觉也是“懂了”，结果一做起题来才发现，我还在浅层漂着呢，于是每晚的数学作业就成了我最恶心的部分。看着阿高在旁边奋笔疾书，思路顺畅，做得不亦乐乎，我既羡慕又无可奈何。窘迫之下我开始奉行鸵鸟政策，对数学我是能躲就躲，作业也是马马虎虎地应付过去。

这种自欺欺人的方法很快就招来了恶果，数学成绩以一种恐怖的姿态直往百米深渊跳去。平时一直就对我的数学甚为操心的叶老师也加大了对我的“关注”，下课之后她喜欢对着几个平时数学成绩不甚给力的同学高声问道：“××，刚刚上课听不听得懂啊？”而我就毫无疑问地被经常问到。说实话，我一直怀疑这种做法是叶老师故意为之，好激发被询问者的羞耻之心，因为有过这种经历的同学都知道，大庭广众之下，被叶老师这样高声询问是一件相当不自在的事，周围好奇的眼光纷纷射来（当然也有心理作用），这些眼光好像都带有致燃性，让人通体都燃烧起来，感到非常惭愧。可以说到后来，我拼数学有一部分的念头就是想避免被叶老师再这样高声询问。

和阿高同桌度过了初春时乍暖还寒的时段，这段时间也算是我高中最后一段“天真”的时光，带着上学期残留的欢快和愉悦，接下来，就是毫无怜悯的拼命和搏杀了。

当阿海拿着新的座位表上台时，大家对此已经波澜不惊了，只是心里还会好奇着自己这次又会和谁坐。

我和大索一直甚为投契，不过我们至今没有做过同桌，这大概也算一个遗憾。

如果是这样的话，那么这个遗憾，在这份新座位表中弥补了。

我看着我俩挨在一起的名字，回头对着大索咧嘴一笑，他也冲我竖起了大拇指。

看来，又是一个值得期待的开始呢！

第十章

人不犯二枉少年

有句话说得好："无论日后再怎么牛B，我也怀念当初和你们一起二B的日子。"我不知道我的未来能不能做到牛B，但我还是想说，能和最好的朋友一起犯二，这个青春就没有白过。

一

新的一个星期开始了。

我也正式开始和大索同居……啊呸，是同桌的学习生活。

虽然是灵魂双雄，但除了身形之外，大索和阿高还是有很多不同的。最明显的一点，阿高是个性格很随和的人，而大索的气场则强很多，这点在高二上学期时我就已经有所察觉了，而到了我俩同桌时，我看着大索，就像看着一个老大哥一样高山仰止。

我和大索都是思想活跃的人，或者说，都对社会思考得比较深的人。而我们又不是简单的愤青，对这个社会的一些问题还是看得比较理智，因此一旦交谈，就发现彼此相当投缘。当然，我们两个都是性格比较直的人，有时聊得深了，就变成了争论，再争论下去没有结果的话，就很容易变成吵架。像这样的摩擦，也曾不止一次发生过。

也许很多人想不到，和大索同桌之后，对我最直接的一个影响，就是带饭回宿舍容易多了。

当时我们为了节约时间，同时也为了不用在熏人的饭堂里吃饭，都习惯想办法带饭回宿舍，但事实上这是一个“违法行为”，一旦被捉住就要签名留念。不过呢，在宿舍门口虽然有值日生值班，但值日生作为“体制内”的一分子，平时带饭说不定也有自己一份呢，要他们对“自己人”下手，也确实难为他们了。因此，同学们只要别把沉甸甸的饭盒暴露在外而且还是让人一眼看去就很可疑的样子，就很容易过关了。具体说来就是把饭盒放进书包等遮蔽物里。而本着对隐私权的绝对尊重，值日生总不能要求大家开书包检查吧？因此也就眼睁睁地看着那一个个看上去形状略显奇怪的书包在自己眼皮底下经过，而里面的内容是什么，其实大家都懂的。

而大索的优势就在于他有一个和他很相衬的大书包，虽然有点破，但还是很耐用，载货量相当可观，每天都要运送包括他自己的饭盒在内的至少两个饭盒蒙混过关。而托了和他同桌的福，那另一个位置总是被我所占。于是接下来几乎每天，我和大索都迈着“稳重”的步伐（怕饭盒倒了），在值日生的注目礼下进入宿舍。

但是，这个世界上总有不怕死的人挑战极限，并且以此为乐，比如阿璇和紫阳。他们就以他们的大胆行为，成功被我们赠送了荣誉称号：“无掩护极限操作派”。带饭进宿舍从来不用任何遮掩，大摇大摆地拿着饭盒就进去了。

应该说，这种做法还是有成功过的，但那得看对象，碰上粗心一点或者得过且过的值日生，那自然万事大吉，但如果碰上稍稍较真的值日生，触礁率肯定是百分之一百。

阿璇作为“无掩护极限操作派”的开山祖师，只能说是开发出了这项趣味运动，但他本人的成功率实在不敢恭维，因为就凭他进去时不自然到猥琐的表情，和拿饭盒的手僵硬之极这两点，想让值日生不找他麻烦还是太难了些。以下就是他某次惨痛失败的经历……

现场播报（资料）：

今天中午，我们如往常一样放学、打饭，然后理所当然地决定带饭进宿舍，同行的人有大索、大佬、阿璇和我。而在进去前，我们出了点小插曲：大佬去了小卖部买卫生纸（俗称“厕纸”）和报纸。

小插曲过后，作为祖师爷的阿璇今天也决定继续进行无掩护带饭进宿舍这项趣味活动哦！不过据现场记者的调查我们得知，这个星期的形势似乎不太妙呢，原因在于这个星期值日的这批值日生，几乎个个都是铁面无私的疯子，对所有手上拿着饭盒的人都虎视眈眈，别说里面有饭菜，就算没有，都恨不得扑上去揭开盒盖看看。

在这种严厉的排查下，即使是热爱该项活动的阿璇似乎也有些心虚了，这时我们已经快走到门口了，如果现在掉头就走，似乎就显得太没面子了，有损祖师爷的招牌。但几个值日生杀神般地站在了门口，又是相当沉重的压力。

于是为了避祸，他特地向大佬借了刚买的报纸，将饭盒包了起来。

但阿璇的理论知识明显不足，不懂得什么叫“此地无银三百两”，自打他用报纸包起饭盒的那一刻，就已经注定了他的失败。这实在是个愚蠢的昏招，如果他就这么拿着饭盒进去，说不定还有一线生机，但他居然要用如此扎眼的方式带进去，简直就是在饭盒上打了个大标签，成了明显得不能再明显的目标了。

果然，不要说能进去，在离门口还有十几步路时，已经有个“春哥”式的女值日生盯上了他，对他手里的报纸包裹物起了浓厚的兴趣。阿璇也意识到不妙，但脚步似乎已经脱离了大脑控制，他依然不停地、义无反顾地向着枪眼走去，还伴随着一句豪言：“×！大不了就签假名呗！”

剧情的发展证明阿璇的预感非常正确，我们进门没几步，就听到了身后传来了“深情”的呼唤：“唔该（劳驾），拿厕纸的那个同学……”

拿着厕纸的大佬和拿着报纸做贼心虚的阿璇闻声同时停了下来，回过头去。大佬一脸的无辜和茫然，阿璇一脸的木然。

当我回头时，我还没想明白怎么是大佬中枪了，但就在我没反应过来时，刚才“深情呼唤”的值日生就瞬间闪了过来，嘴里还在说着：“拿厕纸的这位同学……”大佬将无辜的眼神转向那个值日生，却见他一把揪住了阿璇，伸手去探他的饭盒温度。

“你……”值日生想揭露阿璇的犯罪行为了。

“我签名！我签名！”阿璇却是破罐破摔，立马打断了他的话头，满面笑容地强烈要求处分，丢下值日生，径自直奔签名处。

这么积极配合的“罪犯”，被处分了还这么开心，估计值日生也是头一次见，一时傻愣愣的，不自觉地就跟着阿璇的脚步，亦步亦趋地向签名处走去。

喂喂，到底谁是值日生啊……

而整个事件里躺着中枪的大佬，愣了好一会儿，只说了句：“×，那个值日生，连报纸和厕纸都分不清！”

经历了这一次失败后，阿璇的信心就受到了严重打击，功力也变得极不稳定，后来更是频频失败。阿璇作为祖师爷的地位已经没落，而紫阳作为这个派别的后起之秀，与祖师爷相比明显青出于蓝。他为了真正掌握这门趣味活动的精髓，进行了深入的探索，研究出了一系列制胜法则，真正将这个活动发扬光大。这些法则包括：加大手臂的摆动幅度，以营造饭盒里啥也没有的假象；其次是关节处要尽量放松，以便使人看起来饭盒似乎毫无重量；而最关键的一点，则是一个心理战术，即不能像一般带饭的人那样目不斜视，而是要毫无廉耻地、充满挑衅地、满面笑容地死死盯着值日生，一直盯到他们都不敢看带着如此猥琐笑容的你了，别过了头去，成功率绝对是100%！

在这样的情况下，某天，这两位趣味活动的大师联袂倾情出演了“无掩护极限操作之双塔奇兵”，相当具有可看性。

然而不幸的是，阿璇廉颇老矣，这位昔日的大师刚进门就被迅速逮住了，迅雷般的失败使阿璇和紫阳都措手不及，饶是紫阳胆大，毕竟心里有鬼，见值日生上前阻拦，吓得立马就想撇下同党逃走，但终于生生刹住了脚步。眼看阿璇又要上演签名的悲剧，不料剧情却是峰回路转。

关于这个剧情的演变，我直到现在都没想明白，现展览给大家共观之：

值日生：“同学，麻烦能看看你的饭盒吗？”

阿璇：“我生病了，等一下就要回家了。”

值日生：“哦！”（退下）

…………

是该称赞阿璇机智呢还是该说这值日生太弱智呢？

经历了这莫名其妙的转折，阿璇居然也有惊无险地成功进入了宿舍，这对流年不利的他来说实在是一件值得大肆庆贺的事。而阿璇饮水不忘挖井人，一路频频回眸那位善良的值日生，直到上楼梯了都还依依不舍。不料，他脚下一绊……

接着，一声清脆的脏话回荡在宿舍楼间。

当时的我在宿舍里，闻声匆匆赶来，却看到了一个悲惨的景象：阿璇痴痴地看着眼前一地的饭菜，一言不发，而紫阳则蹲在一旁幸灾乐祸地哈哈大笑。

据阿璇事后的解释，其实是那饭盒的把柄出了问题，飞出去时他一度抓住了，可惜没抓牢，结果……

但是事件还有一个意想不到的发展，当然，对阿璇来说不是什么好的发展：宿管出现了。

在最悲惨的情况下被宿管抓了个现行，而且宿管似乎也没有什么弱智的迹象，阿璇这次肯定混不过去了。

没想到宿管虽然没有弱智，但意外地良心发现了，竟然只说了句："赶紧把地扫干净！"就此放过了阿璇。

事件最后的结局是，阿璇扫干净了地面，又提着饭盒凄凄惨惨地直奔向饭堂。只是不知他这次又要怎么躲过值日生的镭射探照灯呢？

和大索一起坐的日子里，天气也开始渐渐变热了，班里要求开空调的声音多了起来。

16班的民主传统再次获得了充分体现，经不住班里每日喊着开空调的同学的软磨硬泡，阿海终于决定将这个问题拿出来公开讨论，又一次站到了讲台上，开始就是否开空调进行全民公决。

对全民公决我们早已见怪不怪。在16班里，事无大小，只要不是叶老师或者是学校的硬性要求，而大家的意见分歧又比较大的，全民公决就会应声登台，发挥作用。阿海是个好领导，总能充分尊重民意，只要是我们表决决定的，他就不再做改动。

我对开空调其实并不感冒，一则是我觉得当时并没有热到非开空调不可的地步，二则我当时在坐在第一排，而且是斜对着空调，一旦开空调，就要直撄其"风"，因此对开空调一事强烈反对。但一个人的意见毕竟撼动不了大多数人的意见，最终，空调还是打破了一个冬天以来的沉默，开始徐徐喷出了凉气，而我不得不把头压得低低的。

而接下来的每一天，我们都固定会上演这一幕。就这样，在空调风稍显奇怪的味道中，我们开始迈入夏天。

虽然我当时觉得十分恼怒，而且对这个一不小心就会变成"对少数人的暴政"的举手投票制度十分反感，但如今回想起来，剩下的只是淡淡的怀念和对自己当时较真的哑然失笑。

能事事都投票表决的班集体，又能有多少个呢？

16班，我们再来一次举手表决，好吗？

二

学校文娱部搞了个“魅book鲜知”（粤语“未卜先知”之意）的才艺活动，活动主题如题所示，在这个“book”上，所谓发挥自己的创新能力，对我们学过的课文进行改编。

思鹭是文娱部的骨干，自然在班里对这个活动进行大力宣传。只是正逢要努力复习的高二下学期，不比上学期时间的尚有余裕，因而应者实在寥寥。

而对这个拿课本说事的活动，我和大索却起了浓厚的兴趣。我们经过三言两语的严肃讨论后，立马拍板决定参加。

然而拍板之后才发现，形势远比我们想象的要复杂严峻。

首先，到底要挑哪篇课文参赛，这就已经足够伤脑筋了。如果大家还保留着高中的课本，不妨翻一翻看看，你们就会惊喜地发现，适合改编的（注意这是重点）课文实在很有限（这也是这个活动后来被诟病的原因之一），散文、诗歌占了较大篇幅，要么就是描写风景，要么就是剖白心理活动，以我们学生的能力，怎么看都不可能拿去改编成引人入胜的故事，总不能拿说明文和科普文去参赛吧？

其次，第二个问题其实和第一个问题也是紧密相连的，那就是如何改编课文。大致上有两种选择，一是如实改编，此即所谓历史正剧式的改编，另一种就是剑走偏锋，拿出后现代主义的本色，对课文进行一番彻底的恶搞颠覆，此即所谓野史戏说式的改编。而在可供选择的课文不多的前提下，这个改编也是一件煞费苦心的工作。

而对我和大索来说，这两个问题的顺序却要颠倒一下。出于爱玩爱闹的性格，我们在看到这个活动伊始，脑海中的第一反应就是：这是一个恶搞语文课文的活动！如此先入为主的想法，使我们只剩下了一个选择。

当大晚上，我和大索对那几本不厚的语文课本进行了地毯式的检索行动，唯一目的就是找出一篇合适的课文。

在检索过程中，我们又发现了一个问题，以我们如今民工级别的资源，论演员，寒碜得只有两个；论道具，一穷二白是最佳注脚；论服装，统一的校服编制；论资金……哦，这个倒没啥好说的，大家都一样。

“我们需要扩大演员规模才行。”我对大索如此说。

“还需要一个能编剧本的高手。”大索补充说。

这两个想法甫一碰撞，我们马上同时想到了一个最佳人选——大佬。

大佬的搞笑功力不必多说，由他来做编剧的话，我们对剧本的搞笑程度有足够信心，而且以大佬的热情，我们相信他也愿意参加。

果然，当我们的邀请函发出后，大佬几乎没有太多考虑就答应了，只回复了一句：“赶紧找好合适的课文给我吧。”

有了大佬的强势加盟，我们更是铆足了劲翻课本。在小说那一单元里翻来覆去地找，互相提了几篇课文，但不到一分钟就难逃被毙掉的命运。眼看着可以考虑的课文越来越少，我和大索都有点沉不住气了。

“啊……真是烦啊，这活动一搞才发现原来语文课本这么无聊！”我这个靠语文吃饭的文科生一边翻着课本，一边不厚道地低声嘟囔道。

《棋王》，不行；《失街亭》，不行；《阿Q正传》，不行；《宝玉挨打》……《宝玉挨打》？”我突然眼前一亮：“这篇好像可以，《宝玉挨打》，情节足够波折，只要改编得好，应该会有作为。”

但是大索只扫了一眼，就提出了反对：“我们现在算上大佬也就三个人，你算算这篇课文出了多少个角色啊，而且就宝玉和贾政两个男性，这怎么演？”

他的一席话让我又动摇起来，想了一会儿，底气不足地说道：“我们又不是要原原本本地按课文来演，让大佬看看可不可以改吧。”

下课后大佬的回答让我们着实惊喜了一把：“应该可以，我回头想想怎么改吧。”

要说大佬这位金牌编剧的功力真不是盖的，过了约莫两三天后，他就把改编后的剧本送到了我和大索面前。我粗粗扫一眼，顿时目瞪口呆：全部戏码加起来，竟然只有三个角色！

我之前确实想过大佬会删去一定数量的角色，但实在没想到他竟然能做得这么彻底。从演员阵容来说，原著《红楼梦》好歹是一群高富帅上演的豪门悲剧，现在的级别也就算是个德云社的相声合集。台词上大佬更是大刀阔斧，拿出自己的拿手好戏，将之全部换成了周星驰无厘头式的粤语，极尽恶搞之能事。一个自由青年反抗封建势力的主旋律主题，生生变成了“一个MP3引发的血案”（剧本副标题）这样一看就很非主流的题目。

而剧中的三个角色分别是宝玉、贾政和金钏儿。在角色分配上，我演宝玉，大索演贾政，而大佬，是旁白解说。

“嗯？那金钏儿谁演？”我疑惑。

“这戏开头不是说金钏儿是个娱乐圈明星嘛，你就找陈曦来演，让他上去跳一段街舞呗。”大佬轻描淡写地就解决了这个问题。

我马上找来陈曦协商，没花多大功夫，就把他也拉入了伙。

寒酸的演员阵容（四人）终于凑齐了，新编《宝玉挨打》正式开拍。

这就是传说的小成本制作的电影，足够让张艺谋泪流满面。

而一排练起来，我立刻就发现了，大佬真是个天才，因为他采用了一种极具创意且难度极小的演绎方法。

通俗来说，就是默片手法，喜剧大师卓别林赖以成名的方式。全剧三个主演不用说一句话，只需要做动作。

当然，剧中并非只有动作，说话的任务，就落到了旁白，也就是大佬身上。大佬的旁白不仅起到向观众解释剧情进度的作用，还可以提醒做动作的我们下一步要做什么。而更关键的是，在我们表演时，大佬是坐在一旁的，他可以看稿。

我们知道，演戏最怕的就是要记台词，对我们这些没什么表演经验的学生来说更是如此。不论平时记得多么熟，上台之后还是会不可避免地紧张，导致台词出错。现在按照大佬这种方式，一下子就解决了最困难的部分，演戏的不用说台词，说台词的可以看稿，还有比这更便宜的事吗？这不但省去我们大量时间，而且使这部剧显得创意非凡。

不仅如此，由于这部剧整个儿就是一个恶搞之作，整体的氛围就是轻松、无厘头，能多颠覆就有多颠覆，所有的台词、动作相对于原著来说都是“错的”，所以基本不存在出错的说法。动作做错了，没关系，就当又一个恶搞的动作；台词说错了，没关系，就当又一个调料包。这种方法最大限度地卸除了我们的心理包袱，因此在排练的过程中，我们就只是保持了这个剧的一个基本样子，细节全由自己的发挥，于是在四个臭皮匠的智慧下，大佬原本简短的剧本被不断添加进新情节，剧本两度修改延长，简直成了一个狂欢。

而在节目的配乐上，我们也同样发挥了不靠谱的精神，挑选音乐如下：《粤语残片》《樱桃小丸子》《nobody》《香港小姐选美进行曲》《哈利路亚》《命运交响曲》。单看这个列表，你也可以想象这个节目有多恶搞了。

那几天的排练是如此的快乐，我们四个毫无压力地随着性子演，动作都是自己想的，也没有什么唱念做打的专业要求，将非科班出身的草根精神发挥到了极致。而且因为剧本的缘故，即使不用念台词，我们还是屡屡NG——因为不断笑场的缘故。

总而言之，这就是一个“无下限、无节操、无厘头”的“三无”剧。

这部剧，没有大阵容，道具只有两张凳子、一张桌子、一条香蕉和一个饭盒，外加我友情提供的一部MP3，服装上除了校服还是校服，条件简陋得不能再简陋了。以羽量级之身参加重量级的比赛，我们完全是抱着一种光脚的不怕穿鞋的屌丝心态，但我们都很快乐，这个比赛对我们来说就是一个快乐的游戏。我们相信这部剧同样会给大家带来快乐。

当然，我们还是碰上了一点问题，我们的剧本被送呈上去后，得到的回复是太长了。活动规定每个节目的时长基本在6分钟左右，顶多到10分钟，但我们这个节目已经向着10分钟外冲去了。最后又进行了一番小调整，甚至把名字改成了《打挨玉宝》（这下真是够颠覆……），才最终定型。

为期近一个星期的排练终于结束了，比赛的日子悄然光临。

好了，亲爱的观众朋友们，你们即将欣赏到的，是史无前例的由四个纯爷们儿演的一出史无前例的《打挨玉宝》。

导演：大佬，大索，陈曦，我

编剧：大佬，大索，陈曦，我

后勤：大佬，大索，陈曦，我

（其余事务之负责人均可将上述四位名称复制粘贴无数遍）

演员：大索，陈曦，我

旁白：大佬。

特别鸣谢：冬宇（负责播放背景音乐）

虽然之前说了这个剧完全就是恶搞之作，不需要有太大的心理负担，但当想到待会儿就要像砧板上的鱼肉一样被扔到舞台上，接受台下近百双眼睛的洗礼，心里还是无可避免地起了紧张之情。于是只好跟大佬、大索漫无目的地乱跑，或看陈曦扭腰摆臀地开始预热。

直到这时，大佬和大索都依旧不改搞笑本色，突发奇想，想到了在开始演戏前加一段开场，由他们两个装成主持人的样子来一段无厘头介绍词。我看他们笑哈哈的毫无压力的样子，也就不再提反对意见，由他们发挥去了。

当主持人（真正的）说道“请大家欣赏《打挨玉宝》”时，我的心脏跳得更厉害了：抛弃节操的时候到了。

从大佬和大索突发奇想的开场起，台下的观众就开始笑出声了。听到笑声的那一刻，我心中顿时有底了：这个剧一定可以给大家足够的欢乐！

接下来，就是我们四人各种无节操的猥琐表演，冬宇的配乐工作做得相当出色，保证了剧情的流畅推进。大佬尽管低着头看着稿照念，而我和大索、陈曦的动作则要多夸张有多夸张。

场下每笑一次，对我们都是一种巨大的鼓舞。即使拿不到奖，能把我们排练时获得的欢乐传递给观众，都已经达到了我们当初参赛的目的了。

当表演结束那一刻，我听到了下面热烈的掌声和开心的笑声。

我开心极了。

这次比赛除了有专业评委打分，还有个现场观众投票的环节，虽然我没有认真算过，但我知道我们这个接地气的“三无”剧一定在观众中

获得了极高人气。至于在评委那里嘛……不管了，反正观众认可的作品就是好作品。

观众的热烈反响甚至一度让下台后的我们萌发了拿第一名的幻想。但随后不久，现实就给我们当头浇了一盆冷水。

15班，我们的邻居，用实际行动生动诠释了什么叫“大片”。

15班的节目走的就是和我们完全相反的风格，也就是忠实原作的历史正剧模式，他们表演的是陆游的《钗头凤》，将那段浪漫凄美的爱情原汁原味地呈现出来。痴情的陆游和唐婉，专横的陆游他妈（罪过罪过），也许还有路人甲乙丙之类的，该有的角色一个不少，阵容之强大让我们这个捉襟见肘的小成本制作无地自容。他们的台词也是充满古典文雅之风，和我们的大白话相比又是一个极端。

不仅在内容上忠实还原，他们当中还有人是隶属学校的咏风演艺社，借了好几套华丽的汉服，几乎人手一套，每个人都光鲜亮丽，从卖相上来看就比我们这些统一的“工作服”养眼得多。

这个制作精良、规模庞大、财大气粗的“大片”一经亮相，就捕获了评委们的心。观众对这么豪华的剧作也相当买账，相比我们偏重于现场观众的支持，《钗头凤》可谓是黑白通吃。

大索看过之后，立马就做出了判断：“看样子是干不过这个节目了。”

我虽然不甘心，也不得不承认这是事实，毕竟我们的节目再怎么好笑，各方面的条件还是相差太远。

果然，最后的结果印证了大索的判断，毕竟是历史正剧更符合评委的口味，观众的评价也是颇高，《钗头凤》毫无悬念地获得了第一。

那么，《打挨玉宝》呢？

我要说，我们有理由感到自豪和骄傲，在如此恶劣简陋的条件下，我们依旧做到了最好，这么一个寒碜到极点的节目，到最后竟然干掉了其他节目，直逼那个第一的宝座。

没错，《钗头凤》第一，《打挨玉宝》紧随其后，拿下第二！

一个历史正剧，一个戏说野史，一个严肃，一个恶搞，一个财大气粗，一个一穷二白。如此强烈的对比，如此巨大的反差。

而我们交出了一份堪称完美的答卷。

这个就是16班版本的屌丝逆袭。一个励志的成功故事。

这个结果，我们无憾了！

后来，我们本来还有机会在才艺表演上在全校师生面前再演一次，但由于大佬要去看病，因此只能取消了。

遗憾吗？

是有点儿。

但是，你要知道，奇迹和传奇，都是不可复制的。

没有这点儿遗憾，《打挨玉宝》怎么会成为16班成就的又一个传奇？

第十一章

学业水平测试纪实

时间已迈入三四月交接时分，而学业水平测试已在不远的6月份，朝着依然手忙脚乱的我露出了狰狞的笑。

物理、化学、生物的练习频率骤然提高，白天频繁测试，晚上一堆复习作业倾泻而下，每隔一两天，就要听老师评一次卷，其他科目都暂时被淹没在作用力、化学反应和生物结构的浪潮中。

班里的空气也前所未有地开始紧张起来。虽然对一般同学而言，这三科其实并无太大难度，只不过学校作为一所重点学校，平时的考试和作业的水平自然也要拔高一些，所以凭空给学生增添了不少压力。更何况，按照人类的心态来说，即使只是跑个100米，只要把其重要性上纲上线到国家民族的高度，是足以使人发挥失常的。

而对我来说，我的恐惧和其他同学的恐惧的区别就是，其他同学的恐惧只是出于一种缺少经验下的不确定感，而我，抱歉，是一种彻彻底底的一穷二白的恐惧。我不知道当水平测试来临时，我脑中到底有几条公式、几个知识点可以应对。

而与我形成鲜明对比的是，即使在学校的难度设定下，大索的成绩也基本稳定在了A的范围（85—100分为A）。也就是说，这个水平测试对他而言，只是通过的时间问题了。

我的鸵鸟心态开始作祟，我知道我物化生的成绩已是岌岌可危，但我实在无法鼓起勇气去真正面对我那千疮百孔的知识系统，只能可耻地怀着侥幸心情，想着到了测试时总归是有办法的。

现在回想起来，真是猥琐透了。

这种侥幸没有持续多久，就被狠狠击碎了。

在经历了又一轮测试后，三份卷子飘然降落在我面前，而在对过答案后，三份卷子的分数，每一个都让我恨不得一头扎到马里亚纳海沟去，我甚至只敢用眼角余光去瞥一眼。更让我心灰意冷的是。据老师说，这次测试的难度已经很接近水平测试的真正难度了。

这意味着，即使水平测试真的来临，按照现有水平，我也不会有半点机会能通过，我心中那点侥幸简直是狂妄到了可笑的地步。

我不敢把这么壮烈的结果拿回家去刺激父母。的确，一个文科生，就因为物化生的水平测试没过，甚至还没资格去参加高考，谁听了都会笑掉大牙的。

夕阳从教室外渗了进来，教室里的同学所剩无几。大索早就回宿舍吃饭去了，而我还坐在座位上，面前摆着三科的卷子。我像入定似的盯着卷子，老半天不说话，内心里却在激烈挣扎。

怎么？就要在这一关上栽跟头吗？连高考的面都见不着，太差劲了吧？

不然呢？我也不想的啊！

赶紧补呗！你还指望水平测试时能智商爆发？

说得轻巧，我怎么知道来不来得及补救啊？

你何必要知道！

…………

还没拼过，就想要知道结果？你能不能不要这么丢人？

…………

之前的过去就过去了，就从现在开始，从零开始，认认真真拼一次，失败了也无话可说，总比坐着等死要好很多吧！

…………

你已经没有下一次机会了！选择权就在你自己手里！

…………

是生，还是死？

选吧！

我默默拿起了卷子。

当天晚上，我把物化生三科的复习资料都拿了出来，连做了三个深呼吸后，毅然翻开了眼前的资料。

所谓纲举目张，我一开始就先对三科的内容作了一次全面浏览，将三科的知识量进行了评估，并把这些内容和剩下的复习时间进行了契合，对接下来每天的复习量进行了规划。

好歹对这三科的复习大纲有了一个整体认识，我心里稍稍有了些数。剩下的，就看自己的复习了。

剩下三个月不到的时间，啥也别说了，玩命干活吧！

于是从那天晚上开始，我进入了一种癫狂状态，其他科目甚至是数学这么重要的科目的复习时间都被我压缩到了极低，像个赌徒一样把时间的筹码统统压到了这三个我毫不擅长的领域内，天天就抱着物化生三科的复习资料狂啃。之前一直雪白干净、只有寥寥几个字和几处批改的复习纲要，迅速被染成了一片花花绿绿。我力求摆脱掉之前扫一眼公式就觉得很容易理解的先入为主的想法，极为耐心地把公式反复拆解，通过例题来慢慢领悟公式的博大精深以及牛顿、门捷列夫、达尔文等科学家的伟大之处。大索和阿高都被我列为高级顾问，一有问题就诚心诚意地向他们请教，而他们也总是大发慈悲地替我解答，只是少不了又要听阿高雷打不动的一句：“我宜家（现在）好忙啊！”

这一次，我不敢再抱有一丁点的侥幸，对付那些不懂的问题，套用现在流行的一句话就是：既要打苍蝇，又要打老虎。只要是有一点疑问的，我都要问个清楚——万一考试就考了这一个呢？

其他同学大概没几个像我这么狼狈，就连以前在理科上一直跟我是难兄难弟的紫阳，在不知不觉间，也已经甩掉偏科的帽子，不但物化生稳居前列，就连数学这个老大难的对手，他也稳扎稳打地连下数局。当然，当时还为物化生焦头烂额的我，还没留意到他已经蓄积起了多大的能量。

不过，复习的过程并非一句“努力复习”就可以概括全部。“万一来不及了呢？”“还有这么多没复习，怕是来不及了吧？”这些类似的该死念头总是趁我不注意，一下子就冒了出来开始折磨我的神经。每当这时候，我只能强迫自己把注意力重新集中在那一堆公式和数字上。

对无法回答的问题，有什么好多想的呢?

这么一段时间疯狂突击下来，许多知识概念被我推倒了重建，建好了再毁，解决了一大堆“曾以为是如此”的错误。三科的练习题一张张地发下来，我一张张地拼命做。而令我稍感安慰的是，突击的效果开始显现，我从一开始的十题里错起码六七道，到后来逐渐减少。

你无法想象一个一向是理科白痴的学生，看着理科卷子上打钩的题越来越多，是怎样一种感慨万分的心情。原本空白一片的知识领域被迅速填满，一个日渐成型的知识结构呈现在我面前，并且越来越坚固。而我甚至没心情停下来好好高兴一下，只是觉得时间越发不够用了。

真讽刺，从初中开始跟这三个老冤家结仇，它们一直就没让我省心过。而现在我和它们似乎终于有一笑泯恩仇的迹象时，我已经没时间去享受这种成就感了。

落幕的时间快到了。

几乎是每日晚修的必备流程，在打铃前的几分钟，叶老师总要将那几句提醒我们努力的台词翻来覆去地向全班人高声播放，什么“水到渠成”、“温水浸青蛙”等等等等，我们都快背下来了。每次大家都是沉默着听着叶老师的提醒，我总感觉有种烦躁在平静的气氛下掩藏着，毕竟复习得心烦意乱，还要听几乎每日雷同的提醒，换谁都烦。我真是担心哪天会有哪个同学会忍不住突然站起来，冲着叶老师大叫一句；“烦死啦！”

每晚16班的课室只剩下无边无际的沉默，大家就像凝固的石像低着头，彼此都不知道其他人到底在干吗，只顾着对着眼前高耸的作业奋力书写。偶尔只有纸张翻动的沙沙声，或是老师巡堂时缓缓响起的高跟鞋触碰地板的嘎嘎声。

时间就在这种沉默中以一种似慢实快的步伐飞速向前。

一个月……

两个星期……

一个星期……

三天……

时间是2010年6月6日。

校园里的空气骤然紧张起来，经过堪称惨烈的复习后，10届的师兄师姐终于要踏上最后的战场，去进行那场为之准备了12年的最后的战役了。因为学校要做考场的缘故，我们也获得了三天的“高考假”。

我们怀着丝毫没有半点放假愉悦的心情回家了。压抑，不仅是因为三天后的水平测试，更因为，目送着高三学长们的背影，我们仿佛已经看到了一年后的今天，我们同样将要面对的一切。

到那时，我们会是以什么样的姿态来迎战呢?

这所谓的三天“高考假”实在没什么好说的，就是把复习的场所转移到了家里。那几本复习资料经过我两个多月以来的摧残，已经快被翻烂了（阿高却说那三天他无心复习，只想玩《实况足球》）。

唯一记得的是，在6月7日傍晚时分，新闻正播着高考第一天的情况，一大群学生涌出考场，一片喧闹。考生们脸上的表情或喜或悲，但更多的是如释重负。他们已经接近终点了。

我只是沉默着一言不发。

8日傍晚，我再次回到学校。

9日即为见分晓之日。

由于在高考之后，学校立刻要马不停蹄地开始布置水平测试的考场，我们的课室都被封锁了起来，因此大家都要集体迁移至实验楼的阶梯教室进行复习。

那晚的情景真是我生平第一次见，百来号人涌入一间教室里，像一个个蓝白色的木桩打入各自的位置，不一会儿就把整间课室都打满了。花花绿绿的书包、一沓又一沓的资料，塞满了我的眼球。

最初大家还有些新鲜感，也许也是趁着这个机会和同学聊上几句，狠狠吐一吐心中的紧张感，因此教室里还有些闹腾，但没过多久，水平测试的压迫感重又攻占了教室，以往每晚熟悉的沉默又一次呈现在我面前。但在人数上不可同日而语，因而那种压迫感的威力也是增长数倍，让我只觉得喘不过气来。

不知道大家有没有这样的感觉，之前一直努力复习，唯恐时间不够用，然而恰恰是在考试前一天晚上，你呆呆地盯着眼前的复习资料，恍惚了好久才发现一个字都没看进去。嘴上虽然和别人说哎呀还有好多要复习啊，但其实你心里清楚得很，你现在做的只是在等待，你巴不得马上就去考试，不是说你有多么自信，而只是想马上结束这死刑前的折磨，现在的复习只不过是让自己慌乱的心有个落脚的地方，那资料说什么一点都不重要，重要的是你可以借此安慰自己“我有在复习，我没有浪费时间”。

我看着数个星期来翻阅了无数遍的资料，已经复习得味同嚼蜡，心知无论再怎么努力，今晚的复习更多的也就是图个心理安慰，明天的测试，看的就是之前的突击成果了。

这个奇妙的夜晚，就在这种迫人的沉默中度过。

我们那一排的宿舍，除了我们两间是高二的，其他的都是高三的，因此高考结束后，那十几间宿舍已经空无一人，平时每天晚上都会听到一个师兄在阳台高声大吼“我要考中大！”，以此自励。而现在只剩死一般的寂静。走廊上的灯光白惨惨的甚是吓人，如果再不时闪动一下，那就是绝佳的恐怖片场景了。

我们却对这种独霸一整排宿舍的虚幻成就感相当受用，纷纷去“占领”师兄们的宿舍，甚至每人“占领”一间。这与其说是为了营造一个安静的复习环境，不如说是满足自己的占有欲。反正宿管还没对这些空宿舍采取断电措施，不用白不用。

现在想来，我们这种浪费电力的行为真是罪恶啊。

我已经把物化生的资料都堆成了沉重的一沓，包括高一的课本。只要过了明天那关，这些资料就会彻底成为历史，和这三科的恩恩怨怨也都将不复存在。如果失败了，我就要继续被它们纠缠到明年的1月再考一次。

明天……

我扫了扫眼前的资料，毅然决定：睡觉去！

就这样吧，不要再被这三科搞得心神不宁了，睡个好觉才是正事，明天是骡子是马，大家拿出来溜溜就是！

都说水平测试是高考的预热，我觉得此言不虚。当第二天我再次进入教学楼时，那种阵势着实让人吓一跳。甚至不用开始考试，就已经足够能使人紧张起来了。

每个教室门口贴有该教室的考生名称信息，教室里有可能让人看到字的物品已经半点也找不到了，所有的桌椅都调转了，所有的钟也都拆掉了，考生要看时间，只能靠自己的手表或手毛。整个教室看起来干净而空旷，没了平日那种逼仄与凌乱，反而让人心里发虚。

老实说，直到真正动手写这件事时，很多细节才渐渐从脑海里浮起。比如说，我现在突然记起，我们8个班四百来号人，并非直接进入考场等待考试开始，而是先被分成几拨人由不同的老师领入所谓的待考室。

一旦回想起这个细节，我就对自己的记忆真实性动摇起来，因为我到现在都没想明白，如此多此一举的意义到底何在！对我们来说，只有当屁股真正坐到属于自己的那个试室的那个座位上，心中的紧张才能稍稍平复下来。现在突然搞个奇怪的待考室，无异于再次延长了我们等待的痛苦。

我看到不少同学用一种生拉硬扯出来的微笑掩饰心中的不安。一大帮子人枯坐在待考室里，又没有资料可以再复习了。大家陆续去了一趟厕所后，彻底陷入了百无聊赖的状态，只是通过不停地将眼睛紧盯的位置从这一处换到另一处，来缓解这种无聊。老师在台上也不比我们要好多少，我没记错的话那应该是个女老师，她的眼睛时不时瞟向门外，好像在等待有人会突然进来宣布考试开始。

终于，有老师进来让我们去考场了，我们才如释重负地缓缓起立，鱼贯从待考室中走出。

考试，终于开始了……

那段安静答题的时间过得很快，我做题的速度也很快。

题目不难，至少我能从容应对。

我庆幸着这样想。然后又忽然想起，没有那近两个月的疯狂突击，现在的我还能不能这么从容地面对这些“不难”的题目呢？

于是我更加庆幸。

大部分同学都在考试结束前的半个小时甚至更多的时间点上结束了答题，毕竟都是选择题，而且难度也不大。等到考试结束的铃声最终响起时，试室里起码有一半的同学又陷入了开考前百无聊赖的状态里。

不过，仅仅是一个多小时的时间，已经是完全不同的心情了。

终于，都结束了。

距离水平测试已经过去了……不记得是多久，现在我坐在明亮的教室里，面前摆着我的手机，屏幕上显示的是爸爸转发给我的成绩单。

物理：90（A）　**化学：**78（B）　**生物：**94（A）

多数同学都是三个A，而我最终还是在化学上栽了跟头。我不由回想起高一时的期末考试，原本无病无灾的我一进入化学考试的试室，肚子就开始剧痛如绞，结果开考没多久就捂着肚子冲出了试室，当再奄奄一息地回来时，我已经彻底没有做题的心情了，最终化学成绩只得33分，怎一个惨字了得。

也许就是因为我始终缺乏化学这一科的天分，所以最后还是不能有个完美的收场。虽然对我们来说，只要C以上就可以合格，但这依然让我有点小小的遗憾。

不过，当我静下心来，回过头去看那两个月，才发现我收获了多少。从初中开始，我的学习就一直是被动的状态，从来没有试过如此主动地为了一个目标彻底单纯地拼搏过。16班课室每晚复习时，那迫人的沉默也是我前进的巨大动力。

大家都在努力，我怎么能落后?

不要拖大家的后腿啊!

物化生的资料，被我亲手毫不犹豫地整齐扔进了垃圾桶，没有一点留恋。再见了三位老冤家，无论我以前被你们虐待得有多惨多狼狈，从今天开始都将一笔勾销。我不知道往后的人生岁月还会不会再与你们见面，但至少在高中剩下的岁月中，我们就彻底说再见了。

我不会恨你们，相反，我感谢你们。谢谢你们教会我的一切。

从现在开始，我就可以轻装上阵了。

结束了?

是的，对于这三科而言。

而对我来说，最后的挑战，序幕才刚刚拉开。

高三，我来了。

我们来了。

第十二章

世界杯前后

2010年是世界杯年，自然会引起热爱足球的男生们的极大热情。而在世界杯比赛期间，16班也在经历着由高二向高三蜕变的历程。这也在一片紧张的氛围中辟出了一点轻松，为我们进入搏杀前，留下了最大的一份欢笑。

一

“OK，every baby，给你们看一个视频放松一下！”

水平测试的硝烟渐渐散去，而这个夏天最令男孩们兴奋的盛事也悄然光临。

阳光灿烂的某日，一节英语课行将结束之际，Marie突然带着一点神秘地说出了开头这句话。

很快，整个教室响起了《Wavin’Flag》轻快热情的歌声，带有炎热非洲特色的旋律跳跃着撩拨我们的情绪，一个个极其经典的进球场面就开始在我们眼前轮番上演。

大家，尤其是男生，脸上都露出了原来如此的微笑，想起了昨天刚刚宣布开幕的足球盛事。

于是，就在世界杯开赛后的第二天，Marie这个视频也拉开了16班的世界杯记忆的序幕。

毋庸置疑，世界杯的开幕首先当然是点燃了男生们的热情，最显著的就是阿高这个狂热的足球fan。他的诺基亚手机“小六”自开幕以来就十分忙碌，不仅每日向主人滚动播报相关赛况，更兼要直播比赛。而从宿舍的信号情况判断，想必他的流量损失也是十分惊人。阿基、肥仔和睿韬等体育高手更是把世界杯作为每日必不可少的聊天话题，今天是德国战车如何摧枯拉朽，明天是高卢雄鸡如何不在状态。连我这样平时对足球兴致缺缺的人都跟着兴奋了起来，起码也得把那几个热门夺冠球队和巨星球员看个眼熟，和大家聊起天来才不至于傻乎乎地插不上话。

而女生这边，就应了“外行看热闹”的老话了。所谓“男生看技术，女生看帅哥”果然是颠扑不破的真理，而不幸的是在阿高身上得到了验证，让他极为郁闷。具体说来就是，奉葡萄牙队的C罗为最高偶像的他，遇上了思洁等人组成的巴西队新好帅哥卡卡的脑残粉丝团，虽然卡卡和C罗同是效力于皇马俱乐部，但是两人的粉丝似乎没有像他们一样把彼此视为队友的意思。结果那几天每当阿高讲到C罗如何如何时，不论内容好坏，都会遭到思洁等人唾沫横飞的“辱骂”（阿高语），并洗脑式地宣扬卡卡是如何优秀。阿高不善辩论，经常被几个趾高气扬的“卡卡后援团”团员围住“群殴”，往往回了一句就被她们四五句反驳的唾沫星子给溅了一身，抱头鼠窜。

且先撇开因为球星喜好问题爆发的粉丝对骂，既然世界杯点燃了全班热情，那么相应的就必然会与学校的一系列规章制度产生矛盾。

首当其冲的就是宿舍。由于显而易见的时差问题，许多精彩赛事开始时，我们往往已经到了晚上熄灯睡觉的时间了，但区区熄灯指令怎能阻止男生们看直播的热情呢？然而宿舍室内的信号强度实在不敢恭维，徒耗手机流量和电力。于是我们只好冒着被宿管发现的巨大风险，像接听电台的特务一样躲到阳台上，蹲到角落里，任凭手机发出的不断闪动的微光打在脸上，显得有点诡异。

当然，几个人不在宿舍床上老实带待着，却蹲到阳台上，宿管又不是白内障，要他不发现床上空无一人的这一事实，实在有点困难，但你说蹲在阳台是为了反思人生，又似乎不太靠谱，总得要有个办法有效防止宿管门外的镭射灯般的目光扫射。

于是悄然之间，世界杯期间漫天飞舞的足球海报终于找到了用武之地。男生们的宿舍窗口纷纷贴上了某个大牌球星来作为门神，以抵御宿管的侵袭，倘若宿管问起，尽可以以保护个人隐私为由拒绝宿管要我们把它撕下来的命令。

其实现在看来，我们这些做法还是略显幼稚。宿管要真是较起真来，按照宿舍的规章制度，甭管你有多少个理由，这一张张“门神”都难逃去垃圾桶做客的命运。几位宿管大概也知道“门神”背后是个什么光景，只是体谅我们对世界杯的拳拳热爱之情，才没有痛下杀手。只要我们不要弄出太大的动静——比如因为进球而高声大叫——让他们听见，他们就得过且过了。

但躲过了宿舍门外的危险，我们还要面对来自阳台外的威胁。晚上熄灯后，宿管会提着一只厚重的探照灯，像碉楼上的鬼子般对各个宿舍的阳台进行扫射，以寻找熄灯后还胆大包天在阳台洗衣服的犯罪分子。而我们宿舍在一楼，危险系数自然是成倍增加。

我们102的同志们虽然也爱玩爱闹，宿舍纪律却是出奇地好，因此在世界杯期间，既保证了对赛况直播的渴望，又没有因为被宿管抓住而惹来扣分之灾。但103就没那么幸运了。某天晚上，阿海、阿高和大索又躲在阳台看直播，因为一记漂亮的进球，他们忘情地喝起彩来，声音分贝之大，正好引起了阳台外正在巡夜的宿管的注意，于是下一秒，一束黄光明晃晃地打到了103的阳台上来。

当然，除了这些不堪回首的意外事件，还有不少引起整栋宿舍楼轰动的比赛。比如我印象最深刻的一场比赛，是德国战车与英格兰绅士的世纪大战。一开场，双方球队都展示出了强队的本色，进攻犀利无比。比赛开始不到10分钟，双方已经互灌一球，两次引爆了整栋男生宿舍的分贝。然后没过多久，德国又一次破开英格兰大门，再度领先。

这下，整栋男生宿舍已经前所未有地喧哗起来。如此高的进球效率，这真的是足球比赛吗？说是篮球赛还差不多。这两支球队就像两只无法阻挡的锐利长矛，使得双方的龙门形同虚设，只要稍一进攻，就会土崩瓦解。

我们在欢呼中纷纷断定，这场比赛绝对会因为高得吓人的进球率而成为世界杯史上的经典球赛的。

事实证明，我们的猜测是正确的，这的确成了世界杯史上的经典球赛。不过，是以一种我们绝对意想不到的方式。

被德国队二比一领先后，英格兰队毫不气馁，迅速组织起进攻，迅雷般再度刺入德国队后防。球员兰帕德一记吊射，皮球打中横栏后第二次造访了德国队大门。

男生们雷鸣般叫好起来——比分再次拉平了！

但仅仅一秒不到，阿海雷公般的声音大吼起来："什么？裁判说进球无效？！"

一秒前响彻男生宿舍的欢呼瞬间转变成惊怒交迸的吼声，如此明显的进球竟然说无效，这裁判眼睛是怎么长的？

和远隔万里的绿茵场上的骚动一致，男生宿舍楼也陷入了世界杯开赛以来最大的骚动。大家奔走相告，三三两两地看着小小的手机屏幕，急切地想搞清到底发生了什么事。到最后甚至逼得宿管不得不发出严厉警告。要知道，当时可还没到熄灯时间。

争论了老半天的结果是，裁判的判决依然有效，这个从录像机上看无比清晰的进球，就这样被判为无效进球。

英格兰队遭遇了世纪误判。

这一个误判像一把大斧头，将英格兰队这只原本锐不可当的矛拦腰砍作两截。全队士气受到沉重打击，虽然后来屡次想组织起有效进攻，怎奈已被德国人冲天的士气彻底压了下去，不但再未进球，甚至还被德国人再灌入三球。到比赛末，简直成了德国队对英格兰队的单方面屠杀。

虽然是阿高最爱的球星，C罗在国家队里的表现却总是无法使人联想到皇马球队里的那个神勇前锋。唯独在对朝鲜队时，C罗结结实实地扬眉吐气了一把，一扫心中的郁闷。

说起朝鲜队，也是这次世界杯的一个异数。这个几乎与世界隔绝的国家，这次居然赏脸来参加资本主义国家举办的比赛了，不知是不是金将军心血来潮，想向世界展示一下社会主义制度的优越性。而朝鲜队中的郑大世在国旗升起时的眼泪，更是让全世界都记住了这支神秘的球队。

可以肯定的是，朝鲜队确实体现出了一种优越性，但不是比赛技术，而是强大的斗志和拼搏的精神。在与著名强队巴西队的比赛中就灌入了一球震惊世界，虽然最终输了比赛，但却奇迹地将比分死死固定在了1：2。如此玩命精神，直让被国足屡屡打破下限的我们羡慕而妒忌。

当然，许多人也恶意猜测朝鲜队之所以如此玩命，其实是因为金将军下达了命令，倘若输了比赛，全队就要被送去煤矿挖煤，这才逼得朝鲜队超常发挥。后来朝鲜队输了比赛，我们班也开始疯传那张恶搞了《拯救大兵瑞恩》的海报——《拯救矿工郑大世》。

是不是要被送去挖煤不清楚，但在对阵葡萄牙的比赛里，朝鲜教练明显受到了政治压力——也许是出于朝鲜队此前顽强的表现，金将军开恩，这场比赛全朝鲜直播。

领导如此重视，队伍自然就不能有任何保留，防守这种懦夫行为不是社会主义国家的作风。于是朝鲜全队似打了鸡血一刻不停地向着葡萄牙队疯狂进攻，彻底没了章法。

C罗却完全不体谅朝鲜队的艰难处境，眼见对手的进攻破绽百出，毫不犹豫地将自己的技术发挥了个淋漓尽致。那晚晚自习，阿高和阿基都在关注着这场比赛。开场没多久，先是阿高刷新了一下手机，对阿基说："瞧，葡萄牙进球了，1：0。"阿基兴趣大增，也拿出手机刷了一下："什么1：0啊，已经2：0了。"阿高大惊，再刷一次，果然分数显示葡萄牙已连入两球了。随后五分钟不到，阿高又刷了一次："现在3：0了。"

于是那晚阿高和阿基看到了一场奇特的比赛，每隔几分钟刷新一次赛况，比分都会进一步拉大。葡萄牙队特别是C罗的进球速度堪称神奇，最终是以7：0的大比分优势血洗了朝鲜队。其中六球都是C罗的功劳，世界第一的身价此刻终于名副其实。只是不知道金将军和朝鲜人民此时是什么心情。

后来有人谣传，主教练回国不久就神秘失踪了……

我一直认为，阿高平日口才虽然一般，但是说起他喜欢的足球，却是相当引人入胜。就以我自己为例，我并非足球的拥趸，但每次听阿高讲起足球，却总是觉得跌宕起伏，让我兴趣大增，即使了解不多也听得津津有味。而阿基原本对足球兴致一般，后来也给阿高带入门了，成为不输阿高的足球专家。由此看来，阿高不去做足球讲解员真是可惜了。

而在某次与我聊天时，阿高曾评论说“卡卡是皇马买来的最大水货”，我了解不多，无法评价。但姑且不论从专业角度看这句话是否合理，如果让那些“卡卡后援团”成员听到了这句话，他一定会被五马分尸的。

对阿高来说，这届世界杯可谓遗憾多多。除了那些传统强队早早被淘汰，更因为他忠实的“小六”在完成了阿根廷与喀麦隆的比赛直播后，就因为他的粗心遗失，永远从他的生命中消失了。

除了精彩纷呈的比赛，绿茵场外的娱乐也是不少。譬如那个神算的章鱼保罗，高达92%的预测正确率，着实让世界人民为之疯狂了一把。

当世界杯开幕时，我们还在紧张备战期末考。而当世界杯行将落幕时，我们已经集体搬迁到了高三楼，高中最短的一个暑假也敲响了我们的大门。

难忘的世界杯带着暑假的炎炎热情逐渐远去。激情过去，乌拉乌拉仿佛还在我们耳边嗡鸣，但我们即将迎来高中生涯最终的挑战……

二

隐约记得在某一天，新的座位表被悄然贴在了讲台上。而没过多久，早就对这项工作轻车驾熟的阿海就站到了讲台上，并破天荒地用平静到几乎低沉的声音说：“等一下下课后，大家就按这个座位表调好座位吧。”

也许对他这种“反常”的语调还没反应过来，等他说完下去后，大家用一片沉默来表达一种微妙的惊愕。

而这张座位表，也正式宣告我和大索近两个月的同桌生活的结束。

虽然在这近两个月来，我和大索因为讨论问题不止一次闹了个脸红脖子粗，但最后终归是嘻嘻哈哈地悄然和好。消去的是误解，剩下的只有更深的默契。

现在，我迎来了高中生涯里的新同桌，也是最后一个同桌——梁树基。

下课铃声像一声发令枪，大家纷纷卷起袖子，对着眼前被书堆成山的桌子动起手来。然后课室成了一辆辆超载的客车竞逐的场所，“客车”缓缓地挪动起来，桌腿与地板发出了干涩瘆人的吱吱声，到处都是拥堵的场面。

当混乱的景象渐渐重新形成秩序时，我们在甩甩酸疼的手臂之余，也开始了与新同桌打交道的生活。

我堆好略有凌乱的资料，回过头正想和阿基套套近乎呢，却发现他早就吃饭去了，只好作罢。

前文曾提到过，阿基给我的第一印象是很拽的样子，有点不良少年的味道。而整个高二来说，我和他打的交道不算多，因此对和他同桌，老实说一开始忐忑的心情自然不可避免。

而接下来几天的学习里，我们之间的交流也确实不算多。偶尔的只言片语好像也就是问问老师布置的是哪一页作业，突然没笔用了就借借之类的鸡毛蒜皮的事。

但就像现在流行的话，朋友之间永远不记得是如何熟起来的，一旦回忆起来，就仿佛从来如此。我想我和阿基的熟悉大致也是如此。当时和他还不多话的我，大概是料不到后来会老是被他用“粗壮”的肌肉来向我示威性地臭屁。

阿基的数学不好，这是我和他坐了没多久之后了解到的，和我大概也就是五十步笑百步的距离。然而正是在数学跛腿这件事上，我开始慢慢意识到了阿基的厉害之处。在我还在对数学退避三舍时，他却选择了主动迎击。后来叶老师与我聊天时，曾不止一次地向我赞叹阿基的刻苦。如果说，从和任课老师的熟络程度，可以观察一个学生对科目的重视程度的话，那么阿基已经是叶老师办公室的常客了。

在身为同桌的我来看，印象最深刻的当数每晚他如磐石般钉在座位上，左手微抵着嘴巴苦思数学题的情景。有时一节课下来，他也许只解决了两道难题，但他那种解开题目瞬间醍醐灌顶的酣畅却让我羡慕无比。

就像我大把扔时间狂啃物化生一样，阿基这种对数学拼命的态度也收到了足够的回报。他的数学从一开始的八九十分，逐渐节节上扬，最终稳定在了110—120分之间，状态好时甚至可以直逼阿高。这也体现在他和阿高讨论的题目层次越来越高，到后来，与在足球领域的态度一致，阿高也不敢小觑阿基的数学了。

而我还没意识到，高三与阿基同桌是一种何等的幸运。

当时高二行将结束时，阿基的这种刻苦对我来说仅仅只是一种画面上的熟悉感，我还沉浸在终于成功摆脱了物化生的纠缠的喜悦中。在同学们都渐渐开始着手各科的复习时，我的反应再次慢了半拍。

这也就直接导致了我后来数学期末考的不及格。

其实这个结果早在考试前就有了预兆。之前我就曾说过，对数学我

很可耻地采取了鸵鸟政策，能躲就躲。长期的鸵鸟政策使我的数学功力退化到了一种变态的地步，我想即使刚进高二的我也料不到如今的狼狈程度。记得某天晚上做一份练习卷，后面的大题我竟然没有一道能完整做出来，而一旁的阿基奋笔疾书，做得那叫一个欢畅。我知道这些题目其实不难，只要有认真上课的就一定会做，我实在拉不下脸去问他，只好盯着自己每道题下写得支离破碎的解题步骤发愣，这显示着我连起码的解题思路都残缺不全了。

在这样的状态下去参加考试，结局可想而知。

我就是在这样一种跌跌撞撞的状态下，一步步地走向高三的。

期末考两天后，叶老师宣布：收拾好东西，今天下午我们就要正式搬迁到高三楼去。

这堪比移民西部的工程可比平时的换座位浩大多了，我记得我们从中午就开始了准备，午觉一过就直奔去搬东西。想想也是，都学了一整年了，谁的资料没有个两三捆一两箱，都不好意思跟人打招呼。而现在搞这么个拖家带口的大迁徙，单是搬迁的物品数量就相当引人注目。我们来来回回跑了好几趟，还得到了破格待遇，可以搭乘平时只有老师有资格搭乘的电梯（虽然紫阳、阿璇经常偷偷搭）。除了处理好自己的家当，身为男生的我们还要负起责任，主动帮女生搬。那些女生平时从不考虑自身的力气问题，但好学程度却是男生拍马难及，于是全然忽视客观情况，弄了个超大的箱子来装资料，还装得满满当当，连个缝都没有。

这下好了，一到搬迁时候，很多女生就此抓瞎，对着自家那个“大牲口”毫无办法，只好纷纷去强拉壮丁来逼迫他们做苦力。像阿高和大索这两位公认的“体态先生”，完全成了抢手货，刚帮完一个，又要去帮另一个，任务之多目不暇接，从中午两点多一直忙到下午五六点的吃饭时间。

我一脚一脚地将带轮的箱子推到新教室门口处。抬头看了看教室门口上的班级标志——高三（16）班。

这就会是我们这个班的最终称号了。

我又看了看明显比高二教室宽阔的新教室，同学们都在里面忙着整理物品，大搞卫生，一派忙碌的景象。

这个新教室，将陪伴并见证我们最后一年的奋斗。

想到此处，也就莫名地对眼前这个还有些陌生的教室多出了一份亲切感。

傍晚时分，该搬的东西都搬好了，我们也在暑假开始前，提前改换招牌，“非正式”地成为了高三学生。

对陪伴了我们一年的高二教室，我们还是很有感情的，好像是肥仔吧，在黑板上用极为艺术的笔法，写下了“BYE BYE”的字样。这充满夸张的字样，也代表了我们对这个跌宕起伏的高二，最真切的告别。

在新教室的第一晚，大家好像都还没什么心机复习。最主要是因为世界杯还没结束，所以到最后，阿高选择了看比赛，阿基选择了借胡须的PSP打游戏。这两位仁兄是这个表现，其他同学的就更不用说了。虽然叶老师一再提醒我们不要因为即将放假而放松警惕，但对这种要我们不把放假当放假的说辞，以我们的思想觉悟而言要严格遵守还是有点困难。

于是在这种略显放松的氛围中，我们成为这个宽敞的新教室的新主人。数不清的奋斗、汗水、迷茫和坚持，也即将在这个新教室上演。

不过我没料到的是，我们也会是这个新教室的最后一任主人。在此之后，那一排教室都将被改建，另做他用。而最早被停用的，正是我们的这间教室。当我们毕业第一年的寒假，回来看望老师时，空置的教室着实让我们吃了一惊，桌椅都换了新的，但却不再有新一级的学生入住，仿佛是要告诉我们，我们这个班，注定会是一个充满不可复制的传奇的班集体。

这间教室的日志，就将停留在2011届的高三（16）班里。

第十三章

趣谈两则

一所学校，承载的内容不仅仅是学习，平淡的日常生活也还占了很大的部分。而就在这看似平淡的生活里，一中也有无数的趣事发生。我便斗胆以自己的视角，为大家说上两件发生在16班的趣事。

一

2010年的暑假尽管因为高考的压力要提前回校补课，但我想对许多同学来说还是很值得回味的，最主要的原因大概就是这一年举办的上海世博会，而我也有幸和父母一起去参观了这一世界盛会。

世博会本身其实还不是最大的震撼，真正让我有种乡下仔进城的感觉的是上海极为壮观的城市建设、上海人温文尔雅的素质，以及世博会每个馆外的长得望不到边际的队伍。难怪上海人看其他省份的人都有种城市人看乡下人的高傲。能举办这么个世界级的盛会，确实也很有理由骄傲。

参观世博会，排队绝对是一项必不可少的修炼技能，并且必须充分认识到，这不仅是简单的排队，而且是一排就要排三四个小时的排队，不仅是一排就要排三四个小时的排队，而且是在接近40℃高温暴晒下无防护措施一排就要排三四个小时的排队。

我第一天参观世博园时好歹是在晚上，因此无论是排队的人数还是室外温度都在可接受的程度。第二天的全天游览就完全是不一样的感受了，像美国馆、日本馆这些我们很有兴趣的国家馆，到最后都因为那庞大的排队队伍作罢了，就连我们前一天晚上根本不用排队游览的斯里兰卡馆，到了第二天也排起了长长的队伍。据说有不少世博发烧友，每天一早在世博园还没开时，就守候在了门口，门一开就狂奔进去。像我们这样的游客，也就是重在参与而已。后来紫阳告诉我，他去游览时，排队热得受不了了，直接用矿泉水浇脑袋降温，比我可惨多了。

提前开学使我们感觉似乎才刚放假没几天，就又回到熟悉的学校了。因此说有多不适应吧好像也谈不上，有很多方面还是很好地延续了上学期的势头，比如宿舍里屡禁不止的扣分情况。

说起这个宿舍扣分，在高二尤其是下学期以来一直是叶老师头疼的麻烦问题。对一直给我们灌输“良好的纪律是一个优秀班集体的基本保障”这一“基本班策”的叶老师来说，宿舍多次出现扣分是不可忍受的现象。我们的扣分不仅是因为晚上熄灯后讲话或者走动，更多是因为在内务卫生上栽跟头，而且这内务卫生有时还防不胜防，如果你自以为搞了卫生就能躲过扣分命运，那就大错特错了，宿管的双眼是被神祝福过的，只有神才能理解。我们必须清醒地认识到一个真理，那就是世界在宿管眼中和在我们眼中是完全不一样的。当你看到的是一个还算整洁的宿舍时，他们却能看到满屋子的细菌和灰尘，那都是能让你在扣分大潮中万劫不复的罪证。

高三刚开学没多久，宿舍的扣分现象（特别是男生）就已经使叶老师的忍耐指数濒临破表了。她破天荒地向我们两间男生宿舍的同学发出了极为严厉的警告（叶老师其实一直很喜欢和倚重我们16位男生），如果第二天再出现扣分，那就不要废话，当事同学马上滚回家里去睡觉。

警告令的最先获得者，毫无疑问还是叶老师的得力亲信阿高。在一开始介绍他时我就说过，在叶老师的直接领导下，他在某方面有着比阿海更大的权限，只在宿舍管理上，他就是当仁不让地坐头号交椅。因此我们最初得到这个警告令，就是他宣布的。当时阿高用严厉的语气将这个警告令的威力发挥到了最大，身为老师的属下，他还颇有点为君分忧的味道，痛心疾首地斥责了开学以来我们的种种懒散行为，并且一字一顿地说道："呐，你们都记住啦，明天一定不能扣分，不然你们统统都要滚回家了！"

这个政策一出，立时使我们大为紧张，"锦衣卫"阿高的严厉批评更是使我们惴惴不安，当晚早早就上床睡觉了，第二天更是使出了吃奶的劲搞卫生，恨不得把地板和墙壁都擦下一层皮来。

好不容易挨到了中午，我们赶紧赶回宿舍去公告黑板上看有没有不幸中招。

紧赶慢赶地回到宿舍后，我们朝那个记录扣分情况的黑板上一看……

高华亮　窗户不干净　-1分

在老师的警告令刚下的背景下，昨天这位大义凛然地把我们批得狗血淋头的"男生宿舍管理员"同志，第二天就成了第一个被捕的革命志士。

我们连一秒沉默都没有，纷纷放肆而猖狂地哈哈大笑起来，直冲进宿舍寻找当事人，却发现这位很傻很天真的当事人还没回来。于是幸灾乐祸的胡须提议，趁阿高还没回来，我们给他精心准备一个"欢迎仪式"，这得到了我们的热烈响应，纷纷拿了脸盆来作为伴奏乐器。

不知是不是因为预感到自己中招了，过了很久都不见阿高回来。正当我们渐渐失去耐心时，紫阳冲进来报告了一句："他就快到了。"于是我们纷纷屏气凝神，紧盯着门口。

过了几秒，宿舍门被推开了，阿高肥硕的身子刚一出现，我们这帮"仪仗队"就顿时"锣鼓喧天，鞭炮齐鸣"，并在胡须手机里的歌声的引领下，高唱起世界杯的主题曲，一时间主题曲开头那段拟声词"哦哦哦哦哦"响彻全宿舍。

我们从四面八方涌向这位不怕死的好汉，像香港狗仔队一样纷纷将拳头当作麦克风伸向他面前，不断地发问："马丁感觉爽吗？""请问你现在是什么心情？""对于即将回家睡觉你有什么看法？"而阿高就像陷入丑闻的陈冠希，对于我们的问题统统闻而不答，拨开我们的围攻，匆匆逃离了现场。

阿高不是坐以待毙之人，为了不让自己真的成为叶老师政策下的第一个牺牲者，当第二天叶老师上完连堂课，问起扣分情况，他就堂而皇之地回答“情况一切良好”，成功搪塞了过去。而趁着叶老师还没发现，他赶紧去给自己加分，试图把漏洞补上。但在宿管被神祝福过的双眼下，他的加分行动最终失败。而叶老师也终于获知了这个令人发指的消息，阿高受到了严肃批评。

不过阿高终究是叶老师的爱将，因为一次擦窗户不力就被赶回家睡觉，这对阿高在男生的标杆形象也是很大的打击，因此叶老师最终网开一面，放过了阿高。

而作为灵魂双雄的另外一人，大索也贡献了男生宿舍的扣分史上另一个最经典案例。

某天晚上，103宿舍的兄弟们又展开了每晚必不可少的熄灯夜话。这次参与谈话的有紫阳、阿璇、阿海等人，不过你也不用去记这些人，因为他们只是起衬托效果，今晚真正的主角只有大索一个。

于是乎，打酱油的配角们聊得不亦乐乎，主角却不怎么说话，不知说到了什么有趣的事，终于纷纷笑出声来，甚至使原本不参与聊天的大索也笑了起来，声音还比较大。

根据俗套的剧情模式，每当到了这个时候，宿管是一定要恰到好处地出现，将大家统统一锅端。如果你以为我们的剧情也会这么俗套，那么很遗憾，你猜对了，确实就这么俗套。

当宿管“黝黑”的脸庞像鬼一样突然出现在窗口时，所有人的笑声都戛然而止，除了一个人。

大索不知是不是气没缓过来，硬是没刹住笑声，于是就在那一瞬间，他“清脆”的笑声回荡在103宿舍中。

宿管啥都没说，只是如僵尸般在窗前站了一会儿，就离开了。但是103的诸位都知道，这回，摊上事儿了，估计不幸中枪的得有三四位，明天且看扣分表上会有多壮烈。

第二天，阿高和胡须赶紧回宿舍看公告黑板，却发现黑板上整整齐齐地写着：

103　7号床（即大索）大笑　-8分

……

两人还没缓过神来，就有两个高二的学生在他们身边经过，其中一个往黑板上一瞧，就用一种嘲弄的语气对同伴说："瞧这傻瓜，大笑扣8分！"

这件事使大索暴跳如雷，原本根本就没参与聊天，却因为一个不合时宜的笑声，就成了冤大头替死鬼，扣分理由居然还是什么狗屁"大笑扣8分"！更可气的是还被低年级学生嘲笑，实在是让人不得不冒火。

我们照顾大索的自尊，在他面前很少提这事，因为一说他就会忍不住"××××××"（和谐词）地跳起脚来。但我们私下里回忆起这件事，还是忍不住乐得大笑，对这种"将自己的快乐建立在别人痛苦"的做法，在此向大索说声抱歉了。

如今我们总是说，巴神（巴洛特利）的世界你不懂，现在看来，要扣起分来，宿管的双眼，同样也不是我们这些凡人能懂的啊！

二

在人类社会里，大到国家，小到家庭，总是有两套管理规则，一套是写在纸上的条文规章，一板一眼，不容商榷；一套则是在我们生活中经过妥协、钻空、打擦边球后形成的被我们实际遵守的隐性规定，较之前一套虽不一定合法，但却更有人情味、更有弹性。

而作为一个百年老校，一中在某些方面自然也形成了类似的温暖人心的"潜规则"。最明显的表现，就是关于外卖的问题。只要在一中读书的同学，都能记得一中大门右边长长的铁栅栏，以及每逢中午和晚修下课后人山人海的场景，这就是一中的黑市交易……不对，是外卖交易的现场。细眼看去，无非两种情景，一种是隔着宽疏的铁栅栏，正在一手交钱、一手交货，另一种就是贴着铁栅栏痴痴地眺望着远方，苦等着送货人的到来，活像十几尊望夫石。

基于维护一中“国有企业”（饭堂）的利益，以及食品安全方面的诸多考虑，对于学生叫外卖的行为，一中公开的政策一以贯之是严厉打压和坚决杜绝，且为了做到从源头进行治理，以毛校长为核心的校领导层“创造性”地推出了饭卡报停制度，具体措施为，如果学生不提前一天对饭卡进行报停，那么第二天要是不在饭堂就餐，就会被强制扣费，费用额按照早餐2.5元、午餐和晚餐各6.5元这个标准价位来扣除。

说到这儿，顺便再怨念一下学校当年欺骗广大学生消费者的恶劣行为：原本学校的午餐和晚餐都是按4.5元收费，然而在某次“你愿意维持原状呢还是吃好点但是要提价哦”这种性质的全校调查中，许多同学对学校许诺的提价后“增加饭菜种类”大为心动，一念之差同意了学校事实上是变相增加赋税的“暴政”。于是在开头几天，为了把姿态做足，伙食前所未有地改善，成功敷衍了我们的单纯心灵并真心实意地相信领导是要改善我们的待遇。这种极富中国特色的运动式改善伙食在满打满算一个星期后，就彻底沉入了北冰洋，饭菜种类不增反减（不是排骨就是牛肉）。开始我们还痴痴地等待饭菜质量“回暖”的那天，但眼见着饭菜质量义无反顾地投向了深渊且丝毫没有回头的迹象，我们终于回过味来，却发现6.5元的价格木已成舟，再难改变。

这种带有明显绑架消费者痕迹的霸王措施一经推出，立即遭到了大批学生的“严正反对”和“强烈抗议”。当然，我们学生虽人多势众，却投诉无门，纯粹过过嘴瘾，造一下“民怨沸腾”的舆论压力。领导也理所当然地视而不见，最终该制度还是被毫无实质阻力地广泛推行了。

这个措施证明无论在任何斗争中，经济制裁永远是最有效最致命的手段。在被强制扣钱的压力下，一中的叫外卖行业遭到了一定程度的打击，望夫石的数量明显减少了不少。

但是报停制度毕竟没有赶尽杀绝，顶多是增加了叫外卖的不便而已。因此外卖风潮事实上并未受到很严重的影响，试问一方面是处于垄断地位、“物差价贵”的饭堂，另一方面是为了抢占学生市场而纷纷调低价格以求竞争得胜的各类外卖餐饮，只要不是傻子，都能做出正确判断吧？所以每到固定的时间段，依然会有人风雨无阻地来到铁栅栏处，成为名副其实的守望者。

由此可以看出，搞垄断果然不利于市场的健康发展啊！

对于这种事实存在的情况，除了爱较真的毛校长外，其他领导其实都或多或少地采取了默许的态度，没有再额外加大打击力度。吴级长某次和我聊天时就曾幽默地说，一中那个外卖交易点已经成为了校园一景了。虽然值日生在那个外卖交易点设有岗位，但一般叫外卖的学生和值日生之间都会互相退让一步，尽量不招惹对方。只要在值日生值班时间内，一般不会有人不知趣地去进行交易，而值日生也没有兴趣潜伏起来进行突击打黑（但也并非绝对，确实曾有一个非常较真的班干过这种缺德事），只要在值班时间内没有出状况，也就得过且过了。

于是在这种互相妥协、默许的情况下，一中的外卖交易点每日依旧车水马龙，成为校园一大人文景观。

那么，在啰啰嗦嗦说了一大通总体情况后，我们再把镜头微缩到16班内。

在我们16班升入高三后，有人就在课室后的墙壁上发现了“武林前辈”离去前留下的“绝世秘籍”，引起了不小的轰动，对我们的外卖事业起到了重要的指导作用。该秘籍主要罗列出了各大著名餐饮店的联系方式，基本上是学生叫外卖的热门首选，方便我们在忘记电话时随时查阅。不仅如此，该秘籍还非常贴心地一一列举了关于这些餐饮店的情况，举例生动，言简意赅，可以说是前辈用自己的味蕾为我们换回的宝贵经验，让我们少走了许多弯路。比如……

“‘满屋甜品’经常迟到！”

“天热不要叫‘利莞’，叉烧会变味！”

“‘和谐之家’极不和谐！”

“煲仔饭食（吃）屎啦！”

…………

诸如此类的告诫，让我们将过往的叫外卖经验与之相比较，顿有茅塞顿开之感。

102宿舍晚上叫外卖是比较频繁的，阿基、肥仔和睿韬总是勇于破旧立新，不断变换口味，在我面前展示了一个广阔的外卖天地。

我加入到外卖大军算是比较晚的，高一都是过得中规中矩的，每顿必去饭堂解决。进入16班之后，我也就很快被人带入行了。而我在一中的第一顿外卖，吃的应该是开在一中正门对面的肠粉店。

说起肠粉店，假如一中日后要修史的话，这家店大概也可以入书了。肠粉店在一中学生的外卖名单上，单以味道而言并不靠前，但胜在有地理位置的优越性，出门就能见到。有时甚至不用打电话提前预订，只消到交易点处，隔着铁栅栏，气沉丹田，冲马路对面吼上一嗓子，马上就有店员直奔而来问你要什么。店主估计也是日进斗金，相当好赚。到后来，这家店几乎成了我们这届学生关于外卖记忆的标志，16班同学回校探望老师，首先在门口见面，第一个提议总是去肠粉店叫上一碟肠粉来，以此缅怀我们的高中生涯。然而可惜的是，如今肠粉店已经被拆了，使我们有种回忆无处安放的失落感。

当然，肠粉店不是唯一的选择，还有不同的特色菜可供选择，比如华莱士、煲仔饭、兰州拉面、光头佬（早餐）等等等等，为此当年我们的钱包可瘪了不少。

不过，叫外卖也是一个有风险的职业，虽然有领导默许，但依然有偶尔翻船的危险，具体来说就是晚修之后叫外卖，容易遭遇门禁。

有时我觉得我的身体有种奇特或者说不好的特质，就是凡是我参与的活动，不论这活动之前被如何信誓旦旦证明无甚问题，总会在我参与的这次出问题，使我的生活平添无数“惊喜”。比如我和紫阳的某次叫外卖。

某天晚上，紫阳向我推荐了一家兰州拉面馆，告诉我这家店的炒面片味道相当不错，肥仔、睿韬和阿基前两晚都是吃这家的，提议今晚宵夜就吃这个，并根据他之前的经验“信誓旦旦”地保证会很顺利拿到。

我很高兴，于是同意了。

…………

我百无聊赖、焦虑无比、一肚子气地不知第几次抬手看手表。

10：25。

已经很危险地接近门禁的时间了，交易场上的人也已所剩无几。

在寒风中，我和紫阳瑟瑟发抖地痴情眺望夜色中的远方，苦苦等待传说中“很好吃”、“很顺利能拿到”的兰州拉面，却是“望穿秋水不见君”，那个据说会驾着七彩祥云的王子……不对，是骑着摩托的送货员，始终没有帅气地出现在我们面前。紫阳已经打过一次电话催促了，电话另一端的老板无论如何不想放过这笔生意，连声抱歉并一再表示很快就能送到。

我们信了，决定继续等。

于是我们迟到了。

我猜到了开头是关于美味的幻想，却没有猜中结局是宿管杀人的眼光。

“你们迟到了。”他冷冷地对包括我们在内的几个倒霉蛋说道。

早在奔回宿舍的路上，紫阳就已经在跟我讨论待会儿面对宿管时，要如何伪造假口供，登记时要签什么假名，并要装得互相不认识以求各自保命而不是抱成团地被宿管一锅端。他还警告我，他已经占用了那个最通用的假名（注：我们男生在面对迟到登记时有个很通用的假名），要我自己另外想一个。

我一向是不会违反规定迟到的，因此是第一次面临这样的问题，一路上心乱如麻，根本没怎么认真听他的话，而我的临场应变能力又比较差，于是，当宿管问起我们是哪个宿舍时，紫阳随口报了一个宿舍号，我不擅长撒谎，情急之下也想不出要杜撰哪个宿舍出来替罪，出于溺水者抓住救命稻草的心态，紧跟后面来了一句：“我和他一样。”

即使在夜色中，我也可以感受到紫阳如刀的目光射了过来：什么叫坑队友？这就叫坑队友！

正所谓：“不怕神一般的宿管，只怕猪一样的队友！”

回到宿舍后，紫阳把怒气发泄在了坑人的拉面馆老板身上。他再次致电给老板，在电话中，他强烈谴责了老板坑害消费者、导致消费者产生巨大损失的恶劣行径，是明显违反交易法的行为。他指出，若放任这种现象泛滥，将严重损害学生和拉面馆双方的互利合作关系，长此以往对拉面馆的收益将产生不可估量的损失。

在对老板进行了普法教育后，紫阳又要求拉面馆必须对此事有所补偿，提出明晚要老板免费多提供一份炒面片，并不怀好意地威胁道，假如老板不干，他不但将断绝和拉面馆的贸易往来，并且会在学校里对拉面馆进行负面宣传。

可怜的老板，估计没见过这么有法律意识的消费者，在电话另一头唯唯诺诺表示一定会补偿。这样的坚决表态终于让紫阳的态度稍稍缓和了一些。

老板应该松了口气，他准备挂电话了。

“等等！”紫阳的一声大喝又把老板的耳朵拉了回来。

“我警告你别把今晚没卖出的面片回锅啊！要是我们吃出了什么问题，这可是有证据的，一查一个准，你想赖都赖不掉的！”紫阳语气严厉地说。

没准老板还真想这么干，因为他听到紫阳的话后，明显顿了一下，才连声道：“放心放心，不会的！保证新鲜！”也许他知道这回碰上了个懂行的主，实在惹不起，只得老老实实地按照紫阳的要求来做。

不得不说的是，紫阳后来是去了重庆大学法律系，显然他的法律天赋早在这时就已经有了一次精彩的展现，也算是为他日后的发展定了个调。

女生们对外卖大概是比较有心得的，当然喽，都是吃货嘛。不过她们的兴趣多数集中在地下铁、鼎茶这些饮品店，像曼宁、周阳、思鹭等人，总是会看见她们手里拿着一杯大号的奶茶，平时如果碰上有人要出校公干，都会加上一句：“记得帮我买杯‘××’（可代入任意的饮品店名称）。”说她们是奶茶控真不为过。另外据周阳说，她们宿舍后来形成了一个规矩，每逢星期五必点咕噜咕噜和鼎茶，可谓是风雨不动。而且女生们叫外卖很少有单枪匹马的孤胆英雄，通常都是团伙作案，找准时间去，大大提高了成功率。曼宁就曾表示她两年里从未被人抓住过，完美的100%成功率。

而在级里，关于叫外卖最经典的事，莫过于17班的刀哥引发的“华莱士事件”。

华莱士作为类似于麦当劳、肯德基的汉堡店，以其独有的价格优势

（相信包括劣质的制作材料）俘获了一大帮同学的心。当然，我是对它一点都不感冒的。我总共只吃过两次，但每次吃完，第二天早上第一节课总会非常准时地感到肚子一阵剧痛，然后抓起纸巾，在老师惊异的目光中不顾一切地向厕所狂奔而去，相当没面子。

但其他人的胃毕竟比我要好，吃了也没觉得如何，因此华莱士还是相当受欢迎的。某天晚上，17班的男同学们打算叫华莱士，负责点餐的同学活像地下工作者般偷偷摸摸地溜到教室的内走廊打电话，一切都安静而井然有序地进行，但点餐的同学明显没有做好情报工作，电话打到一半，居然还要问问课室里的同党要吃什么。由于他是隔着窗户问的，于是气壮山河的一幕出现了：刀哥似乎唯恐不能把自己的意思表达清楚，于是霸气侧漏地高举右手，伸出“六”的手势，并加上了“刀哥”式配音：

“六个包！”

这声春雷般的吼声不但全班皆闻，不幸的是，还正好被路过的值班老师听到了，于是这位老师就看到了以下场面：刀哥背对着他，还在高举着右手，而内走廊上，黑乎乎的背景下，一个学生手持手机，正傻乎乎地看着他。

（此处内容少儿不宜，故略……）

从此，刀哥的“六个包”台词伴随着他的赫赫威名风靡文科班，我们男生相互见面，总要吼上一句：“华莱士，六个包！”

上了大学之后，想吃个外卖已经不需要这么麻烦了，学校的生活区附近，总有小贩想尽一切办法招徕生意，唯恐你不来买，也不会再有宿管或值日生或领导来对我们叫外卖的行为指手画脚了。

比起高中，我们前所未有地自由，但我们真切地怀念着，怀念着高中时，在各种清规戒律的束缚下，与管理者斗智斗勇的如歌岁月。对于经过重重艰险才到手的外卖，我们总是吃得无比香甜，并眼巴巴地等待着下一次叫外卖的到来，而现在在大学，我们到手得太容易了，而太容易到手的事物，总让我们缺少珍惜的感觉。

一文写毕，已是临近傍晚了，今天一中的外卖交易点，是否依旧人山人海？

第十四章

复习交响曲

进入高三，充斥生活的就是天昏地暗的复习，乍看似乎失去了很多乐趣，但我们充分发扬了革命乐观主义精神，依旧在这“苦”中，找到了“乐”。在日复一日的复习里，依旧发生了不少足资记录的事情。

一　征程开始

终于，“准高三”的补课结束了，新的学期正式开始，我们总算“转正”了。

作为“转正”的标志，我们以一种复杂的心情参加了在一中的倒数第二个开学典礼，料想级组的各位领导大人一定会对我们高三党有一番特别的训诫。

毛校长秉持他的一贯作风，在典礼上慷慨陈词，又把讲话的高度从一开始对学生的鼓励与祝福，拔高到了国家民族复兴的高度。只是他语调激昂的讲话反响似乎并不怎么热烈，也许是因为入学的新生还没摸清门道，对如此“振奋人心”的讲话不太招架得住，而老生们则已经基本习惯，因此也没啥特别的反应。我感到我周围的同学，都只是把毫无焦点的目光散射到主席台上，但从主席台上传来的声音，却半点没入他们耳朵。整个讲话里最热烈的掌声，就是毛校长宣布讲话结束的那一刻。

而在毛校长讲话结束后，三个年级各有一名教师代表来发言。而代表高三教师发言的是7班的班主任黄老师。黄老师的讲话稿显然是经过了精心准备，他本人是教生物的，因此在讲话中比较有创意地将生物知识跟动员鼓励结合了起来，显得生动有趣，给原本使我们觉得压力山大的训诫增添了不少亮色，这就比毛校长直白地宣扬“为中华之崛起而读书”高明了不少。唯一的麻烦是，他这个讲话似乎更多是针对理科班的同学，对已经把理化生抛诸脑后的文科生来说，对这些创意的引用已经有点反应不过来了。

不过黄老师的讲话依旧赢得了同学们频频爆发的热烈掌声和欢呼，于是有眼尖的同学发现，坐在台上的毛校长似乎开始不耐烦起来，频频看表。我们男生纷纷交换意见：“看来黄老师严重抢了毛校长的风头啊。”没过多久，毛校长还跟身边的谭主任交头接耳起来。这下我们的想象更是天马行空般地丰富起来：“瞧毛校长，已经开始给主任们下达秘密指示了。”

而似乎是为了佐证我们的想象，有小道消息说，在开学典礼结束后没多久，黄老师突然就“神秘失踪”了。我们纷纷传言，他是被毛校长请去校长办公室“喝茶”了。

且不说开学典礼的热闹，高三一开学，级组就给了我们一个下马威，安排了一个联考，将我们彻底从本就不多的假期综合征中震醒过来。数学是老冤家，自然每次的难度设定都要是我做不出的，这才对得起一中学子的水平，更值得关注的是，在高二下学期末，政治、历史和地理三科就已经开始合卷考试，全新的试卷类型，完全不同于以往的做题时间分配，都使缺乏经验的我们头痛不已。

犹记得第一次做文综合卷时，我老老实实地按试卷顺序一路做下来，好不容易把政治那些近乎写作文字数的大题做完，一看时间，竟然只剩不到半个小时了。

这一下差点没把我吓得个魂飞魄散，历史是我的拿手好戏，地理虽然略有不济，但也还凑合，现在为了个写一大堆字却只能拿两三分的政治大题浪费了这么多时间，后面的题要交了白卷，那可真是太不值了。

我的笔尖就此开始疯狂提速，大脑也像被装上了十个发动机轰轰轰地高强度运作起来。一道题刚看完就开始动笔，往好听的说是边做边思考，往难听的说就是根本不知道自己在写什么了。

饶是如此不要命地突击，在收卷铃声响起的一刻，我的笔依旧还没到停下来的时候。

第一次的文综合卷，就此惨败收场。

其他同学也不见得好多少，有些同学虽然堪堪做完，但也感觉到做题时间不是一般的紧迫。试卷刚收上去，整个教室就充溢着大家各种抱怨的声音。归结起来就一句话：“完全不够时间啊！”

于是在这次文综考试结束后，大家都开始思考同一个问题：

下次考的时候，政史地三科的大题，应该先做哪一科呢？

这个问题并非毫无意义。从大题的难度来看，政治肯定是最高的，至少就我自己而言，就算我仗着一股狠劲，先把这个硬骨头啃下来，但这股狠劲会在做题的过程中被慢慢消磨掉（主要是庞大的答题字数），做题速度会渐渐下降。更麻烦的是，由于我先做政治，“充裕”的时间会给我一种危险的错觉，每道题都细斟慢酌，结果最后做完才发现，留给历史和地理的时间已经所剩无几了。

对这个问题每个同学都有不同的想法，有些同学选择了先把地理这个难度较小、填空题偏多（不用写那么多字）的科目砍下，有些同学选择了先把历史和地理两科一起端掉，还有些同学依旧严格遵照着做题顺序。

当然，大家对这个问题的回答，是在日后的一次又一次反复练习中才确定下来的。现在，我们心里对文综合卷，只有一个很模糊的概念，究竟该怎么做，还有太多亟待解决的疑惑。

文综的困难初现端倪，连我的拿手科目语文也开始不让我省心了。在上个学期我曾隐隐感觉到，要把准作文题目的调子已经不太容易了。而如今这个感觉逐渐强烈起来。其实不仅是作文的题目不好把握，就连我的文笔也开始飘飘忽忽地不知所谓，总有种词不达意的无力感。面对作文，我不想写干巴巴的套式文章，毫无文采，模式僵硬，但要写出深度，又发现肚子里已经没多少好货可售了，要说这个时候来多看课外书弥补，无异于痴人说梦。

我就此陷入了作文的长时间的“考前困惑”中。

不过所谓家家有本难念的经，进入高三后每个同学都有自己的困惑，而叶老师自然不可能遍查每个同学的想法，她只能在每节班会课和每晚自修课前对我们进行思想教育。不过叶老师其实不是一个特别善言的人，这体现在她的思想教育或者说鼓励，内容比较单调，最经典的就是“水到渠成”说和“温水浸青蛙”论，前者是为了激励我们要有耐心有毅力地坚持复习，后者则是为了提醒我们不要被日复一日单调的复习给泡麻木了，忘记自己的目标。

虽然当时我们是觉得她的话乏味又单调，但随着复习的深入，这两个理论却成为伴随在我们耳边的必备思想武器，一天不听，都会感到若有所失。这时才发现，叶老师的思想教育内容其实是如此的意味丰富。

我逐渐发现，阿基真的是个相当靠谱的同桌。每当到晚自习的时分，总是我最“敬畏”他的时候。叶老师曾告诫我们自习时应该像一颗钉子一样钉在座位上一动不动。阿基在这方面堪称典范，晚自习时一丝声息也无，无论班里有什么奇怪的声音发出，他的头都没抬一下，真是“麋鹿兴与左而目不瞬”。这种沉默有时真会变成一种强大的气场，而身为他的同桌，我切身体会到了这种气场。

我终于明白，当心中有确切的目标时，人就会沉默，因为再没有多余的话要说，也再没有多余的时间说。一心一意前进的人，沉默就是最有力的证明。

跟阿基做同桌，是需要某种觉悟的。如果纯粹是为了聊天找乐子的，那和他同桌只会感到无聊。但是当你意识到你身边有个最好的同伴和对手时，这段艰辛的旅程，就有了催人发奋的动力。

阿基就是那个同伴和对手。

这个高三能在我的记忆中留下如此诗意的关于拼搏的回想，阿基功不可没。

二　副手

大概是高二下学期末，面对日益增多的功课以及大量的作业收发，“六部”部长都动了增加一个副手以减少工作量的念头。

最先将此念头付诸行动的是语文科代表乐檬。不知从什么时候开始，她的出场次数就越来越少了，每次拿着粉笔在黑板上奋笔疾书布置作业的换成了另一个女生，绮君。

绮君是个矮矮胖胖的女生，我们给她起了个绰号“瓷砖”（粤语两者同音）。单以语文成绩而言，绮君并不算突出，但她胜在对待作业的态度极其认真负责，尤其是以作业种类繁多著称的语文作业。谁都知道，后来的语文作业包括了随笔、练习册、练习卷等等在内的全方位多角度练习，这还不包括谢老师经常要求我们做的各种总结归纳。记得有一次晚修上课前，大家已经基本在座位上安静地自习，而绮君在黑板上布置作业。

她写了一条，有同学抬起头安静地看。

她又写了一条，同学们在下面继续安静地看。

她再写了一条，同学们依旧在下面安静地看。

她还写了一条，同学们开始有只言片语飘出嘴来……

但是绮君完全没有停止写的意思。她默默地写，不出一语，但却成功引发了身后越来越大的骚动。大家看最后语文作业一栏上写了足有七条这么多，纷纷用“谢老师疯了吗？布置这么多作业怎么做得完啊？”的言语表达自己的不满。而绮君写完之后，好像才终于发现自己也从没写过这么多字的样子，意识到这个作业量是何等变态，赶紧有些紧张地安抚群众的情绪，并答应大家去跟谢老师交涉。不过我记得最后的交涉结果应该是失败了，因为绮君回来之后，又引发了一轮骚动。

所以可以这么说，我们的作业分两种，一种是语文作业，另一种是非语文作业。如果你心眼实在，那么大可以将大半个晚修的时间都扔到上面。而绮君可以说是谢老师的忠实粉丝，对谢老师布置的每项作业都毫不动摇地坚决完成，因此某天晚上阿基用一种极为不可思议的口吻告诉我：

“你相信吗？‘瓷砖’竟然用了一个半小时的时间做语文作业。”

我闻言也吓了一跳，一个半小时真的就差不多是大半个晚修的时间了，绮君要怎么样才能在既做完语文作业的情况下，又去完成那些非语文作业的？

由于绮君的恪尽职守，不但谢老师十分满意，就连原科代表乐檬也是乐得清闲，干脆将活都抛给了绮君，自己就选择了“退隐江湖”，彻底撒手不干了，完美诠释了“姐虽然不在江湖，江湖却有姐的传说”这句话。绮君就这样从一开始的只是副手，慢慢成了正牌语文科代表。

当然像这样副手做着做着就转正的仅此一例，多数科代表只是抱着一个纯粹的念头，就是找多一个苦力来帮自己干活，因此其实这个副手有时只是一个象征职务，具体担任者常变。像英语科代表思洁，每次和她一起搬《英语周报》的人都不尽相同；而我偶尔也会帮阿高一起搬作业。但也有将这一职务固定化的，典型的例子就是地理科代表淑怡和历史科代表也就是我本人。

淑怡生得小巧玲珑，所以对着一堆沉重的地理作业总是徒然苦恼，迫切需要一个强壮的廉价劳动力帮忙。最先可供考虑的自然就是16班的两位胖绅士阿高和大索，但是阿高已经是数学科代表，腾不出手来帮忙，于是这项搬运工作就落到了大索头上。淑怡和大索的关系相当铁，让大索来帮自己一把自然不在话下。因此不久之后，大家就看到，每次搬地理作业，进门的总是一大一小、一高一矮、一胖一瘦的两个人，相映成趣。一般说来，虽然拉了个副手帮忙，但关于地理的各项“政策”基本还是由淑怡来宣布，大索纯属跑腿，但如果有时淑怡没空，或者没劲干，黑板上地理作业的那一栏，也会突然变成大索那粗大歪斜、“不拘小节”的字体。

至于我嘛，说起来就不大光彩了。我也找了一个副手，不过这个副手是女生，所谓“男女搭配干活不累”，只是我颇具男女平等的现代意识，从来不把这位副手当女生看待。自从有了她帮忙，我就像解放了般，除了平时在黑板上上布置一下作业，或者传达一下级长的要求，其余各项事务一概外包给了这位可怜的副手。

这个可怜的副手，就是之前向我进行业务咨询的艳珊。

之所以会找她做副手，其实还不是我的意思，主要还是因为艳珊平时积极向级长提问，使得级长也对她有了印象。于是在某次我向级长申请，要增派一个副手给我时，级长便随手一指身旁正在提问的艳珊："就找她当嘛！"

于是老实的艳珊也就老实地担起了这个"飞来横职"，每个周末老实地替我搬作业，每个周一老实地替我发作业，有时连作业也替我布置了。虽然老实，但她还是对我这种恶霸地主的行径怨声不断，好在我脸皮够厚，每次她一抱怨，我就笑得猪头三一样，还"恬不知耻"地称她为"妇（副）科代表"，让她无话可说。

不过我也不是像乐檬那样完全撒手不干，好歹跟着级长当小弟当了三年，怎么说都对这个科代表职务有了点感情，有时碰上级长在历史科上有重要事情布置，我还是会第一时间帮忙。

而对这位任劳任怨的副手，我也并非凉薄到放任她自己一个辛苦。说实话，她越是勤勉工作，就越显得我懒散不堪，即使我脸皮再厚，也还是受到了很大的良心谴责，所以我也想了些办法补救。比如到了高三，我继续义务担当她的咨询员，给她讲解题目。当然，已经逐渐习惯了她刨根问底的追问方式，我胡吹起来也开始有了不少底气，足够忽悠得她满意而归，至于她之后做题会不会因此被误导，这就跟我没关系了。我还会偶尔请她吃一顿饭，算是表示我对她近两年付出的感谢，这个习惯直到毕业之后都还保留着。

关于科代表的副手问题就暂且先放一边吧。前一章我提到和阿基同桌是颇需要觉悟的，而阿高这个学期伊始，就和冬宇成了同桌，由此展开了一段他的自尊心被不断蹂躏的黑历史……

三　阿高的黑历史

"冬菇！冬菇！"晚修时，阿高一支笔顶着下巴，一边紧皱着眉头看着眼前的数学练习卷，一边小声地叫着冬宇的绰号。

冬宇面无表情、语调冷淡地简单回了一句："什么？"

"这道题你做出来了吗？"一向是数学强手的阿高这回也碰上了难题。本着好问的品质，他虚心地向他的新同桌冬宇请教，只是这份虚心看起来是热脸贴上了冷屁股。

冬宇斜睨了阿高指着的那道题几秒，就淡淡地说了句："做出来了。"

"怎么做的怎么做的？我用了老师今天讲过的那种方法，可是怎么看都有问题啊。"阿高见同桌如此胸有成竹，赶紧追问，语调都快了不少。

"所以说Judy你真是没脑袋啊，这么简单都不会吗数学科代表……"冬宇见这个高手难得吃瘪，于是一边冷笑着进行恶毒攻击，一边气定神闲地将解法如此这般的讲了，直听得阿高一脸醍醐灌顶，点头如捣蒜，口中发出恍然大悟的"哦哦"声，赶紧抄起卷子写了起来，都顾不得理会冬宇的攻击言论了。

以上场景自从阿高开始与冬宇同桌以来，就几乎天天上演。腹黑属性深厚的冬宇，对着阿高似乎有永远吐不完的槽。特别体现在两人讨论数学题时。

要说班里数学最厉害的，即使是身为数学科代表的阿高，也绝不敢自称第一，班里至少有三个同学的实力是可以凌驾阿高之上的，其中一个就是冬宇。对着冬宇，阿高即使每回和他讨论数学题都被践踏自尊无数遍，最后还是不得不老实承认确实获益良多。

虽然冬宇的实力经常使阿高折服，但他本人却十分"谦虚"，每每"和蔼"地向阿高表示，自己其实还差得远。比如，我们经常会看到以下情景：

"这道题你怎么做？"某天数学课后，阿高又"厚着脸皮"地找冬宇探讨题目了。

冬宇想了想，提笔飞快地写起了解题步骤，口中也不稍停，将自己的思路一并说出。

"啊？怎么你是这样做的？我的方法是……"阿高说着也

开始写起了自己的方法。

冬宇看着阿高的解题方法，不置可否，却用“真诚”的语气开始对阿高进行颂扬：“哇，Judy，真不愧是数学科代表，好厉害啊，我这么差劲的人怎么比得上你啊……”

阿高不料同桌竟然是这个反应，又好气又好笑，连连挥手道：“喂喂，不要闹啦，赶紧说你怎么想的。”

这话不说还好，一说冬宇就立马撤去了“谄媚”的表情，重新拉下脸来：“拜托你好好动脑想想，明明几个步骤就可以解决的问题，你怎么会用这么麻烦的方法啊，好歹你是数学科代表，拿出点水平来行不行？”

他的这种表现反而让阿高相当受用（受虐狂？），虽然冬宇的讽刺依旧尖锐，但阿高却很高兴，因为他又学到知识了。

不过阿高这个经常扮演咨询者角色的家伙很快就吃到苦头了。我们都知道，对女生的提问阿高总是细致且耐心地解答，但如果是男生来问，免不了就会被他用一句“我宜家（现在）好忙”打发了。而他这种明显的只求回报不求付出的行为终于为他招来了报应。

报复者正是冬宇。

同样的，我们也可以通过以下情景，来看冬宇是如何为人民出气的：

也是某天晚修，阿高和冬宇都在用功。

不过这次值得阿高得意的是，冬宇在数学上终于也碰到问题了。他捏着数学题拍了拍阿高，毫不客气地问道：

“喂，这道题你怎么做的？”

从情理上说，平时阿高总是咨询冬宇，偶尔接受一下冬宇咨询，也算是投桃报李，礼尚往来吧。

阿高却是难得的厚道，这么好的一个可以好好在冬宇面前拽一拽的机会，他却想也没想地就用经典台词放弃了：“等一等，我宜家（现在）好忙啊。”

只是冬宇的脾气可没有如此之“好”，不像我吃了哑巴亏不做声，见阿高如此怠慢，当场就嘿嘿冷笑，手上暗自加劲，一边以每秒N米的加速度将手掌狠狠着陆到阿高肥厚的后背，一边用一种威胁意味相当强烈的口吻问道：“什么，你再说一遍？”

这一掌落到阿高后背，就让措手不及的阿高差点没趴到桌面上，耳边听着冬宇不怀好意的威胁话语，知道这回终于碰上煞星了，赶紧端正态度，眼观鼻鼻观心，忍受着后背火辣辣的痛感，却极为恭敬地说道：“不好意思，给我看看题目。”

好像也因为在数学题上阿高很明显地被冬宇踩在脚下，直接导致了在平时生活中，阿高见了冬宇总感觉矮上一截（他确实比冬宇矮），事无大小都要被冬宇明里暗里地讽刺上几句，让他极为受伤。

不过通过这种每日必备的讽刺招待，阿高的自尊心在几经蹂躏之后彻底破碎，他本人也终于练就出了强大的“不要脸”神功，每回都能波澜不惊地咨询冬宇，无论冬宇如何讽刺，都毫无反应。

而当他得到想要的答案时，脸上总会浮现出恍然大悟的高兴。

他又学到了知识。

四　论各科强调的技巧

到了高三的复习期间，就特别能看出各科之间的地位区别。像理科班这边，重点复习的科目多集中在了数学、理综三科上，而文科班则基本落在了数学和英语上。果然在经过长期学习后，哪科才是真正难缠的对手，同学们心里都有了谱。

说到此处，我不禁想谈论一下各科老师在鼓励我们复习时说的话。大家会发现一个有趣的现象，那就是老师们都喜欢强调自己的科目的重要性。当然啦，哪个老师也不希望自己的学科被忽视。不过，强调时的用语绝对是一门学问，要能说出符合本科目的特点来，而不能牛头不对马嘴，这样反而会起反作用。比如，强调数学的重要性时，“因为数学简单容易拿分，所以要重视”这样明显脱离实际的话语，肯定无法服众。下面我们不妨以16班各科老师为例，进行简要剖析。

首先是语文。语文作为一个传统大科目，地位自然不容小视。但这一科的麻烦在于很难拉分，它不像数学这样对就是对、错就是错，有较多的不确定性，有时很努力地复习后，可能也只比没怎么复习的同学多那么五六分，但像数学这样的，一下子就是二三十分的差距，简直是卖水果和挖金矿之间的利润差距。所以大家本着利益最大化原则，对语文也就是得过且过，能拿个平均分上下的水平就够了。

因此，谢老师在强调语文的重要性时，通常会这么说：

“你们要对语文重视起来！你们要知道，你们和理科生的很多考试科目都不一样，但是语文这一科和他们的起点是一样的。如果你们文科生在这一科上还比不上人家理科生，说出去真是会笑死人的，还拿什么去和人家竞争？”

这是从宏观上激发我们身为文科生的荣誉感，接下来还有细节的论证：

“现在语文考试都有一定的规律可循了，答题的套路、用语、模式都是可以总结出来的，特别是前面的选择题部分，根本不需要你们有多高的技巧，就是不断地练习就可以提高的，拿下这24分，你们的成绩就肯定不会差到哪里去。就像我之前一直跟你们说的，得选择题者得天下！”

这是谢老师的强调方式，巧妙地避开了语文其实比较难拉分这一点，着重强调语文也有规律的一面，要求我们要在对这种规律的摸索上提高分数。特别是这句“得选择题者得天下”，是谢老师强调话语里的经典语句。

接下来是数学。数学这一科就比较好说了，现实的严峻性已经迫使许多学生不得不重视这门功课。因此叶老师在进行强调时就轻松了许多，更多的是在鼓励我们要有坚持下去的信心。因此叶老师的强调，大致上是这样的：

“不用我说你们也应该知道，数学对文科生来说是最重要的，文科生是‘得数学者得天下’，数学是最好拉分的科目。我总是跟你们说，其实文科数学一点都不难，只要你们把基础的、典型的题目练熟了，就肯定能有120分以上的成绩。不要以为练一两次就有效果，要反复地练习。你们要明白，学习最重要的是坚持。我经常都说啦，只要你们肯坚持下去，一切都是水到渠成的……”

所以大家可以看到，到最后基本上就会变成对“水到渠成”等理论的再一次强调。

至于英语嘛，Marie反而不用过分废话什么，按她本人的性格来说就是：英语的重要性是毋庸置疑的，谁敢不重视我就揍死他/她！

但你要说她一点都不强调呢，那也不是，只不过相当于某两科的融合版罢了：

“我跟你们说啊，英语这一科是最好拉分的科目（这话听起来好熟）。你们和理科生在英语这一科上的起点是一样的（这话听起来也好熟），你们文科生现在连语文都比不上人家了（语文躺着中枪），就说最近的考试……（举具体事例进行讽刺），说出去真是笑死人了（原来已经笑死人了……）。所以能和他们一较高下的，也就是在英语这一科上了。我告诉你们啊，你们要是连英语都比不上人家，你们就别想拿下高考了！”

说来说去，三个主要科目到最后是一个都不能落下。那么地位相对没有这么高的政史地，又要怎么说呢？

首当其冲的是政治。根据政治大题的难度，同学们对政治大概也是文综三科里面最重视的，因此鹏哥应该不用费这么多口水了吧？

可惜，只是“应该”而已。

大家都知道鹏哥天生就是爱操心的性格。Marie有一次十分好奇地问我们：“你们刚刚上的是什么课啊？”

我们异口同声地回答：“政治！”

Marie一副恍然大悟的表情：“难怪难怪！我看到那个老师讲得声嘶力竭手舞足蹈的，看上去真是好激动啊。”

由此我们不难想象，就算我们已经很重视政治了，在鹏哥眼里也还是一身破绽，每一点破绽都有可能让他陷入“声嘶力竭、手舞足蹈”的境地。

所以呢，他的强调应该是这个样子：

“政治是不能放松的啊同——学——们！文综里面最好拿分的就是政治了（这句通常会被我们吐槽）……（开始反驳我们的吐槽）怎么不是咧？你看看前面的选择题，都是我们上课讲过的。大题你只要认真审题，找到关键词，把我们讲过的那几点套进去！那不就行了嘛！这么好拿分的科目，你们也不好好复习！叫你们要审题，一拿到题目就给我写写写！（以下基本复制平时批评我们的话）……”

这可以称得上是咆哮版的强调，那么温和的吴级长和胡老师，他们又怎么样呢？

吴级长大部分时间都是一脸淡定的样子，即使我们的成绩有时显得不容乐观，他也依旧能保持平和的语调。因而他的强调听起来就是和风细雨式的：

“我知道大家复习的重点基本都集中在数学上（一上来就挑明了真直接），我也不反对，数学的确是很重要，但是大家也不要忽视历史这一科啊。其实历史是最好拿分的（等等，这句话好像听了不止一次吧），只要按照经济、政治、文化三个方面去答，就不会有太大问题了。关键还是要回归课本，多看看书……”

平心而论，历史对许多人来说确实难度不大，无怪级长如此坦率。反倒是“回归课本”这句话，到后来他几乎每次都说，只是说得我们快糊涂了。按级长的说法，课本是包罗万题的，一切的答案都在课本上，可是大家翻来覆去地快把课本翻烂了，不会做的还是不会做，只能感叹果然老师水平就是不同。

最后是地理的胡老师。胡老师也是脾气温和之人，因此她的强调更多的是一种商榷式的语气：

“大家有空呢，还是要多留意一下地理啊，地理是很容易拿分的（所以说这句话怎么出现频率这么高啊！）。要多对知识点进行归纳，有空多背书，这样答题的时候就知道该答哪几个方面了。”

只是我们的疑惑和历史大致一样，虽然课本的知识点归纳了不少，但是碰上一些模糊性较强的题目，我们还是要抓瞎。我总是不明白，为什么就一本课本来说，地理课本要加这么多优美但无用的修饰语形容词，到最后好像也没讲到什么重点，还不如后来发给我们的总复习提纲。

根据以上六位老师不同风格的强调（其实还是有很多相同的，至少就某句话来说），我们发现，理论上其实六科都是很容易拿分的，只是现实中我们都很巧妙地躲过这些得分点了。所谓“丰满的理想，骨感的现实”，大致如此。

五　困

进入高三以来，我们102宿舍就形成了一个不成文的规矩，每天都准时6点起床，有时还更早。有些人可能会对此不屑一顾：起得更早的同学大有人在。可是要知道，这对一向嗜睡的我们来说可不是一件容易的事，我们也不是什么超级学霸之类的楷模人物，6点前后的起床时间对我们多数人来说已经是极限了，就连阿霄这样的接近学霸级别的高手，也就比我们早那么10分钟左右。

虽然适应了这种作息规律之后，说起来也就起来了，而且似乎也没有什么特别困的感觉，但我们显然还是低估了睡眠不足的威力。被暂时抑制了的困倦感，几乎从我们早读结束、第一节课上课时就爆发了出来。在接下来的时间里，这种困倦感被拉长成整个白天的长度，始终绵绵不绝地缠绕在我们神经周围。如果是上自己拿手的科目还好一些，如果是碰上棘手的科目，那就惨了，我们必须要硬撑着开始不断闪烁的眼皮，装作还是认真听课的样子。然而实际上我们甚至没有多余的力气阻止眼皮的下沉，有些同学（包括我）实在受不了，终于放弃抵抗，把眼皮缓缓阖上，想着眯一会儿，好歹算养一下神。

没想到这么一阖，就像把防洪的堤坝给炸了，疲倦感怒浪般汹涌而来，将我们仅存的一点意识也给淹了个透顶。耳边仿佛还能听到老师的讲课声，但就像蜜蜂嗡鸣般全是些意义不明的语句。而我们养神时，通常会把头稍稍低下，防止老师看到面对他/她的是阖上的眼皮而已。

这种做法虽然一定程度上避免了被老师发现，但也有一个重大的隐患。我们始终无法解决脑袋的承重问题，即使用手托着下巴也无济于事。当我们的养神渐入佳境（睡熟了）时，对脑袋的控制就越来越弱，重力的作用越来越明显，一开始只是稍稍低下的脑袋，开始以一种匀速的方式沿着某个轨迹缓缓坠落。当坠落到一定程度时，我们对脑袋的固定彻底丧失，坠落速度瞬间加快，将我们的脑袋狠狠拉一下。我们的意识也因为这个瞬间的失去平衡的强大坠落感，像是从水里被捞了上来，浑身激灵灵一颤，及时拉回了即将撞到桌面上的脑袋。原本遥远而模糊的老师的讲课声，突然又清晰地挤进了我们的耳朵。狠狠甩了甩脑袋，我们强行提起精神，又继续投入到课堂里了。

当然，以上情况是以不被老师发现为前提的，而且也不可能每次都那么幸运不让脑袋撞上。但有些同学偏偏是艺高胆大，不但睡得极有技巧，而且还睡出了名声。像之前我曾提到的卫生委员翠雯，上课睡觉的功力就足够深厚，脑袋的突然下坠对她的睡眠质量完全不构成影响，狠狠一坠之后又缓缓提起，周而复始，像磕头一般，进而成功地被级长调侃为“今天在过清明节吗”。而曾担任合唱赛领唱的嘉怡也有同样的实力，甚至更加厉害。我记得某节课里，有同学突然发现，坐在第一排的嘉怡似乎是睡着了，虽然头发遮盖住了她的半边脸，导致其他人看不清楚（这是女生上课睡觉的一点优势），但从她那上下缓缓摆动的脑袋还是看出了一点端倪。

等等，缓缓摆动？

我们终于发现了嘉怡的厉害之处。她的脑袋摆动速度非常缓慢，慢到几乎看不出她其实是睡着了。竟然能在睡着的同时保证脑袋的摆动速度，以致外人几乎看不出破绽，这个本事真可谓是绝无仅有。

虽然有时上课偷偷睡觉，但其实我们多数时候还是很认真听课的，即使再怎么困也要硬撑着到下课，才会像受重伤的战士一样倒在课桌上，不到万不得已的时候都不会上演磕头的戏码。因此，课间的五分钟成了我们最宝贵的补眠时光。如果不需要上厕所，也不需要去装水，就会抓紧时间趴一趴。即使想去厕所，也宁愿先好好睡一会儿，等快打铃了才不情不愿地拖着脚步去。

但是，在叶老师看来，课间的补眠绝不是根治我们困倦的好办法，按她的说法是“越睡越困”。所以针对我们的困倦，她开出了如下药方：

“大声点！早读就是要大声的嘛！挺起胸来，精神一点！不然就会越来越困的！”

这是高三以来，叶老师每天早上早读都必定要向我们高声宣传的政策方针。

按照叶老师的理论，清晨早读必须要做到声如响雷，气吞山河，只有这样才能把一大早的睡意彻底赶跑。她还常常拿隔壁的15班来举例子，以激励我们：“声音再大点！人家15班的声音这么大，你们都快被人家压下去啦！”

于是我们为了达到老师的要求，纷纷憋足力气大声念，气势上是惊天动地了，但是说到实际效果嘛，我倒觉得是起了反作用。每次早读结束后，我都感觉由于声音过大，耗氧太多，脑子反而进入了轻微短路的状态，晕晕乎乎的，感觉更加困了。

另一个药方，就是鼓励我们课间休息是多出去走动。尤其是在课间操时，叶老师总是一再强调，就是要通过课间集体操跳一跳“土风舞”，才能达到消除疲倦的效果。而她不知道的是，我们之所以不愿意去跳土风舞……不是，是做课间操，大半原因就是因为夺去了我们补眠的时间。可以想象，一大帮子人慢慢下楼，做完操后又前拥后挤地上楼，等回到课室时，上课铃声也就恰到好处地响了起来。蹦跶完之后还没缓一缓，马上就坐下来迎接下一节课，脑子又开始不好使了。

其实无论叶老师开出什么药方，我想困倦总是会无可避免地伴随着我们整个高三，对我们而言，这恰恰是证明了我们是在拼搏、在奋斗。每一天，每一天，都像是困到再也无法忍受了，但还是强迫自己撑起眼皮，认真盯着台上的老师。直到最后自己的神经对困倦这种感觉彻底麻木。大家都顶着一双黑眼圈，像顶着一个光荣的勋章。

一个睡不够的高三，才真正能对得起我们仅有一次的青春吧。

我想。

六　普天之下，莫非我师

之前提到过，谢老师一直跟我们强调“得选择题者得天下”。而她也没有停留在口头强调上，而是很实在地开了一个应对方案，那就是让全班同学按学号轮流上台讲解题目，让全班同学都体验一把做老师的感觉。

具体说来，就是在前一天晚上，先布置考试大纲上的选择题给我们做，然后第二天再由相应的同学上台讲解。按谢老师的说法是，可以让我们互相提意见，互相促进，还可以找出我们容易错的地方，真是一举多得。

是不是一举多得不清楚，但是至少这项作业给我们增加了不少心理压力。试想一下，当你上台讲解题目时，全班同学都在认真听你的答案，包括你对答案的解释。你也不是什么有着十几年教龄的特级教师，充其量就是一只菜鸟，每解释一题时，总要很小心地留意，观察台下的同学们会不会突然因为听到与他们想法不同的解释而发出的“啊？”的质疑声。尤其是像选择题这种题目，要选出正确选项不难，只要认真去做便是。真正的困难在于解释其余选项为什么是错的。特别是病句，虽然错的句子用长期形成的语感即可判断出，但你总不能对着同学们做出“大家把这句话多念几遍就可以判断出是错的了”这么扯淡的解释，必须要用谢老师上课时讲到的种种关于病句的专业术语来解释，这就考验大家上课有没有认真听讲了。所以如果从这个角度来看，我倒是很能理解谢老师“一举多得”的真正含义。

当我们真正钻进语文选择题里才发现，虽说题目并不算难，但要补的漏洞实在是有点多。这里的漏洞指的是那些我们以前“以为是如此”的知识，特别是读音问题。现在说起来印象最深刻的还属“连累”一词，记得那时谢老师讲到有很多我们从小以为是这么读而实际上是错的词语时，就在黑板上写了这个词，然后用一种“你们这些愚蠢的地球人啊”这样的语气说道：“我知道大家从小读这个词都是读‘连累（lèi）’，”顿了一下，像是根本不想跟我们多废话似的，转身就在黑板叉掉了原来的读音，干脆利落地写下了另一个读音：lěi。成功地引发了我们这些“愚蠢的地球人”一片惊愕的骚动。

而另一个给我深刻印象的则是“应届生”这个词。适逢高三，每个同学都不可避免地会接触到“应届生”和“复读生”这样的字眼，对我们来说，这两个词是一种身份的判定方式。而正是在这种接触中，我在某次练习就遇上了“应届生”一词，不出意外地想当然认为它应该读“应（yìng）届生”并且也不出意外地错了。

应（yīng）届生

正确读音，如假包换，词典里有，不服来辩。

时至今日，一听到电视新闻里主持人严肃地用标准的普通话说道：“今年有×万应（yìng）届生参加考试……”一种智力上的优越感不禁油然而生。

而谢老师布置的这项任务也引发了我们班的不少趣事。

首先打响第一炮的是紫阳。关心时政的他由于熟稔《新闻联播》的那一套官腔套话，因此形成了他独特的幽默方式，就是把一件鸡毛蒜皮的小事用发布国家大事时的官腔套话说出来，巨大的落差感往往造成一种荒诞的喜剧效果。此外，能完整且不打磕巴速度极快地说出“中共中央总书记国家主席中央军委主席胡××同志出席会议并作重要讲话……”这个《新闻联播》里的经典套话，这个本事也是全班仅此一例。

某天轮到紫阳讲解题目，讲的是词语读音的题目。他讲了好几个词，讲得也很有趣，可惜我已记不太清楚了。不过接下来他讲到了“角（jué）色”这个词，就让我印象极为深刻了。这也得益于这个词经常被人念错成“角（jiǎo）色”。

紫阳首先讲了这个词的正确念法，接着脸色一变，用极为严肃的语气说道：“大家看现在娱乐圈里哪个明星接受采访时，老是说：‘我在这部戏里演了一个什么角（jiǎo）色’之类的。”顿了一下，推了推眼镜，大手一挥，像领导人作出重要批示似的大喝一句：“没文化！”一句话让娱乐圈无数明星躺着中枪，逗得我们下面一片笑声。

所以现在每当听到有人念“角（jiǎo）色”时，我就忍不住想起紫阳当年那销魂的一挥手，和那一句干脆的批语——“没文化！”

而另一件趣事则来自女生。

林泳钘，说起来这也是我们班的一位传奇女生。大家说起她时总是尊敬地称其为“林老师”而不名。至于这个敬称是如何来的，很快你就知道了。

某天中午，艳珊等女生相约去一中门口的交易场拿外卖。与艳珊同宿舍的泳钘自然也要同去，但她却“别出心裁”地抓着一本厚厚的大词典去了。同行的同学见她如此吃力，忍不住问她怎么要这么麻烦。泳钘神色紧张地说：“下午语文课轮到我讲题啦，我还没查题目的那些词语该怎么解释啊。”仿佛已经看到到时台下黑压压一片群众正盯着她看。

于是在巨大的心理压力之下，事情就变成了这个样子，泳钘一手提着外卖，一手抓着词典，昂首挺胸地回宿舍了。仿佛在给“物质（外卖）精神（词典）两手抓”这句话做最佳注脚。

回到宿舍后，泳钘也没敢闲着，十分敬业地开始逐个逐个查题目里的词语，认真程度之高直逼谢老师。如此敬业奉献的表现，虽老教师亦难相比，于是宿舍同学一致通过决议，授予泳钘“林老师”这一光荣称号，以表达广大群众对人民教师的肯定。

谢老师的这项政策收到的效果还是蛮不错的，大家本着“我为人人，人人为我”的负责精神，无不认真准备。不管讲得如何，至少在准备过程中，对题目的理解都加深了。到后来，我们的选择题普遍都能拿个不错的分数，语文成绩都有了显著提升。显然谢老师的这项政策功不可没。

第十五章

痛苦的角力

对我这样成绩并不算好的学生而言，高三的复习无疑是一场痛苦的角力。同学们你追我赶，在一片沉默中向着各自的目标艰苦跋涉，谁也不提一句辛苦。我身处其中，岂敢轻言放弃？所能做的，只有一次次地鼓起勇气，继续这场似乎永无尽头的拉锯战。

一

紫阳让全班同学都震惊了一把。

在最近的一次考试中，他的数学突飞猛进，将他原本跛脚的成绩一举推入了班里前十的位置，在级里的进步更有日进千里之势。

在高二一直对紫阳的不省心（主要指各种各样的迟到）极为头痛的叶老师，终于看到了朽木可雕的曙光，在班上狠狠表扬了紫阳一番，然后把紫阳作为后进生发奋向上的绝佳例子，又将“水到渠成”等经典理论向我们宣扬了一番。

事实证明，自高二下学期就大彻大悟的紫阳，很快就将用更多的进步把“后进生”这个标签埋葬掉，彻底进入“发达国家”的行列。

作为他曾经的难兄难弟（数学上），紫阳在数学上的进步给了我极大的触动。高二下学期期末考，数学的不及格曾给我敲了个响亮的警钟，我再一次被叶老师请到了办公室喝茶。而一直奉行鸵鸟政策逃避数学的我，几乎无法面对叶老师焦虑的目光。

“为什么会考不好？这些题其实上课都有讲过的。”叶老师很直接地问，然而语气并不愤怒，只是带着一种平静的担忧。

我不记得我自己是怎么回答的了，只是记得叶老师又说了一句：“不用去钻那些难题偏题，你只要上课好好听，全力去做基础题，就肯定会有进步。”

按说这句话也很平常，很多老师大概都会这么鼓励学生，但是却让我回忆起了叶老师平时的讲课方式。我突然觉得，整个高二以来，我其实并没有好好体会过叶老师的课堂到底是一种怎样的风格，她的讲课目标是什么，对我们的要求是什么，用什么样的方法……这些我似乎都忽略了。

基础题……

对了，我明白了。

正如叶老师自己所说，她的课堂很少或几乎没有出现过什么难题偏题，只有课本上的典型例题，以及平时练习里出错较多的题目。她曾很直白地说过：“现在的高考哪有这么多的难题偏题？顶多也就是最后两道大题，但是你们把前面的基础题的分拿下，就完全可以拿高分了。既然这样，花那么多时间去钻那些难题，那不是笨蛋是什么？”

一语惊醒梦中人。

我彻底意识到，数学的问题不在于我做不出学校的难题，而在于我的整个知识根基不牢固。这道理就跟远去的理化生三科一样，没有把课本的基础知识搞懂，即使是简单的题目，也一样拿不了A。

我终于真正明白了，为什么大家会说叶老师是个优秀的老师。她的教育方式其实没有什么太多的秘密，就是打好学生的基础，剩下的就让学生自己能力足够时，再进一步地向更高处攀登。所以不要以为勤快地去向叶老师提问，就会让叶老师觉得你很用功。在她看来，这恰恰表示学生没有认真思考，过分依赖老师。如果你拿的是一个不知所谓的难题，或者至少是超过你自身水平的题目，那你百分之百就会挨批了。叶老师会直接判定你是在浪费时间，并拒绝回答，让你一腔热情被泼上一盆冷水。

叶老师的这种教育方法，简单，但是，有效。

就像动漫《网球王子》里号称“网球圣书”的白石藏之介，所有打法都是严格按照基础进行，绝无多余的动作，简单，但是，有效。

在跟叶老师的这次谈话后，我也终于老老实实地正视这个最大的对手，拿出面对理化生时的勇气，开始了对基础的全面大抢修。

另一方面，一直苦于缺乏写作事例的语文作文，我也找了个应对方法，那就是每天课间操结束后，都和紫阳去办公室拿《中国青年报》。《中国青年报》简洁而全面的新闻报道，正方便我们这种迫于应考压力而寻找素材的学生。虽然没有特别用心去记里面的事例，但里面的时评的议论风格还是给了我们不少启发。

但即便如此，光是记事例还是无法弥补我笔力不逮的缺憾。我毕竟还是有着多年的语文成绩带来的傲气，当谢老师在讲台上说着标准的套路文章时，我却无法认同这种同样是简单但是有效的“圣书”式文章。

也许，是因为那时距离高考还有200多天的时间，所以我还没彻底有与之相应的觉悟，那就是：

即使厌恶，也要学会忍耐，并且“掌握”这种死板。

在高考面前，所有的骄傲、自尊都是不值一提的，有的只是现实的分数。不去适应，就会被淘汰。没错，高考是没有所谓的个性可言的，只有一张张相同的试卷，标准就是评卷老师手中的答案。对大多数人来说，机会只有一次，在这仅仅一次的机会里，如果还抱着一点点保留自己在这科目上的骄傲和个性的想法，就注定会失败；没有舍弃一切尊严的觉悟，就注定会失败。

并非要我们抹杀掉个性，而是要我们学会为了目标，暂时忍耐个性。

只可惜，对当时的我来说，还远未能领悟这些道理。

二

所有课程都在紧张复习中，英语口语的练习也提上了我们的日程表。

根据高考的现行规定，英语被分成了笔试和口语两个部分。而口语考试则是在明年三四月份左右进行，号称“小高考”，其重要性显而易见。

不过这个口语考试，说到底我们毫无概念，之前也没有做过练习，因此对这个完全不熟悉的对手，心中多是一种茫然的恐惧。

Marie开始对我们一点一点地进行训练。从考试的具体内容，到考试的时间安排，都做了不同程度的解释和说明。而在接下来的几节英语课里，Marie也开始安排相关的练习给我们做。

通过这些断断续续的练习，我们对这个口语考试总算有了一点了解。而根据我自己的感觉来说，在口语考试的三个部分里，最难的应该算是Part B，也就是听对话回答问题。对话只能听一遍，事先也不知道会提什么问题，这意味着对整个对话来说，在记住对话内容的同时，还要迅速归纳出“重点”，以应付接下来的提问。不过，我们记的到底是不是“重点”，那就只有天知道了。

第一次的口语练习到底是个什么情景，老实说我已经记不太清楚了，反正是在Marie风风火火地闯进教室高声说了句“赶紧跟我来，要去做口语考试的练习了”后，就稀里糊涂被她带去了机房。

面对着冷冰冰的电脑，看着电脑老师来来去去地调试着有问题的机子，我有种微微的紧张。耳机挤压着我的耳朵，我不敢去动麦克风，连脑袋也不敢晃得太厉害，生怕随便一动，就会导致电脑录不到我的声音。

“好了，大家注意，等一下练习之前会先有一个试音环节，是测试麦克风能不能录到大家的声音的，有问题的同学就跟我反映一下。”电脑老师在讲台上向大家如是宣布道。

于是我盯着电脑，嘴巴在麦克风说出了电脑上的试音文字：

“生活就像海洋，只有意志坚强的人，才能到达彼岸。”

…………

…………

…………

好奇怪的一句话啊，能容许我吐槽一下吗？

这是我念完之后的第一个念头。

我听着试音里自己那把标准得“令人发指”的普通话口音，满头黑线。

就这样，我们和英语口语考试的这场战斗，就从这句奇怪的专供试音的话开始了。

这次练习当然谈不上好，直接原因显然是经验不足，但也有一个因素是因为我们还没有真正考试时候的紧张吧，毕竟只是第一次练习而已。虽然到最后有些同学就看着时间一点点流逝，嘴巴却不再发声，但是想到以后还“有的是时间”练习，就带着罪恶感开始混时间了。我的觉悟也没高到哪里去，练了两次之后也开始打马虎眼了。

口语考试步步逼近的同时，我也开始考虑要怎么更好地面对庞大的复习量。

高三开始以来，一向不善于制订学习计划的我，在接踵而至的考试的打击下，终于意识到，没有计划，就只能被六科左拉右扯地“推倒”（含义你懂的）到体无完肤。我必须清楚知道自己下一步要做什么，怎么做，才能在这场残酷的斗争中生存下去。现在还处于第一阶段的复习，我们还在对过往学过的知识进行重温，所以老师的干预和引导还比较多一些。一旦重温结束，轮到我们自己复习时，就算给我一个上午的时间自由复习，我也不知道自己到底要复习什么。

所以，还是趁现在时间充裕，赶紧先制订好一个长期的计划吧，要让自己的步伐加快起来，要追上这场赛跑的节奏，甚至，超过它。

于是某天晚上，我特地在晚修开始时空出20分钟的时间，认认真真地制定了一个时间表，并且大致梳理了一下各科的复习进度。

我以一种很严肃的心态一笔笔写着时间表，仿佛在制定一个决定千万人命运的国家政策。

在写的过程中，我一遍遍提醒着自己，千万不要对自己手下留情，如果我这时候对自己手下留情了，那么到时对我毫不留情的就是高考了。

读书是读不死人的，要拿出半条命来读!

于是，当看着最终出炉的时间表时，我长长舒了口气，但是胸中的郁积之气没有减少丝毫。

满满当当的时间安排。

还有太多任务要完成啊。

别慌，一步一步走吧。我这么安慰自己，瞥见一旁的阿基依旧如往常那般磐石似的钉在椅子上，陡然一股压迫感扑来。我郑重地收好时间表，摊开书本，也开始进入入定的状态。

10点时下课铃声响起，我却没有走的意思，依旧和阿基一样继续钉在座位上。我努力忽略掉身旁的嘈杂，继续专注于眼前的练习，一直留到了将近10点半。

揉揉酸痛的眼睛，甩甩酸痛的肩膀，我抬起头来，发现阿高也正准备走，跟他打了声招呼，就一起结伴回去了。

在回宿舍的路上，一整个晚修复习郁积的闷气还盘亘在我胸口。我的脚步每下一个台阶，就有一丝很沉重的气喷出鼻子。走出教学楼，被晚风一吹，不由激灵灵地打了个冷颤，顿时头脑清醒了不少。

这个时间的一中，暗暗的天空不见一个星星，白天翠绿的芒果树，在黑暗中几乎看不清模样，单调，而且阴森。学生三三两两地回着宿舍，宿舍楼通体的都是亮光，我回头看了看逐个陷入黑暗的高三教室，带着一点晕眩叹了口气。转身继续和阿高聊起天来。

这样的夜色，以后还要看很多次吧。

我默默地想道。

生活就像海洋，只有意志坚强的人才能到达彼岸。

想起了这句奇怪的话。

现在的我，大概已经渐渐进入了这片“海洋”了吧？只是，我的意志是否能足够坚强到支撑我到达彼岸呢？

三

“革命不是请客吃饭。”这是毛主席说的。

“学习不是请客吃饭。”这是我说的。

虽然我下定决心要认认真真地拼搏高考，但决定我成绩的不是革命浪漫主义，而是革命现实主义。我的成绩不会因为我的一个决心应声上蹿，反而会不断地冒出各种各样的问题，提醒着我这些都是我过往学习的欠账，如果我真有足够的觉悟，那就要老老实实地把账都还了，这才谈得上直面高考。

不过撇开其他科不谈，单单是数学一科就已经让我足够痛苦。虽然我定下了专攻基础题的方针，但是明显我的基础实在是烂得不行，每次交上去给老师批改的作业，都会被老师用鲜红的叉叉蹂躏一遍自信，不管在交作业前我如何信心满满。

如是几次，我感到有股很憋屈的暗火在胸口灼烧——是对自己无能的极度愤怒。眼看着同桌阿基已然进入了良性循环的轨道，进步可谓是一日千里，而我却举步维艰，心中的焦灼痛苦可想而知。

这种焦灼终于在一次测验后爆发了出来。我对着那份“并不算难”（叶老师语）的卷子，却发现后面的大题不知为何竟然毫无思路，比起高二下学期的期末考时有过之而无不及。

我当时就懵了。

我搞不懂这张卷子，更搞不懂我自己。之前的复习功夫难道全打了水漂吗？

我就抓着笔，呆呆地对着眼前的卷子，硬是写不出一个字。与我形成鲜明对比的是身边的阿基，笔速飞快，毫无阻滞。我已经无法思考题目，只是感到有种彻底出离的怒火充斥全身，烧得我耳朵都生疼。卷子上的每个数字都像是咧开大嘴的看客冲着我哈哈嘲笑。

当阿高宣布收卷时，我后面的大题用一个词形容就够了——“十室九空”。

叶老师改卷的速度从来都是很快的。我知道我的卷子不用多久就会刺目地出现在她面前，所以交完卷子后就腾地起身，直接去了洗手间。

我胸口那股愤怒不可能让我流哪怕一滴泪，只是鼓动着我朝着厕所的墙面狠狠踢了好几脚，可是脚上的疼痛感只是让那股愤怒变本加厉。

有什么意义？明明已经去努力了，还不如不努力呢！

这就是我那一刻的真实想法。

惨不忍睹的成绩再次惊动了叶老师，而我也再次被请到办公室里喝了杯茶。叶老师除了对我的这个成绩表示出震惊外，也就没有再说什么，只是认认真真地开始帮我逐题讲解。

奇怪的是，叶老师的讲解仿佛是一剂降温药。在她心平气和讲解的过程中，我胸口的愤怒也随着她平静的语调，开始一点点地降温。我感觉思考的能力又慢慢回到了自己的大脑。当叶老师讲解完后，我已经彻底冷静了下来。我安静地看着那份空白面积惊人的卷子，而那份卷子也安静地躺在桌面上，带着一点粗糙和冰凉。

要放弃吗？

开玩笑，当然不要！

相反，胜负现在才正式开始！

面对数学的重压，我一直处在崩溃的边缘。经过这次考试之后，我终于忍无可忍，抖擞精神，决定，从头再忍。

别无他法，一定要忍耐下去，坚持下去，不然，只有失败这个唯一的结局在等着。

在我为数学修炼无上忍术的同时，每个同学的桌子上都多了一件物品——日历。

准确来说，是专门做学生生意的保健品英泰，做广告做上门了，给我们每个同学都送了一个高考日历。这份高考日历从高三开学时的9月开始计算，提示着我们距离高考剩余的天数。并且每一页都配有考上名牌大学的学生替英泰做的广告。至于是真是假，谁也不知道。

虽然对这个保健品不怎么感冒，但它白送一个日历，就这么扔了也太浪费了。我和阿基都把日历摆在了桌上，每过一天，我就会在过去的那一天上画一圈，阿基就凶狠多了，直接一个叉叉，仿佛是与旧时代决裂似的。

我时不时也对着这个日历发呆，虽然知道对于我们的复习来说，时间确实不多了，但看到高考那个日期还被好几页日历覆盖住，依旧有点气闷。

时间过得太慢了。

这个念头一闪而过，就让我陡然有种羞愧的感觉。我赶紧甩掉这个错误的思想，继续埋头到功课中了。

这个高考日历就这样闯入我们的生活，并将陪伴我们接下来近200个日夜。

四

如果以高考为终点来看高三这场旅途，行程才刚过1/4多一点，但它的压力已经实实在在地压到了我们每个人身上。旅途中固然有欢笑，但更多的是无法言说、无法发泄的苦闷。虽然叶老师反复说过，只需要认真复习，其他的根本不需要考虑太多，顺其自然就好，但试问，有哪个同学在埋头作业一两个小时后，仰头伸懒腰的瞬间，脑中没有突然闪过一丝茫然的害怕？除了高考的日期清楚地标在英泰送的那个日历外，中间的那一段时间对我们来说都显得太模糊、太模糊了。

从最初旅途开始的意气风发，雄心在日复一日的时间流逝中慢慢被打磨去棱角。原本非常清晰的目标，在一次次考试、一次次练习、一次次睡眠不足中逐渐模糊起来。那每日重复的日程表，使我们产生了一种错觉，似乎过程已经取代了目标本身。名为“高考复习”的这杯酒，由霸气外露的烈酒，慢慢淡去了表层的热度，成了一杯醇厚的多年陈酿。

我们就这样每日品尝着这杯陈酿，让这股“酒意”麻醉掉我们波动不平的心情。压力一点一点增大，但我们真的就像叶老师常说的被“温水”浸泡的“青蛙”，逐渐地对这压力的增大麻木。当我们某天终于回首，才惊觉身上不知不觉已经肩负了这么多。

每天早上早早地从被窝里爬起，快速洗漱过后，背着书包直奔饭堂买三个包，然后又拎着包子百米冲刺般冲回教室。教室里永远已经有先到的同学，也永远不知道她们（基本是女生）到底什么时候到的，但我也无暇顾及其他人，狼吞虎咽地先吃掉两个包，长期的早餐经验已经使我了解到，如果一下子把三个包都吃掉，那我的肚皮铁定熬不过一个早上五节课的摧残。

从6点45分就开始的早读，大家都想把时间多用在自己的弱势科目上，所以我绞尽脑汁多分配时间在英语上也不足为奇，除非谢老师在一片震耳欲聋的读书声中不声不响地踱步进门，我才心虚地赶紧把课本换成了语文书。

一模渐行渐近，原本就已经在高速奔跑的各位同学，更是铆足了劲猛踩油门。

早读过后，上课、自习、上课、自习……如此周而复始地循环。

但是下课后，大家彼此聊天时却似乎都小心翼翼地避过了关于考试的话题，只是相互问着："喂，刚刚老师讲的那道题是怎么回事？"或是聊些无关痛痒的小事，竭力说些笑话，但沉闷地"哈哈"笑几声过后，却是一阵尴尬的沉默，接不过话头了，只好晃悠悠地飘回自己座位，一屁股坐下，对着眼前的资料发愣。

然后，上课铃响，又是一个新的重复。

傍晚，冲到混杂着奇怪味道的饭堂，看着西藏学生活力四射地四处奔跑，却觉得浑身的力气像被抽干了一样，只是胸口那股浊气始终呼不出来。照旧是带着饭盒混进宿舍，排骨、牛肉毫无美感地堆满饭盒，单调至极的菜色无论如何让人难以提起食欲。草草大吞了几口，就赶紧洗澡去了。如是体重自然下降得厉害，说面黄肌瘦似乎也不为过，但奇怪的是我自己倒真的没什么感觉，也没觉得特别饿。也许高考的压力连同我的饥饿感也一并剥夺了吧。

唯一让我胸口那股浊气稍稍舒缓的，是在回教室的途中。一中5点50分必定会响起的音乐——《外婆的澎湖湾》，响彻整个校园。大部分的热闹集中在宿舍楼，教学楼倒是安静得很。天色正由夕阳时分的橙黄向傍晚的墨蓝过渡，晚风踏着歌曲的节拍一阵一阵地吹过，吹得我忍不住连连深呼吸。

那是我紧张的一天里难得放松的时刻。

所以无数次地希望从宿舍到教室的这段路，长一点，再长一点。

然而短短的10分钟不到的路程，当我回过神来时，已经走上楼梯了。

我想放慢脚步，但是一想到自己位置上的那一大堆资料，步伐像是不受控制般，依旧维持了原来略带急促的节奏。

楼道间的黑板上，高考的倒计时又减少了一天，级长写的鼓励语笔力遒劲。

终于又走回那个熟悉的教室，带着熟悉的压迫感，短短一瞬间我竟然有不顾一切逃跑的冲动。但也只是短短一瞬间，我又抑制住了这种可笑的冲动，老老实实地走进教室，老老实实地坐到了自己的座位，开始似乎永无止境的复习。

语文依旧处在不温不火的半低迷状态，虽然如此，我还是不舍得从紧凑的时间中分配多一点到这个传统优势科目上，依旧吃着老本；数学在经历了一轮又一轮死斗般的复习、补习、测验后，虽然成绩还不算能摆上台面，但好歹趔趔趄趄地走上了正轨；英语是我难以摸透的一科，我只是老老实实地背单词、做练习，不过也没感觉到有什么太大的进步，考试也总是中等偏下；政治我除了背书外，实在想不到有什么更好的复习方法了，于是每天傍晚晚自习上课前，教室外走廊上那三三两两倚在栏杆上背书的身影里，就多了我一个。

这里也不妨多扯几句。在走廊外倚着栏杆背书，似乎也是一中的一个光荣传统。因为是独立的高三楼，空置的教室很多，有些同学还特地跑远一点，就图个安静的一亩三分地，捧着不同的课本，仿佛天地就剩自己一个，有的闭着眼嘴里念念有词，有的仰头望着天花板念念有词，还有的双眼毫无焦点地盯着栏杆外，嘴里依旧是念念有词。

如果是叶老师来评价这种做法，那免不了是要被她批上一句“毫无意义”的。“复习就好好坐在教室里，跑来跑去地干什么？”大概就是这样的台词。但对我来说，每天傍晚在走廊外像个精神病患者般念念有词，那一段静谧的20分钟，也是让心里平静下来的难得时光。

地理我也严格遵照老师的要求，归纳知识点、做练习，只是似乎也是不温不火的状态，半吊子的状态让我暗暗着急；历史呢，自从进入复习的节奏后，我破天荒开始认真听课，希望巩固优势，只是我的思维逐渐应试化，做练习越来越死板，答题除了经济政治文化三个方面就再也想不到其他了。

“可恶，时间真的不够用啊！”我一边咬着牙一边耐着性子继续一点一滴的复习，看着日历上的时间向一模一天天逼近……

这样的状态下，一模能拿到什么成绩呢？

老实说，我心里一点底气都没有。

第十六章

第一波考验

佛山一模应该算是高三历程里的第一次大考，因此印象也是格外清晰。作为上学期复习成果的检验，它给我的结果并不算太令人满意，但还是让我看到了希望，也坚定了我要继续走下去的愿望。然而紧随其后的短短的寒假里，却使我的下学期的旅程蒙上了一层阴影。

一

高三旅程中，真正意义上的第一幕重头戏即将上演了。

在一模前的几天，级里的空气就已经提前绷紧到了一个新高度。虽然经过了这一个学期的磨炼，在层层的重压面前，我们已经可以做到安之若素，但当这么一个大考真的逼近时，我们的笔尖在画过复习资料时还是不由加快了几分。

跟这个考试比起来，已经远去了一个学期的学业水平测试温和得简直像是个小考试。至少在学业水平测试前，叶老师还不至于以“吾日三省吾身”这样的频率来提醒我们要抓紧时间。而我们在经历了一个学期高强度高频率高密度的复习后，身心都已经向着高考所要求的标准迈进。平时心神就处在一定的紧张状态中，现在大考来了，高度敏感的我们自然是迅速打醒了十二分精神，不敢有丝毫怠慢。

尽管考试在即，我们每天的生活依旧琐屑而单调。我猜大家心里都有一种急迫感，这种急迫感来源于复习进度与考试时间的冲突。一个学期下来，我们只是堪堪将整个高中的知识过了一遍。那些一两年前学过的知识，在这次复习里好像又重新变成了新的东西，使我们大大“惊喜”了一番。以前尚且有时间给我们好好消化，现在却像十几个文件压成了一个压缩包，硬塞进了我们的大脑，使我们疲于应付。现在一模已在虎视眈眈，我们却还要想办法在一天里兼顾六科的复习，还要继续上课，我很奇怪那几天我们怎么还有时间睡觉吃饭！

鹏哥早在学期进行到一半时就警告我们：“我跟你们说，我们的第一轮复习是根本不够时间的！”他顿了一下，又用强调的语气说了一遍：“不够时间的！”他接着拿政治举例子：“你看，光是政治就要复习四本书，这么多的内容，这个学期肯定复习不完。所以你们一定要重视第一轮复习，不要指望还能拖到第二轮复习。到第二轮复习就晚了！所以啊，（你们）一定要认真听啊！（我）讲过之后就不会再重复的啦！好，我们继续上课。那么我们看课本……你看那个邓启璇！色眯眯地在看什么咧？”

“色眯眯”？

鹏哥瞬间转换话题的速度使全班一愣，一秒后整个教室哄堂大笑。上课老喜欢支着下巴表情木然的阿璇，这次算是无辜中枪了，在一片笑声中终于打破了脸上一成不变的僵硬，用惊愕中略带一丝呆滞的表情瞪着鹏哥，茫然不知所以。

现在看来鹏哥所言不虚，一模快到了，但我们还有很多很多要复习的内容。这时候就看大家能不能沉住气了，一旦急起来，乱了方寸，乱复习一通，那就一定完蛋了。

日子就在这种表面上沉静的气氛中悄然流过。

一模前一天晚上，我照例复习到近10点半，才和阿高一起离开。一路上我们谁也没说一句关于明天考试的事，这也许是最不值得说，也是最没必要说的事了。

我看着已经看了一个学期的夜色，深深地呼吸了几次，加快了脚步，向着宿舍的方向跑去。

接下来的两天反而成了我记忆中最模糊的片段。当我们真正走近一模时，却惊讶地发现，除了考试的名头比平时的考试响亮些外，其他的似乎跟平时的考试都相差不大。

每考一科，我都带着必然会有的一点紧张，慢慢走到自己的试室，看着试室里的各位考生一个个归位，像斋戒的僧人一样，盯着讲台上正在清点试卷的老师发愣。虽是发愣，但是我感到右手似乎已经在蓄力中，手臂上的每根血管都在咆哮着，催促我去拿起桌面上的笔。我不得不连连深呼吸平静下来。

然后，卷子发下。

然后，远处传来一阵清脆的哨声。

大家像装了弹簧般，几乎同时提起手，抓起笔，相当地整齐划一。

目标：眼前的试卷！

当我们踏进各自的试室时，就是我们孤单一人了，没有了同一间教室里虽然低着头复习，但却彼此有种默契的温暖，我们不知道彼此的情况如何，只能专注地对眼前相同的敌人进行残酷的搏杀。

这样的景象，接连上演了四次。

只是和往常的考试一样，我每考完一科，肚子都胀胀的，毫无食欲，剩下的只有脑力急速运转近两个小时后的疲惫感。

因为一模是全市统考，而且是漫长复习后的第一次模拟实战，所以论试卷的难度，实在算不上难。多数同学虽然还没拿到最满意的成绩，但获知成绩时多多少少还是松了口气。

我也算是在漫长的复习后能稍稍卸下紧绷的心神了。即使是如今不温不火的语文，也拿了个120分，在一中的高难度以及苛刻的改卷方式下浸淫了近三年的我，可以说从来没见过这个分数。更可喜的是我的数学，竟然也能勉强拿到一个接近平均分的分数，而最大的惊喜来自于文综，更准确地说是文综选择题，政史地三科总共只错了一题。要知道每题四分，错上一题都让人肉痛，对于文综的第一次大考能有这么个战绩，着实让我欣喜若狂。唯一的缺憾是后面的大题做得不够好，所以整体而言仍不算高分。

“没关系，下次继续努力就是了。”我这么安慰自己。

然而我没想到的是，这个破天荒的成绩不但空前，还绝了后，往后我的文综不管是选择题，亦或是整体分数，都再也没办法重现乃至超越这个分数。

既然是考试，那自然是几家欢喜几家愁。这次愁的人却是紫阳。他的文综本也不差，但他的选择题却连连失误。按照我们之前对文科选择题的分析来说，是他的“感觉”出现了巨大的偏差。

获知成绩的那天晚上，紫阳终于没忍住男儿泪。而我作为旁观者也丝毫没有轻松的感觉。我们一个学期的努力复习，全部要交由那短短两天的考试来评判，一点小失误都会造成不可挽回的后果，既残酷又无奈。紫阳的眼泪让我看到了这种残酷和无奈。

这一次，只是我幸运了点，仅此而已。

如果我不继续努力，紫阳的今天也许就是我的明天。

想到这儿，我刚刚有点放松的心情，又沉重起来。

那天晚上，紫阳默默拿出了一大堆文综复习资料，一声不吭地开始疯狂复习起来。

“不要因为一次一模大家就放松了啊，我都说了，真正的挑战是高考，在没有到高考前，不管拿到什么成绩都不能放松！”在一模结束后第二天，也许是嗅到了班上有松弛下来的味道，叶老师就马上开始对我们进行了思想教育，防止我们被这个看起来还不错的一模成绩冲昏头脑。

对我来说，一模还有很多遗憾，还没到松一口气的时候，我们还有太多的不足。

但无论如何，这个充满紧张感的高三上学期，终于随着一模的结束，缓缓落下了帷幕。

回首这个学期，我们几乎是如飓风般席卷而过。除了奔跑，还是奔跑。似乎有些细节还没来得及好好回味，就被匆匆推向了下一站。直到这个学期落幕的那一天，我似乎都还没反应过来。

太快了。

不管是那时的我，还是如今坐在电脑前敲字的我，都觉得过得太快了。

下学期，我们还将迎来更大的挑战。但现在，我们即将迎来一个史上最短的寒假。

二

第一个学期过去了，意味着这个征程已经已经过一半了，同时也意味着我们将要回家放一个名为寒假的小长假了。除了一如既往的过年味道，无论在哪个方面来看，我们都注定不会再有像往常时候的放假心绪了。

我不知道其他同学的情况如何，但就我自己而言，这个假过得确实不轻松。除了一顿年夜饭外，往年的各种走亲戚的拜年活动都一律取消了，每天依旧是对着一堆又一堆的资料奋笔疾书。

不仅是如影随形的每日复习，这里还要特别提一提一中的光荣传统——回校复习。很多学校的学生都唯恐学校以回校补习的理由削减自己的寒暑假，然而一中学生的觉悟还是比较高的，或者叫周瑜打黄盖——一个愿打一个愿挨。学校甚至没有做出什么额外的要求，很多学生就自愿要求寒假回校补习，理由是在学校里更安静，不用像在家里那样应付那么多的人情俗务。就在最近，甚至有学生因为学校突然宣布放假而大为不满，纷纷抗议，表示不愿意回家，宁可留在学校复习。像这样的举动，外人看来也许显得矫情甚至是装B，但这真真实实就是佛山一中，这所百年老校历久弥新的底蕴，和这所百年老校的学生薪火相传的传统。

在佛山名校的光鲜背后，永远有百倍于此的汗水付出。

学校对自己的学生有如此主动上进的表现自然是高兴的，虽然为学生的回校复习需要多付些水电费，但这与高考中将要斩获佳绩的成果相比，根本不值一提。

于是在这种你情我愿的状态下，学校每年都会为申请回校自习的同学大开方便之门。而我眼见班里不少同学都申请了，唯恐自己落于人后，加上也对家里的各种走亲戚的活动兴致乏乏，因此也毫不犹豫地报了名。

春节，准确来说是除夕过后没两天，在家饱餐了一顿的我就背着必需的复习资料回学校了。

虽然是春节期间，已然是空荡荡的校园里却是冷风阵阵，虽不凌厉，但却渗到人骨髓里，使人难以忍受。门口被我们亲切誉为“超人佳亚”的保安们，带着点哆嗦依旧镇守着这所沉睡中的校园。那条我多次走过的林荫道，浓密的树叶“簌簌”地响个不停，似乎是这个学校里最有生气的声音了。

用高三上学期养成的步伐速度走上楼梯，楼梯间那个大黑板，级长写的鼓励语还没擦掉，但我却几乎碰不到一个学生。

推开16班那间熟悉教室的大门，眼前的景象却让我稍稍有些失望，没有预想中几乎占满教室一半的同学，只有寥寥不到十人而已。仔细想想似乎也对，大家的寒假安排都不一样，当然不可能都碰上面。我看见了大索坐在第一排，正在埋头苦干。他听到门口声响，抬起头来，见到是我，带着“果然如此”的意味咧嘴笑了笑。我也怀着一种默契朝他一笑，就一屁股坐到自己的位置上，开始复习了。

然而我很快就发现自己实在太过天真，如果说我对回校复习最初的想法，还带着点孩子气的有趣的感觉，那么现实已经给出了冷酷的答案。

这不是一次春游。

这是战场。

不会有任何娱乐活动，也不要指望任何人会与你闲聊，除了复习，根本找不到任何有哪怕一点意义可言的事做。你只有将自己全部的灵魂，都狠狠地投掷到那些复习资料里，才能让无所适从的身体安顿下来。没有平日里48个人共同拼命时的相互依靠，只有甚于平日百倍的孤独而已。

一个人。

仅仅只是一个人。

每当复习累了，抬起头来，除了上个厕所外，实在想不到还有什么可以聊解郁闷的方法。去完厕所后，坐回座位，对着面前的资料发了一会儿呆，看看周围坐得稀稀疏疏的几位同学，依然低着头，一动不动。我呆滞地愣了一会儿，机械地拿起笔，又继续埋头苦干了。

就这样，埋首于书堆里一个下午。

天色已过黄昏，班里的几位同学一个接着一个离开了。我伸了伸懒腰，揉揉酸疼的眼睛，起身走出了教室。

好昏暗。

是眼睛太累了吗？

我用力眨了眨发酸的眼睛，努力让自己适应眼前阴沉冷暗的景象，却发现因为长时间地低着头，看东西都模糊了不少。

夕阳已经完全消失不见，只有还没完全黑透的墨蓝天色，将走廊外的栏杆罩上一层暗色调。为了省电，只有走廊寥寥几盏灯忠实地开着。

安静，安静得几乎毫无生气。

我想竖起耳朵，努力听听白天时听到的，林荫道上树叶发出的“簌簌”声，但是回答我的只有挤压耳膜的无边寂静。

比任何时候都要更加确认自己的存在，也比任何时候都要更加确认自己仅仅是一个人的存在。

没有人能陪伴，这条路只能我自己一个走下去。

我走下楼梯，鞋底碰撞阶梯的声音回荡在楼道。

在休假也没法闲下来的这个寒假里，又一个问题闯入了我的生活。

在之前的两年高中生活里，我的睡眠质量不能说做到脑袋沾到枕头就睡着的地步，但好歹也算是良好。甚至在高三上学期这种前所未有的紧张复习状态下，我也基本没有出现过失眠的状况。至于在家里睡觉会失眠，那更是不可想象的事。

然而偏偏是在寒假的家中，我遭遇了多年未出现过的严重失眠。

其实说实话，这次失眠的直接原因是由于外因。住在附近的某个不知名女士，当天晚上兴致颇高，一直在唱歌，唱到凌晨一两点都意犹未尽，不肯消停。其实唱歌也就算了，唱得好听就当入眠曲，偏偏她又唱得不知所谓，唱得不知所谓还不够，竟然还洗脑般地循环唱同一首歌。若断若续的声音若断若续地钻入我的耳朵，接连几次把即将入睡的我惊醒，比蚊子还讨厌。

开始我还耐着性子，等着她唱完就好，但却是等得肝肠寸断。每次歌曲完结后一分钟不到，相同的歌声又冤魂不散地再度响起。我被搞到将近3点都没睡着，想着明天还要复习，之前一直隐忍的怒火终于忍不住彻底爆发，也不管会不会惊醒已经睡着的无辜邻居，冲到窗口，拉开窗户冲着外面的夜色声嘶力竭地大吼了一句：“咪（别）吵啊！！！”

这一声大吼估计方圆十里传遍，效果立竿见影，冤魂般的歌声应声而止。我终于松了口气，回到床上倒头就睡。然而却发现经历了之前怒火的煎熬，以及那聚集元气发出的大吼之后，心脏咚咚地跳得响亮，使我毫无睡意，闭着眼睛将近半个小时，却完全睡不进去，只好在床上一直翻来覆去，十分烦躁。

就这样一直拖到了凌晨4点多，以往过了2点都还睡不着的情况是基本没出现过的。我意识到这次是别指望能睡着了，干脆爬起来，开始做数学题，希望这些讨厌的数学题能让我困起来。

但是一直做到日头初升的五六点，我依旧没等来睡意，新的一天倒是开始了。

能把我逼到去做我最讨厌的数学题，这位不知名的女士，我要亲切问候你全家安好！

这是寒假里的第一次，也是最极端的一次失眠。

失眠是我极其讨厌的事情，经历这“难忘”的一晚后，我真诚地祈祷这是最后一次出现的情况。

现在看来，上天显然没听到我的祈祷。因为下学期的事有力证明了，这不但不是最后一次，还恰恰相反，仅仅是一个开始。

复习和失眠，我这个超短的寒假，就在这种纠结中，带着我对高考的一点点希望，飞快地迎来了结束。

第十七章
剑锋初露

高三下学期，是我们高中旅程的最后一段。而在经历了一个学期的磨砺后，我们的剑日渐锋利，只等战场号角的响起。

很快，高考的第一场战役，在我们兴奋与恐惧交织的心绪中，打响了。

一

高三上、下学期的界限，在我的感觉是很模糊的，我甚至不觉得自己有放过假，仅仅是回家睡了一觉的工夫，就又和大家坐到那间如今已经改头换面的大教室里了。

那么，把这篇算做新学期的开始，好不好呢？

总感觉有点不真实啊。

所谓的开学典礼，所谓的校长讲话，所谓的鼓励，所谓的期待，所谓的“不要放弃”，所谓的……

我的回忆里有那么多的故事，可是唯独对那个“所谓的”高三下学期的开始，几乎是一片空白。毛校长一定有再次发表慷慨激昂的演讲吧，叶老师也一定有再次强调她的“水到渠成”和“温水浸青蛙”吧，可惜，它们仿佛都沉入了太平洋，不给我留一点痕迹了。也许，自从我们进入高考的倒计时后，这段旅程就已经没有分段的概念了。在到达终点以前，我们都不能停下奔跑的脚步。

第一轮复习渐渐进入尾声，老师们领着我们复习的局面即将结束，剩下的，完全就是我们自己的探索了。第一轮复习的成果也谈不上多令我满意，唯一值得庆幸的是，我的复习步调已经基本定型，即使第一轮复习结束，我也知道下一步该怎么走，不至于迷失方向。

只要按着上个学期的步调走下去就好了。

我半是祈祷半是告诫地对自己说："别出乱子。"

这是我最大的愿望。

事实证明，我还是太乐观了些。就是在这通向高考的最后一段路上，各种意料之外的事情纷至沓来，冲击着我原本的步调，考验着我能否继续坚持原来的道路。

意外暂时还在后面等着，先说说"开学"后的情况吧。首先值得一提的是男生群里诞生的一句新口号：

"男人，要坚强！"

这句干脆利落的话的首创者是102宿舍的开心果肥仔。然而他对当年为何想出这个名言也只有"突发奇想"四字可答，我也只得原话复述。记得这句话似乎是在高三上学期就出现了，最初是被肥仔写在了教室后的小黑板上，字体巨大，后面一个大大的惊叹号，整体看起来和肥仔的身材一样孔武有力。

被写上黑板只是开始，很快这句话就变成了肥仔的口头禅，和人聊天四五句里必要大喝一句：

"男人，要坚强！"

在肥仔身体力行的表率下，这句话以惊人的速度在男生群里传开。男生们一起行动时，比如刚上完体育课，风风火火地闯进教室，总会有不知谁大喝一句：

"男人！"

然后其他人便相当有默契地齐声"合唱"道：

"要坚强！"

这句简单但爆发力极强的口号朗朗上口，我们男生肆无忌惮地说着，传“唱”度越来越高，到最后不仅是女生，甚至连叶老师也知道了。

某次课间，叶老师例行“体察民情”，她一边跟我们唠嗑，一边踱步到教室后面，然后就走到了那块写着“男人，要坚强！”的小黑板面前，被肥仔那大手笔吸引住了目光，停下了脚步，好奇地盯了好一会儿，不由念出声道：“男人，要坚强？”扭头问我们男生：“这话什么意思啊？”

说来惭愧，我们吼了这句话这么久，都没有谁问过肥仔怎么会有这么句话，只好老老实实地回答：

“字面意思呗。”

没想到叶老师听后，盯着小黑板若有所思地点了点头：“有道理。”

“啊？”

我们正面面相觑，叶老师回头发表了总结式发言：“男同学嘛，就是要坚强点！不然怎么熬过高考这么紧张的复习啊！”

我们不由相视苦笑，叶老师真是什么都能往高考这个最终目标上扯啊。为了表示对班主任的尊重，我们小鸡啄米般纷纷点头道：“对对对，老师说得真好！”

于是，在经过领导的肯定后，我们吼这句话吼得越发理直气壮，这句话也顺理成章地成了16班的经典口号。当大家一起喊出这句短短五个字的口号时，总有种让我们扬眉吐气般的默契感。

二

当“男人，要坚强！”这句话在班里大行其道时，口语考试的日期也逐渐逼近，我们的练习次数越来越多，甚至到后来，逢英语早读那天，英语组的老师们就会在全级开广播，让我们统一做练习。

现在，我终于可以向大家解释在差不多一开篇时，我曾说过的“（Marie）甚至把威名传到理科班去了”这句话的具体含义了。正是由这个早读练习引发的。

一开始两天的练习都很正常，除了第一天引发了一点小小的骚动，一个我们不知名的老师四平八稳的声音突然在广播里响起，吓了我们一跳。她在广播里通知我们准备做听力练习，我们互相望了望后迅速搞清楚了情况，立刻拿出了纸笔，就开始了练习，全程都十分平淡。

接连两天，我们听到的都是这位老师四平八稳的声音。

到了第三天，看看时间差不多了，我们都十分自觉地拿出了纸笔，等着广播里那位不知名的英语老师四平八稳的声音再次响起。

没想到的是……

“Hello，every baby！”一个甜得发腻的声音毫无征兆地响起，把全班同学再次吓了一跳。

不过，我猜这次全级同学都吓了一跳。

这个句子，这个语气，难道是……

我们错愕万分地抬起头，教室里爆发出各种惊讶的声音。

“下面到了‘玛丽时间’，请各位同学准备好，我们准备开始听力练习了哟！”广播里声音的主人显然是不在乎她的这种表达给了全级同学怎样的冲击，依旧用她那甜得发腻的声音向我们宣布道。

“玛丽时间”？

什么啊这是？

结果这次练习我们明显分神了，原因正在于Marie那甜得发腻的嗓音，不仅如此，她似乎母性大发，把我们都当作了刚上幼儿园的小屁孩，用一种跟小朋友说话的“和蔼亲切”的语气教导我们：

“来，大家跟我一起来读这几个单词……（读单词）嗯，同学读得真棒！”

几乎每一句话出口，都刺激得我们忍不住笑出声来，顾虑到纪律问题，只好纷纷压低声音，好不辛苦。

就这样，Marie的甜美嗓音带我们做了两次练习（第二次练习时她说“又到了‘玛丽时间’哟”），而她也凭着她的语言风格成为全级的话题，眼瞅着就快成专栏节目了，Marie大有做知心姐姐的潜质。

大概正是由于Marie这种拉风的语气导致我们分心，因此惹得英语组组长老师大为恼火，于是在第二次练习那天，思洁去办公室交了作业回来后，对我们报告道：“Marie好像被组长老师骂了。”

我们脑筋一时转不过弯来：Marie被骂？从来只有她骂人，没有人敢骂她吧？

不过接下来的英语课印证了思洁的话：Marie沉默不语地进门，表情很差，明显就跟平时的状态大不相同。刚说了没几句，就用力吸了吸鼻子，发出了一声微弱的抽泣，眼睛也红红的，显然是刚刚哭过。

我们在下面被她这样子吓得一句话都说不出，只好呆呆地看着她努力平复心情。结果她挥挥手让我们自己先自习，自己拿了纸巾就走出教室了。

再下一次练习，就换回了原来那位声音平稳的老师了，Marie再也没有在广播里秀过她的嗓音了。

虽然Marie甜嗓音的乱入确实使我们分了神，但我们还是对组长老师如此严厉的批评颇有微词，作为对Marie的支持，她的“玛丽时间”成了我们传唱不衰的话题。一说起来，我们就会想到她那“甜得发腻”的嗓音，并且露出会心的微笑。

能有个这么有个性的老师，也是种福气呢！

三

“借你的iPod用一用。”

紫阳在某天晚修下课后这么跟我说道。

我继续对着眼前的作业奋战，头都不抬：“干吗？”

“那还用说，当然是做英语口语练习啦。”

我这才抬起头来，若有所思地说道：“对哦，还有不到三个星期就是口语考试了吧？”

“你知道就好，赶紧拿来。”紫阳毫不客气地伸手过来。

“呵，现在好像是你问我借东西吧？就你这个态度？”我对他理所当然的态度十分不满。

“对不起大哥！”一听我这样说，紫阳立马收起适才的嚣张，卑躬屈膝地开始恳求我，“我知错了大哥！请你借你的iPod给我，我真的需要，非常感谢！”

“不用谢。”看着紫阳面露喜色又伸手过来，我慢悠悠地说，“我根本就不打算借。”欣赏着紫阳的脸色瞬间变成霜打的茄子，感觉真是爽。

“为什么不借啊？帮个忙行不？”紫阳以为是我还对他刚刚的态度耿耿于怀，赶紧把姿态放得更低，继续发动他的恳求攻势。

我伸了个懒腰：“你一说还提醒我了，口语考试快到了，我这iPod正好可以拿来做听力练习，只好恕不外借了。”

“那你也不是整天都要用的吧，咱们分别用一段时间，这样总可以吧？”紫阳不死心，提出了新的解决方案进行游说。

其实我原本就有这个意思，刚才只是想逗一逗紫阳。所以他一说这个办法后，我装模作样地考虑了一会儿，就同意了。

事实上，自从开学以来，紫阳的表现还真是颇令我忌惮。在经历了一模的耻辱过后，他变得更加刻苦。原本他的底子在高二下学期就开始打好了，经过高三上学期的全面复习，已经是不容小视了。我毫不怀疑，如果再来一次大考，他完全能一洗一模的耻辱。

正是这种实力的增长，和阿基的刻苦对我形成的冲击一样，我也不愿意眼睁睁地看着自己被紫阳越甩越远。所以他一提出这个要求，我就警醒起来，口语练习的力度要加强才行，不然一定会落后于人的。

于是每天晚上，要么是我，要么是紫阳，我的iPod在我俩手里流转，听着练习里奥巴马在芝加哥的竞选演讲入眠：

“If there is anyone out there who still doubts……”

距离考试只剩两个星期的时间里，全班同学都在口语练习的三个部分里冲突搏杀。我们再也没有第一次做口语练习时的那种得过且过的想法，只是珍惜着越来越少的练习机会。

我已经越发适应口语练习的节奏了，即使我感觉难度最大的Part B，五个问题里拿下四个也基本不成问题。逐渐稳固的实力给了我更多底气。

高考的第一关，来吧，赶紧来吧。

埋首书堆的我，以一种微微焦躁的心情，祈祷着能快点迈过这关。

也许正因为是埋首书堆的缘故，时间似乎一下子快进了，当我回过神来时，学校已经在紧锣密鼓地准备着口语考试的考场了。计算机室附近通通拉起了隔离线，计算机室门外开始张贴考生的信息。

我们看着周围一派忙碌的景象，却觉得自己好像跟这一切都没什么太大的关系，仿佛学校在准备着一个并不需要我们参与的盛会，即使事实上我们是这个盛会的主角。

我们依旧保持着每天都是一成不变的生活规律，去教室上课，去饭堂吃饭，回宿舍睡觉。每当这时候，总会有种错觉，好像我们的生活其实并没有考试这回事，过程本身早已代替了目标。

又是一个眨眼的工夫。

口语考试的那一天终于光临了。

高考的一部分触角终于出现在我们面前。

印象中那天天气不错，不过我的早餐就吃得有些心神不宁了，胃里像已经填了个小铅块。

根据安排，我们被分成了不同的批次去参加考试。考试的批次表早在开考前几天就贴了出来，立刻就被围了个水泄不通。为了减少心中的不安，我们在看了自己的批次后，又将整张表看了一遍，希望能有相熟的朋友跟自己在同一批次里。

紫阳、阿高他们的批次都比我要早，这让我有些许失望。跟我同一批次的，女生记不清了，男生我记得最清楚的，是阿璇。

至于为什么我记得这么清楚，很快你就知道了。

开考当天，我们全部都是先在教室里原地待命，按照惯例，其他英语老师肯定要对学生进行一番战前鼓励，Marie自然也不能免俗，说上几句“不要紧张”、“沉着应对”之类的，谈不上有什么新意，所以我们也没怎么认真听，只是虽然是“鼓励”，Marie却一如既往地用那种不容置疑的语气“命令”我们必须成功，毫不啰嗦，又使得我们会心一笑。

等到时间差不多了，第一批次的同学起身去候考室等待考试开始。看着同学们陆续三三两两地结伴而出，盯着教室上的钟，看着秒针流畅地划过一圈又一圈，我心中的紧张和焦躁更强烈了。

备考前那两个星期过得那么快，但到了考试这天，时间的马达好像耗尽了机能，又开始变得拖沓而缓慢。

教室里的人越来越少，留在教室变得毫无依靠感，不安定感越发增强，恨不得马上起身追随走出教室的同学，开赴战场。

时间终于到了，用如蒙大赦差可形容我的心情，长舒一口气，抄起一两本复习资料，就脚步急促地直奔候考室。

然而我的麻烦才刚刚开始。其实回想起来，我的口语考试也算得上是状况频发了，这倒很符合我身体的一贯特质。据同学们说，在我身边用手机，信号都会被我消除掉。

很快向我袭来的第一个麻烦，是候考室的地点问题。因为不同批次的同学候考室的地点都不一样，而糊涂的我大概是在老师说明的时候没听清楚，莫名其妙地就走到上一个批次同学的候考室去了，而那个候考室，在新体育馆，就是我们搞合唱比赛的场所，距离教学楼是有一定路程的。

在去的路上我就已经隐隐感到不安，因为从学生的流动来看，似乎没几个同学是往这条路上走的，我还不至于蠢到认为我这个批次考试的同学只有这么一丁点儿人。

果然，新体育馆稀稀落落的人数验证了我的不安：我走错地方了。

这一下差点没把我吓得魂飞魄散，赶紧扭头往回飞奔，心里就怕考试已经开始了。

要是错过了考试，英语一下子就少了15分，那我就啥也不用指望了。努力了这么久，如果居然是因为错过考试而失败，我一辈子都不会原谅自己的。

可是我当时为什么没想到和阿璇一起结伴行动呢？

别问我为什么，现在连我自己都不明白我当时是怎么想的。

狂奔回教学楼后，我一边气喘吁吁地迈动步伐，一边紧张地回忆着我的批次的候考室到底在哪。

万幸的是，和我一样搞错了候考室的人也有。我留意到有好几个学生也在往回跑，就确定他们应该都是跟我同一个批次的难兄难弟，赶紧跟着他们一起跑。

然而虽然找到了“组织”的人，但这些“组织”的人似乎也找不着北，团团乱转，我正着急时，吴级长出现了。

吴级长在我眼中从没像这一刻这么可爱。我一边在心里大呼“级长我爱你啊你是我的救星啊”，一边冲上去想问级长。

没想到级长一看到我，还没等我问呢，就瞪起了眼睛：“你不是要去口语考试吗？还在这里干什么？”语调虽不严厉，但焦急溢于言表，说着还往身后方向一指：“候考室在那儿，赶紧去。”

我连感谢都来不及说，就手忙脚乱地向级长指的方向跑去。

一进候考室我就定下心了，一个候考室都是等待开考的学生。好险好险，看来我还没错过考试时间。

找到大部队后，我又找到了和我同一个批次的阿璇。在一大堆陌生人里能有个认识的同学，还是能让人镇静下来的。阿璇依旧是一脸木然地在复习，而我此时看着他这木然的样子，倒觉得是世上最丰富的表情了。

找到候考室后，我原以为很快就会开始考试，结果又是一轮漫长的等待，让我很快又体会到了刚刚在教室里的焦虑感，同时还有因为这种拖沓的等待引起的无聊感。将手中的复习资料翻来覆去地看，却好像什么也没看进去。

没想到的是，大概是因为长时间等待时的那种紧张感，我的肚子突然又痛了起来。

我心中对我的肚子实在是恼火万分。自从高一因为急性肠胃炎大病一场后，我的肚子就问题多多，还总是在关键时刻掉链子，使我防不胜防。不过幸好的是，剩下的时间应该还够我上一趟厕所。

也不知道肚子痛是不是有传染性，阿璇竟然也表示要上厕所。结果最后我们两个难兄难弟，携手并肩一起冲向了厕所。

最后这个肚子痛的问题总算没有影响到我考试。当老师来宣布候考室的学生进考场时，我也能无病无灾地跟着大家一起进考场，坐到了自己的座位上。

戴上耳机，核对自己的信息，登陆，调整麦克风，熟悉的流程，再一次上演。

然后，说出了那句之前练习说了无数遍的试音文字：

“生活就像海洋，只有意志坚强的人才能到达彼岸。”

然而，跟第一次说的时候，已经是完全不同的心情了。

将近半年，很多事情都改变了。

不变的，只有继续前进的那颗心。

但是老天似乎要把玩笑开到底，他又给我的口语考试设了第三个“惊喜”。

而我就“栽”在了这个惊喜上。

考试一开始，就是Part A的阅读。应该说是难度最小的，只要看清文段，吐字清晰就行。虽然考场里十多把声音混杂在一起，但大家的阅读速度基本一致，因此也谈不上会互相影响。

但是，凡事都有例外。

当大家都念完一段后，全场的静默里，只有一个声音还在回荡，这就显得有点刺耳了。

是阿璇的声音。

阿璇的机子速度和大多数人的明显不同，起码慢了3秒以上。结果接下来的情况就变得十分搞笑了，我们一大堆人声音齐整地每念完一段，阿璇那拖沓而颓废的声音就紧跟在我们后面响起，听起来滑稽万分。别人还无所谓，作为老是被他这种语调逗笑的同班同学，我算是被他弄惨了。既要继续专注于眼前的考试，又要忍住笑意。结果某个瞬间，我被阿璇的声音弄得稍稍分了点神，嘴巴磕巴了一下，念起了阿璇刚刚念的话。虽然只有一瞬间，我还是觉得心脏重重一跳，这下不知要扣多少分了。

之前做了很多练习，也预想过考试时的一些可能出现的突发情况，但我怎么都想不到，到了真正考试的这一天，居然会发生这么一个令人哭笑不得的情况。到考试结束后，我还有点傻愣愣地没反应过来。

怎么感觉很儿戏啊?

即使觉得再怎么儿戏，真正的考试只有一次，而且已经结束了。阿璇虽然让我险些阴沟里翻船，但无论如何还算是有惊无险。不久之后我就在Marie的办公室里，和一大堆前来查询分数的同学得知了自己的分数。我用一种胆战心惊的心情向那张分数表上看去……

12分。

不算特别好，多数同学都拿了13分甚至14分，我心中自然是有些失望的，似乎跟同学们总有点距离是无法追上。不过我也没有想太多，只是偶尔会遗憾地想，如果那一瞬间我的嘴巴没打磕巴，兴许我的分数还能再高一些。不过既然木已成舟，我更高兴的是终于又过了一关。

距离高考，我们又更近一步了。

咖啡的气氤氲飘起，消逝在空气里。

当你抓着水杯盯着远方时，杯里的咖啡香让你想起了什么呢？

你在期待什么？又在害怕什么？

还是，只是单纯地放任思绪泡在那热气腾腾的咖啡色里？

走廊的栏杆上，除了水杯的位置，其他地方只有一片冰凉。当指尖划过时，会不会让人有些茫然？

即使远方的景色，也无法告诉我们，未来的模样。

那么，为什么还要凝视呢？

为了让心绪，在远方中平静下来吧。

大概。

保持着脚步的大致相同，和朋友朝着洗手间走去。

记不清已经是第几次，一起走过这条相同的道路。

从高二到高三，周围的风景也变换了几重又几重。

但是当步子迈出时，仿佛什么都没改变。而这条路，似乎也会一直一直走下去。

终幕的日子在逼近，可是还是像个没长大的孩子，依赖着朋友们的肩膀。

在散场来临前，就这样孩子气地一直相互依靠着吧。

让关于这条路的梦，做得久一点，再久一点。

让我依赖你久一点，再久一点。

那天，很多同学站着，看着叶老师在黑板上，写着分数线。

已不记得那是什么考试后的总结会。

叶老师在给我们预估着高考的分数线，而很多人都情不自禁地站了起来，即使并不会看不清楚。

老师写的只是冰冷的数字，我们看着那些数字，却像看着自己的未来。

老师一句句地分析着，我们盯着黑板，彼此都看不出脸上的表情。

老师话音落下时，很多人轻轻呼了口气，笑了笑——一种奇怪而模糊的笑。

每个人的未来都不相同，即使现在的脚步还相同，总有一天会走上属于各自的那条分道。

半个班的同学站着，带着这种奇怪的微笑，思索着自己的未来。

春天的气息在点点滴滴地流进学校，木棉花也开始盛开。

喜欢东拉西扯的叶老师，在某次连堂课时，为了缓解我们的疲倦，说起了校道上飘落的木棉。她半开玩笑地说道，倘若我们捡到木棉花，记得一定要给她，她要拿回去煲粥。然后，就开始大谈起木棉花的好处。

我们笑着，听着，伴随着外面阵阵的微风，和翩然落地的木棉花絮。

“生日快乐啊，Judy！”

“寿星公，生日快乐！”

“大寿快乐啊马丁！”

2011年3月18日，我们每个人见到阿高，都这么说道。

大索一见面，就来个熊抱。

看着他俩，我却突然想起，某天半夜，阿高因为肚子痛叫醒了大索，两人黑灯瞎火地跑到了医务室。到最后，大索被连累得觉都没得

睡，第二天困顿万分。

原来，真的要长大了。

“18岁啦，生生性性（要懂事）啊！”

校道旁的芒果树，经过了一个严冬，叶子重又繁茂起来。

从没有闻过那些树上的芒果香，直到今天也只有想象而已。

每年都会有学生图好玩，去打落树上的芒果。我们这一届也一定有过。

芒果树也许会永远矗立在那儿，而每年去打落芒果的面孔，却总是不尽相同。

它看着我们一批批地走过，根扎得越来越深。

我们是这个学校万千过客中的一批，三年的时光像风一样一下子就吹过了，没有改变这个学校什么。

我们又是那株芒果树长长的根须中的一部分，将青春中最烟火绚烂的三年留在了里面。当我们奔跑过校道时，相信这个百年老校，因为我们的存在，有了一点点的不同。

即将来临的初夏，注定会让我们的人生，天翻地覆。

只不过，在那个初夏前，别去想太多，只要让我握紧你的手吧。

想握多紧，就握多紧。

第十八章

危机与信念

即使到了高三下学期这样惜时如金的时刻，我依然是状况多多，失眠、胃炎纷纷造访我，而学习上也是在进行着一场异常辛苦的角力，不让我有半点省心。在这样的情况下，支撑自己走下去的唯一的信念，只是简单的一句话：

“一定要打赢这场战役！”

一

我呆呆地躺在床上，盯着黑乎乎的天花板。

宿舍的同学都已进入梦乡，肥仔响起了悠扬的呼噜声，阿霄和陈曦也开始讲梦话，只有我还烦躁地翻来覆去。

躺久了，把整个脊背都躺得热乎乎的，只好跑下床去，用冷水洗了一把脸，让咚咚跳得难受的心脏冷静下来，然后回到床上去，继续忍受失眠的酷刑。

又傻愣愣地躺了半个小时后，我毅然决定：去厕所复习。

捧着书，在幽静的厕所里，自己也不知道到底看了什么，就这么晕晕乎乎地待了一会儿。我又看了一下手表：将近3点了。

连续两天，我都莫名其妙地要拖到半夜2点多才能睡着。每一晚的失眠，都让我想起了寒假时那通宵未睡的难忘一晚。心里总是担心着会不会又要整晚醒着，第二天呵欠连天地去上课。原本就已经失眠了，再加上这样的焦虑，更加睡不着。

不仅如此，由于春天来了，学校里的野猫也开始思春，每天晚上都要发出类似婴儿哭泣的、令人毛骨悚然的叫春声。有时还不止一只，两只（或以上）的叫声此起彼伏，互相呼应，更是让人烦上加烦。如果野猫们叫久了，还得宿管亲自上阵前去驱赶。有一晚我迷迷糊糊地就快睡着时，突然悠悠的叫春声如丝如缕地飘来，惊得我心脏重重一跳，随后脑子就逐渐清醒了。

于是，我怎么也睡不着了。

整整一个星期，我都在失眠的折磨中度过。

曾经让我觉得十分享受的睡觉，如今成了我每晚最害怕的事。如果说一开始的失眠还是因为某晚的烦躁而偶然发生的，那么后来的失眠，则是因为我的心理暗示：今晚会不会又睡不着？

自高三开学以来，我从没像现在这么绝望过。即使考试考差了都没让我这么难受。第二天的复习不会因为我的失眠而减少半分，我的精神却在这种折磨中越发衰弱。

一直以为自己已经适应了高三的巨大压力，除了越来越瘦，似乎也没觉得有什么不舒服。现在才知道，适应还有另一种说法，叫麻木。而根据学了一个学期的科学唯物主义观点，精神麻木了，并不代表压力不存在。

现在，大脑积攒了一个学期的压力，终于彻底爆发出来，虽然我本人并没有感觉到这种压力，但它却实实在在地以“失眠”这种我最讨厌的形式表现出来。

说起失眠，男生里面其实已经有一位经验丰富的老前辈了，就是阿璇。如果大家还记得，每晚大索睡着后发出的呼噜声，其穿透力之强每每让睡在上铺的阿璇抓狂，不得不隔三差五“吭吭吭”地敲床板，以提醒大索收敛。在床板敲过后，大索的呼噜声很懂事地应声而止，阿璇趁机赶紧逼迫自己入眠。然而大索的呼噜声就像一个定时炸弹，指不定什么时候又会响起来，也许就在阿璇就快睡着的时候又响起来，结果阿璇不得不再次敲打床板，如此便陷入了恶性循环。

时间一久，阿璇就留下了心理阴影，即使大索不打呼噜，他也老提心吊胆地不知“炸弹”什么时候会“引爆”，结果白白让睡着的机会溜走，等大索的呼噜真的响起时，他才追悔莫及。

有鉴于此，阿璇向大索提出，每晚不要那么快开始睡觉，起码等上15分钟，让自己有足够的缓冲时间入眠。大索对自己的呼噜影响到别人也是良心不安，基于自己的睡眠质量比较好，晚一点睡也无所谓，他同意了阿璇的要求。这种措施虽然不能完全避免阿璇不受呼噜的影响，但好歹在一定程度上保证了阿璇的睡眠，勉强解决了阿璇的失眠问题。

高二时听说这件事时，没有切肤之痛的我只觉得十分有趣。直到如今我也饱受失眠折磨时，我才理解了阿璇每晚睡不着是什么心情，对他抱以无限同情。

同情归同情，我也不能一直忍受着这样的折磨，不然不用等高考来，我就会先因为精神崩溃被送进精神病院了。阿璇的失眠说到底是因为有外力干扰，去除了干扰后要睡着并不难。但我的失眠是因为自身的原因，只能另找方法。

苦思无法，我回家后向妈妈大倒苦水。妈妈听后，先是说了一大堆宽慰我的话，让我不要那么紧张，然后又给了几盒安神补脑液之类的玩意儿让我带到学校去。

说实话，妈妈的那些安慰我基本没怎么在意，反而是那几盒安神补脑液，我觉得它们对我的心理安慰远大于实际作用。同样是心理暗示，当晚我喝了这些补脑液后，就像吃了定心丸一样，不断暗示自己这些药一定是有效的。这样的暗示果然有了效果，我终于睡上了一个久违的安稳觉。

除了给我这些安神药，妈妈又想了个办法，每周周三都来给我送汤，美其名曰“补充营养”。

其实这个想法早在高三上学期妈妈就提出过，但我对此却表现得兴致乏乏，一是反正三年来都没享受过这样的“特殊待遇”，剩下的几个月也没有必要再添麻烦；二是因为这意味着我晚修一下课就要跑去校门口，这又浪费了将近半个小时的复习时间，总觉得划不来。但这次在妈妈的大力游说下，再看看自己堪忧的睡眠质量，我也心动了。

于是在这样的背景下，我看到了一中的又一个人文景观。

周三晚上，我早早收拾好东西，准时来到了校门口。

虽然已经是晚上，但是黑魆魆的校门口却依然上演了一出让我叹为观止的车水马龙的景象。

由于那段时间报纸报道了多起校园伤人案件，出于安全考虑，学校开始限制家长进入学校，因此校门处挤满了前来拿家里支援的“战略物资”的学生。学生们隔着门和家长匆匆说上几句话，接过家长手中的一袋袋东西，那情形，看起来像是家属前来探视囚犯一般。

囚犯……

这场战斗，对谁来说都是一个旷日持久的折磨，不论是学生，还是家长。辛苦的，又何止是学生而已。

当走到校门口时，爸爸和妈妈早在门口等着了。仅仅一门之隔，妈妈身后的房屋满满的都是亮光，看起来一片热闹，回头再看学校那条长长的林荫道，却是一片漆黑。

我苦笑了一下：感觉还真像是囚犯呢。

于是之前心底里的那道闪念再次闯进了心里：不如就这样不顾一切地逃出去吧！

但是同样的，这次这个闪念也只停留了一瞬间，很快被我赶出了脑海。我接过妈妈手中的汤，又简单地聊了几句，就扭头匆匆投进了漆黑的林荫道中。

还有很多事要做，这场战斗，还没有到完结的时候……

我手里提着汤，默默地想。

像这样的送汤，父母一直坚持到了高考前夕。每次在宿舍喝上那一口热汤，心里都会涌起对父母深深的感激。这一场仗，至少还有亲人在后面，支撑我向前走。

在我呆呆地躺在床上忍受失眠时，我本以为情况已经坏得不能再坏了，但我绝不会想到，肚子痛这个老大难的问题，也趁着这个时候，向我发起了攻击……

二

自从上了初中，春游、秋游这样的记忆就成了一个遥远的童话。更不用说上了高中，天天顾着飞奔赶路，更是谈不上有什么集体出游的记忆。几十个小屁孩手拉手拖着鼻涕坐到一辆大车里，成了梦里的回味。

没想到的是，在高三这么紧张的时候。我们却几乎重温了一次小学集体出游的记忆。之所以说是“几乎”，原因在于这场“出游”的初衷并非是为了让我们放松身心，而是有着更重要的目的，重要到叶老师又一次启动了她的“吾日三省吾身”的提醒模式。

高考前的准备工作——体检，悄然光临。

“大家一定要拿好自己的个人资料啊，这个体检资料表是关系到你们能不能参加高考的，所以一定不能出差错啊，记住啦……”到了体检这一天，讲台上的叶老师将我们的资料发下去后，就开始不厌其烦地给我们的大脑上弦。

对我们来说，现在凡是一听到“关乎能不能参加高考”这样字眼的事，就会立马打醒十二分精神。听了叶老师的告诫，大家看着手中的资料表，态度马上就端正了，感觉就像捧着自己的命根子一般，心里荒唐地担心着它下一秒会不会突然就四分五裂了。

级里一共20个班，所以整个体检工作专门安排了一天的时间进行，从次序上来看，我们16班毫无疑问被安排到了下午。

由于我们的出发时间是在坑爹的中午（大概是接近2点），肯定是要提前集合的，因此睡午觉是基本不用指望了，午饭都得掐着时间来吃。于是中午一下课，大家纷纷狂奔去饭堂打饭。当然我们不是最惨的，隔壁15班，如果我没记错，出发的时间比我们还早，连吃饭的时间都几乎没有。

体检那天是星期六，所以也没有值日生把守宿舍门口，这就省了我

不少麻烦。当我拿着饭盒大摇大摆地进去时，看到许多学生三三两两地赶往校门口集合，准备去参加体检。

而当我走进宿舍时，一个宿舍的同学都在狼吞虎咽。

而我从下课之后，就一直觉得肚子胀胀的，有点犯恶心，完全没有一丁点食欲，对着那一盒堆得垃圾山一样的饭菜，除了一个劲地叹气，完全不知该怎么办。

思前想后了很久，虽然下午要冒饿肚子的风险，我还是狠下心将一盒饭菜都倒了。

其实之前一直都有胃口不好的情况，但是像这样轻微的恶心感倒是不多见。胃里像憋了口气老是吐不出来，虽不至于到难受的地步，但还是会让我心烦意乱。

不过眼下当务之急是要赶紧集合参加体检，我可不想因为没参加体检而导致无法高考。所以当其他人都狂风扫落叶般解决了自己的饭菜后，我也跟着他们一起赶到了校门口。

没想到，更坑爹的事还在后头。到了校门口，我们却被告知负责接送的车子还没到。于是不安生的我们立刻再也无法保持队形，各自开始在校门口那条林荫道上“乱窜”。印象中阿高还特地去林荫道旁的荷花池边看鱼，并且利用他家里做卖鱼生意的优势，逐个逐个给我们指出鱼的品种，让我们不由对这位经验丰富的“金鱼佬”肃然起敬。

当然，接下来还有令我们更加敬佩他的事发生。

虽然叶老师强调了意义重大云云，但是自从接送的大巴晚点开始，这个体检的严肃氛围就被破坏殆尽。大家似乎都是第一次好好从书桌上抬起头来，认认真真打量了一番校园外的世界。许多人脸上都是一副难得放松的表情，就连叶老师和吴级长，在等待大巴的时间里，也开始和我们东拉西扯。当我们鱼贯走上大巴时，这次体检于我们而言，事实上已经变质为一次免费的小春游了。

一路上，大巴上充盈着大家的笑声和闲聊声。我们好像全部退化成了小学生，都表现得兴奋无比，车窗外疾驰过的一辆辆汽车似乎都会引起我们的好奇。我就记得当车子因为红灯的关系停下来时，我瞥见旁边的卡车车门上，贴着不记得是哪个动漫的人物。接着我就像没见过世面的土包子般，指着卡车的车门很失态地叫了起来。

虽然隔着车窗，但我脸上夸张的表情大概还是惊动了卡车司机，他扭过头像看白痴一样看着我……准确地说是我们大家。我叫过之后才发现自己的行为是多么傻×，但是已经来不及了，司机看了我一眼之后，绿灯亮起，他就赶紧开动车子，把我们甩在了后头。留下的只有男生们对我的一片“耻笑”和“抱怨”：

“你瞧那司机刚刚看了你啊。”

“人家笑你的行为很弱智呢！”

“拜托别做出这么‘捞’（奇葩）的事啊，我们的脸都给你丢光啦！”

在众口一致的指责下，我脸红耳赤，羞愧万分，只好乖乖地噤口不言。

我刚刚消停了下去，大索和阿高的位置上又突然爆出了一阵大笑和“叼……”的口头禅。我好奇地探过头去，连连发问：“怎么回事怎么回事？”

大索不答，依旧哈哈笑着，将他的手机递了过来……

情景再现：

大巴奔驰着，一辆辆车子被抛在后头，窗外的景色也是飞速流逝着。

每次坐在靠窗的位置时，正在拼搏高三的学生阿高，都喜欢托着下巴，漠然看着世间的苍茫，装出思考人生的样子。不仅因为这是他放松身心的时刻，更因为他觉得，这个时候的他，很帅。

24K，纯帅。

他自我感觉很好，浑然不知他这忧郁的身影，已经进入了狗仔队队长大索手机的镜头里。

直到身后咔嚓一声响起，他才猛然回过头来。而这时他漂亮的姿势已经定格在了大索的手机上。

大索的手机上，阿高保持着思考人生的姿态，深邃的目光投射到了窗外的景物……

准确地说，是投射到了那家小店上。

小店装修老旧，透着一股浓浓的“野鸡味”，看起来不太显眼，但店名却是那么地富有动感和冲击力，让人无法直视——成人性用品。

男生群就此被引爆。余下的路程，哲学家阿高的形象深入人心。

既然是高考前的体检，阵仗自然是大很多。一到医院，就看到一排一排的全是等待中的学生。一问才知道，第一道程序竟然是要做胸透，这在之前的体检也是从未有过的环节。

当站到那台×光机面前，我终于从刚刚半春游的心情中清醒过来，大家都不再像刚才那样说说笑笑，沉默着一个个去接受检查。

刚才大巴上短暂的笑声，好像一下子就变得很遥远很遥远了。

接下来的诸多复杂的检查流程也就不必一一赘述了，我记不清，想

必大家也没有兴趣。反正对那时的我来说，体检的结果虽不至于营养不良，但也一定是偏瘦的群体。不像大索那样时不时来个宵夜，吃得满嘴是油，嘴里嚷着减肥却只能是越吃越胖。

对大部分同学来说，体检之后一切就回复到了常态去，而我的麻烦才刚刚开始。从中午开始就一直缠绕着我的那种淡淡的恶心感一直没有停止，肚子也依旧是胀胀的，没吃一口午饭好像完全没有任何影响。到后来，连休息不足时常出现的头痛也来拜访我了，更准确说是在照了×光之后。在这之后，我一直顶着咣咣作痛的头颅，坚持着把剩下的项目全部检查完毕。

带着不安生的肚子，我回到了家。家里的饭菜终于让我的胃口稍稍好了些，但饭量依旧不多。那股不舒服的感觉始终在我肚子里挥之不去，一直伴随我到床上。

我被这股不舒服折腾了老半天才昏昏睡去，本以为就此一觉到天明，没想到当我再睁开眼时，不是因为天亮了，而是突然剧烈起来的肚子痛。

此时，是半夜2点多。

那股痛楚不是尖利的刺痛，而是钝刀似的绞痛。刚睁眼的我，脑子还没从睡眠中清醒过来，昏昏沉沉地走到洗手间，昏昏沉沉地一屁股坐到马桶上，昏昏沉沉地等了10分钟。

绞痛感依旧，我却啥也没等到，只好站起身准备回床。昏沉的头脑却使我脚下一软，整个倒在了地板上。

地面的冰凉让我稍稍清醒了些，意识到现在的自己真是狼狈到了极点。肚子里的绞痛一股股涌来，我却毫无办法。白天时大巴上大家的笑声，在我耳边似近实远地发出回声。

我像一坨烂泥瘫在地板上，真不敢相信仅仅几个小时之前，我还和大家坐在一个大巴上谈笑风生。

比失眠时更深的绝望，将我从头到脚淹了个透顶。

这个剧情的转折，实在太突兀了。

我躺在地板上，盯着天花板上的灯，一动不动。

三

现在想来，肚子痛这个毛病在班里似乎也是颇为流行。之前就说过，阿高在高三上学期时，肚子就出过问题，结果半夜三更拍醒大索："锁匙！我肚子好痛！快点陪我去校医室啦！"从此以后肚子变得很不稳定，不过奇怪的是即便如此，他不但一点没瘦，还胖了不少，肚子的构造还着实让人啧啧称奇。

另一个肚子经常出问题的就是思鹭了。具体情况到底如何，我不太清楚，但时不时就会听到她抱怨"肚子又痛了"。由于她久病成医，书包里常备着药味特别浓烈的整肠丸，我肚子不舒服的时候还问她借过几次。

只是这次我的病单靠整肠丸恐怕是无法解决了。当晚肚子发作过后，我不得不在一堆作业和考试的威胁下，匆匆请假去医院看病。

在医院等着抓药时，正是接近中午的时间，我坐在等候厅里，看着窗外阳光灿烂，心知此时班里的同学仍在奋斗着。我揣测着今天老师会讲什么，回校后座位上又会增添多少张新卷子，过两天后的考试要怎么办。这么猜测着，于是顿时有种漂泊似的不安，总觉得在上课时间没有坐在课室里，无论如何都无法平静下来，罪恶感油然而生。

从医院带回了一大堆形色各异的药后，我就供着像大爷一样伺候我的肚子，每天按时吃药这不必说了，外卖什么的基本都断了念想，饭堂的菜色再单调，我也不作他想了。肚子一有点风吹草动，我都心下惶惶，唯恐它又闹脾气。

失眠和肚子痛，这两个灾星，就此成了我高三复习里挥之不去的深刻记忆。

好不容易安抚好了我的肚子，我总算可以再次将全副精神集中到复习中了。而随着复习步调的推进，级里又有了新的动作。

首先要说的就是文综。在经过第一轮复习后，文综的考试从一开始的捉摸不定，到如今在我们眼中已然成了一件庞大但有脉络的机器，我们所要做的就是把这件机器按步骤拆卸下来。而为了进一步锻炼我们的“拆卸”技能，级里决定加大对我们的训练。在不久之后就宣布：以后每个周六上午做一份文综试卷。

其实我们越复习到后面，越深刻体会到，自己的问题还是自己最了解，老师布置的诸多练习未必都适合我们每一个人，归根到底还是要形成我们自己的复习计划。所以我们现在最渴望的是得到更多自习的时间，对级里突然剥夺了我们一个上午的自习时间的做法，心里多多少少有些不满。

但是不满归不满，既然命令下来了，我们也只能照章执行。于是不久后的周六早上，大家安静自习到约莫10点多时，我们文综三科的科代表就抱着一堆卷子进了教室。

教室虽然依旧安静，但我隐约听到有一缕缕微微的叹气声飘荡，心里也只能苦笑。

尽管已经有了多次的训练，但面对有政治大题的文综卷，我们永远都只能堪堪完成。而在跟文综三科大题的多次搏斗中，大家也终于形成了各自的做题顺序。像阿基是老老实实按照题目顺序一路做下来，而我就练出了一种比较怪异的做题顺序：先做了政治的第一道大题后，就去砍历史和地理的题目，回头再将剩下的政治题扫光。这种做题顺序的依据在于，政治的第一道大题通常不难，而且我刚做完选择题，气势也正足，可以快速拿下，之后马上转战历史和地理，尽量减少因为思考而花费的时间，为后面的政治题留足时间和精力。

虽然看起来很厉害的样子，但我的文综成绩其实也不见得有多好。真正的高手根本不用思考这些问题，不管什么题目，兵来将挡，水来土掩。而我自问离这种程度还差十万八千里，所以只能找些讨巧的办法，为自己争取多一点生存的机会。

这样的周六练习有了第一次后，接下来反而就顺理成章了。所谓习惯成自然，往后大家看到科代表拿卷子进来，再也不会有叹气声发出。相反，因为文综的多次练习，大家都把周六的练习视作一次难得的练手机会。我们每一次都绞尽脑汁地想办法拿多一点分，尤其是1/4题的选择题，我们更是拼尽全力，追求全部正确的最佳结果。

对我来说，曾经一模时仅错一题的辉煌和喜悦还历历在目，所以我每一次做练习都希望能重演那一次爽快。每一次做完练习对答案，笔尖在题目上轻点着划过，那种兴奋、期待、恐惧、紧张混杂一体的复杂情感，我至今还能感受到。我想，其他同学也一定有过这种情感。

对完答案后，大家每次都会留有或多或少的遗憾：

“靠！这道题我看错了字眼啊！要是没看错我就能拿××分了！”

“我明明是想选A的，怎么会填了B啊！”

“这题老师明明讲过，我怎么就又错了！”

当然，除了遗憾，还有更多的是对题目模糊性（主要是历史科）的争论：

“这题的原因不是应该是从经济方面去考虑吗？”

“一般来说是这样，但是这里不行啊……”

“×！吴老师上课时不是说碰到这些问‘根本原因’的题目，都首先从经济方面考虑吗？！”

“唉，反正答案就是这样了，你要有问题问老师去，我没法跟你解释。”

“……”

争论者想起吴级长上课时那副淡定和蔼的表情以及他的“谆谆教诲”，顿时有种上当受骗的感觉。

每一次练习后，无论悲喜，我们都已经学会了坦然（或者说强迫自己）接受。叶老师鼓励我们不要沉湎过去的失败或成功（多数是前者）时总会说：“我跟你们说，最关键的还是高考这一战，在这之前，无论你考得有多好、有多差，都没用。你这次成绩好了，不代表你下一次还能保持。你如果不努力，一样会退步。成绩差的同学只要努力，肯定可以赶上来。我都经常说啦，只要努力，一切都是水到渠成的……”

所以抱着一切都可以改变的信念，每一次练习过后，对着那些大大小小的遗憾，我们都逼迫自己忘掉所有情绪，赶紧站起来，将精力投放到下一次练习的准备中。将所有的失落，化作对下一次战斗的期待和跃跃欲试。

下一次，要用两倍的实力击败它！

下一次，要连本带利地拿回属于我的成绩！

四

相比一模的印象深刻，二模的记忆就模糊了很多。也许是因为一模是高三历程里的第一个关键大考，而到了二模时，我们已经称得上“久经战阵”，什么三校联考、广二模、佛二模、20××年高考模拟……乱七八糟的一大堆，根本分不清楚，反正卷子发下，我们只管做就是。

似乎除了高考，其他的考试都不再是考试。

在这种磨炼中，广州的广雅中学、汕头的金山中学，成了我们心目中两个梦幻般的存在。我们三所学校有个“传统合作项目”，就是举办三校联考。我们跟这两所学校基本都没有什么接触，唯一能见到它们名字的就是在做三校联考的卷子时。而每次这份卷子的难度，以及评卷时老师每次必要在赞扬这两所学校同时嘲讽一下我们的惯例举动，为我们树立一群每日起早贪黑不吃不喝疯狂复习的高大全形象，让我们心怀敬畏之余总是感叹：这两所学校的学生难道都是怪物吗？再对比一下自己的现状，不由得心灰意懒：和这两所学校的学生生活在同一片蓝天下真是对不起了。

我感到复习已经进入了一种胶着的状态，一边复习一边应付着如潮的考试，大家都有点疲于招架，似乎没有谁能上演之前紫阳那样爆发式进步的奇迹了，只有在起码三次考试之后，叶老师一总结，才知道有哪些同学在这几次考试中都在稳步前进。

在这种状态下，我连续几次考试都只能在510分到530分的区间左右摇摆，每次拿到成绩，对着老师写的分数线，都感觉在爬着一个永远望不到尽头的天堑。

所谓的一本，简直是个遥不可及的梦啊。

我成了希腊神话里的希绪福斯，不断做着反复的甚至不知道有没有效果的工作。课本一次次地翻开，笔尖不停地写，写得我几乎毫无尊严，成

绩却依旧进进退退地徘徊。只是无论如何不想放弃，似乎就有一口气还纠缠着我的胸口，即使相差这么多，攀爬的手还是死死扣着石缝。与其说我相信一定会成功，倒不如说我拼命地逼自己相信一定会成功。

怀着这样的心情，晚修下课后，一次次和阿高走出高三楼，看着高三楼的灯一个个地熄灭，剩下的寥寥一两间还在夜色中顽强地冒光，周围一片寂静，便顿时心有戚戚。

叶老师值得钦佩的一点就是，她一直奉“共同富裕”为最高理念并坚定践行。譬如她上课时讲题，就从来不会为了少数尖子生而专讲难题偏题，而是讲一些大家都容易错的典型例题，相当大众化。对此她有自己的解释：“少数几个学生的进步没有意义，老师面对的是一个班，所以肯定要照顾大多数同学的水平。专讲难题怪题有什么用？只有几个同学听得明白，对整体的进步毫无用处。”所以她的方针是倾斜弱势群体，一旦弱势群体的成绩上升，进入良性发展的轨道，她就会放他们自己去复习，然后省下精力去照顾下一批弱势群体。也许正因为如此，16班并没有谁的数学成绩能非常拔尖，但可以说我们的“贫富差距”是非常小的。

如果和谐社会也有代言人的话，我相信叶老师肯定有资格当选。

既然是要“共同富裕”，那么在高考逼近的当下，叶老师自然要再拉后进生（很明显包括我）一把，于是就有了接下来为我们量身定“开”的“小灶”。

就这样，我们两三个后进生每晚晚修刚上课，就要被叶老师领到走廊外，一张长桌，几张凳子，开始做她布置的基础练习。叶老师对我们的要求是，现场做，做了之后自行对答案，如果有错题，先别急着问，自己再认真思考一遍，实在想不通再问。

好歹我之前也做了不少的基础题，多少也算练出了手感，知道叶老师之所以特别强调做错了要再思考一遍，是因为这些错题其实多数都不难，我们错的无非是思路里的某个环节，是细心程度而非知识结构的问题，既然这样，一向“很懒”的叶老师自然不愿意再浪费口水多讲。

于是接下来的时间里，我几乎每晚都老老实实地带着凳子出去。换做一年前，我的薄脸皮也许会因为这种“特殊待遇”而感到挂不住，但如今被各种考试折磨得毫无尊严的我，可以说什么都不在乎了，只要能让成绩有一丝一毫的进步，还怕“开小灶”吗？

那一个个晚上，做过的题目老早就忘光了，但就是忘不了叶老师给我讲解时写下的解题步骤，工整而清晰，正像她一丝不苟的认真性格。

做题时，偶尔会和叶老师闲聊一两句，但都是蜻蜓点水而已。不出三句，她便要催促我赶紧做题。所以多数时候，叶老师在安静地看报纸，而我安静地奋笔疾书。

而走廊上吹过的初夏的晚风，那股清爽的味道，至今还留在脑海里。

相比做数学题，去问地理题气氛就轻松多了，这大半是得益于胡老师的温和。

说起胡老师，我发现诸位老师对16班的管理，至少在分工上实在有点让人费解。班主任毫无疑问是叶老师，而吴级长因为身份的特殊，就算气场上比不过叶老师，他在16班里好歹也应该算是副班主任。但是事情似乎远没有这么简单，不知什么时候开始，Marie因为在班集体事务中多次的出场，好像也曾被我们传为副班主任。再到后来，不记得是从什么渠道中获知，胡老师也是我们班的副班主任……

一个班主任，三个副班主任……

打住，打住，我真的有点乱了。

撇开这些混乱不谈，既然是副班主任，胡老师还是十分尽责的。我记得后来她和叶老师形成了分工，每晚晚修交替值班，方便同学们提问。不过叶老师因为是班主任，就算晚上不是她值班，还是要多巡堂几次，顺便给我们几个后进生讲解。

所以到了晚修课间，我都会把整理好的地理题拿去胡老师那儿问。胡老师不会像叶老师那样，发现如果题目过于简单就打发我们回去继续思考，只要有问题她就会认真解答。胡老师还是个动手能力很强的人，特别是为了解答地球自转时昼夜交替产生的一系列现象，她自制了一个地球平面板，方便我们有个直观感受。托这个平面板的福，自然地理的不少概念总算被我这颗愚蠢的脑袋理解了。

当然，除了提问题，相信很多同学都还记得胡老师那个好动活泼的儿子。小家伙不知上了小学没有，精力极其旺盛，嗓门也颇大，我们的教室紧邻着文科办公室，有时静谧的走廊上就会传出他清脆的叫声，引起教室里的一阵阵漏气声。去问问题时，更是经常看到不安生的他缠着妈妈问东问西。胡老师的温和又一次得到了展现，有时在我们看来，小家伙似乎太皮了，但是胡老师还是极有耐心地安抚，从不出言斥责。小家伙经常会问一些不着边际的奇怪问题，难得的是，胡老师对待这些奇怪问题，也像对待我们的提问一样认真回答，实在回答不了的才选择性地无视。如果碰上自己有事做时，胡老师就会想办法把小家伙哄到一个空着的教师座位上，任他东看西看去。

这些有趣的情景都被来提问的我们看在眼里，我们相视一眼，都露出了微笑，然后继续向胡老师提问。

即使高三再怎么紧张，即使平时的生活再怎么平凡枯燥，依然有让我们微笑的事情发生，我们依然还有微笑的理由。而这些，日后也会成为我们回忆这段泪水与汗水交织的岁月时，最真切的怀念。

第十九章
100天

一

我们这一届学生大多是1992、1993年出生的，因此到了2011年，基本都迈入了成年人的殿堂。之前在级里曾有传言，学校会给我们搞一个成人仪式，届时大家都要穿得人模狗样地去出席。还有说法是在成人仪式上，还要和异性跳交谊舞，惹得我们一群春心萌动的男生大为兴奋。而在高二下学期，记得是周末结束返校时，我看到10届的师兄师姐三三两两地穿着正装出现，就更加佐证了之前关于成人仪式的传言。

怀着这点小小期待，我们一直等着级里宣布相关的消息，但却是望穿秋水不见君。级组的冷淡态度使我们意识到，所谓的成人仪式也就是镜中水月而已，慢慢地也就泄了气。

不过在这件事上我们的确误会了级组的领导们。因为最后这个成人仪式还是举办了，只不过无论是内容还是规模，都跟传言相差巨大就是了。

当我们获知成人仪式的举办日期后，瞬间就明白了级组领导的意图——那一天，距离高考正好是100天。

换言之，以往一直有的成人仪式，和高考100天倒计时动员会这两个传统，被级组领导以“节省时间”的名义合并到了一起。这意味着原本庆祝我们成年的欢乐仪式，将会背负上沉甸甸的“严肃政治意义”。

对领导这种偷工减料的做法，意外地没有激起我们班多少不满情绪，也许是因为大家都知道，仅剩100天的时间，即使搞了成人仪式，我们的心情也不会放松到哪里去。在这么紧迫的复习时间里，谁也懒得再和领导们计较什么了。

所以即使这个“高考100天动员会顺便加成人仪式”（好像有哪里不对）的消息确定后，大家的复习基本没有受到什么影响，该干啥还干啥，从领导的角度来看，一切波澜不惊，这是最好不过的了。

关于这个动员会的举办方式，我一直觉得领导们实在有些缺乏创意。在动员会举办前两三天，我们就得知，这次动员会大致分三个部分，一个毫无意外是校长讲话，一个是老师讲话也一点都不奇怪，最后是各班的代表上台发表一通豪言壮语，各班一起吼几嗓子，这个流程也说不上有啥新意。然后，动员会就在一片热血沸腾的氛围中顺利落下帷幕。

综上所述，就是不同的人，上去作主题相同的发言。

虽然做出以上吐槽，但是老实说我们还是比较重视这个动员会的，好歹后面也跟了个“成人仪式”的后缀，18岁不论对谁都是一个特别的年龄，我们当然也希望能有一个激动人心的回忆。

根据动员会的流程安排，摆在每个班面前的问题，自然就是确定本班的发言代表。而其实，在确定发言代表之前，我们首先要解决的应该是发言稿的问题，而至于有没有为此在全班征稿，我就记不清楚了。

我的语文实力在班里好歹占了一席之地，蒙班里同学谬赞，还担了个“才子”的名头，因此在接到负责发言稿的任务后，为了对得起大家的厚爱，也为了捍卫自己的“职业荣誉”，我使出吃奶的劲儿，鼓起全身的文学细胞开始写稿。虽然那时因为生活的单调和阅读量的大幅减少，我的作文水平可以说直线下降，怎么也找不到当年文思泉涌的感觉，但烂船尚且还有三斤钉，而且将近一年的疯狂复习，早已为我积累了相当丰厚的感悟，别的不说，就这方面我可是憋了一肚子的话。就算现在拿命题作文没办法，对着这个熟悉的题材，我自信还是能够写出满意的样子来。

结果不出我所料，早在我拿到任务那一刻，就已经有只词片语开始在我脑海里迸发，到了下笔时更是停都停不下来。连我自己也没想到，不到一年的时间，会为我带来这么多感慨。

由于是要作为发言稿用，我不能写得太文艺太书面语，而且一定要把握好通篇的情绪变化，到最后要自然而然地引出一句简洁有力的口号，可以让大家一起吼出声来。

原本我只是负责写稿，代表是要找思鹭来担任。因为可以预见的是，到时各班代表之间必然要有一番拼嗓门的较量，如果本班代表比不过别班的，那也会严重影响台下班集体的士气。而说到嗓门功力，思鹭已经在合唱比赛和平日里的各种谈话里充分展示了实力，一个气沉丹田，别人拿麦克风也是拍马难及，显然是最佳人选。但思鹭当时在文娱部工作，而这次活动文娱部的任务繁重，她好像还担任了主持人一职，自然腾不出手来再兼任代表，于是我就从一个御用文人被推到了前台。

能用自己的嘴巴念出自己写的稿件，而且还是当着全级人的面，血液里面潜藏的“出风头”的基因开始蠢蠢欲动。我半是紧张半是期待地答应了。

动员会说到就到了。

这一天，华英礼堂一派忙碌的景象，思鹭作为负责人早早就消失不见了。全级学生提着凳子集合到一处，略显得混乱。上次开级会已经是很久之前的事了，时隔几个月后，大家再次齐聚一堂，级组领导们之前的训诫言犹在耳，而经过了一轮又一轮的残酷搏杀的我们，心境想必也变了不少。

发言稿安静地躺在我裤袋里，已经因为我的多次翻折而被我掌心的汗水弄得发软，虽然允许带稿，但是能不能配合好现场发言时的情感，不至于因为看不清楚台词什么的闹笑话，这些不确定因素还是让我双腿微微发抖，胃部缩成一团。我和其他即将上台的代表排成一排，等候着主持人宣布动员会开始。

动员会的基调如我所想，既然只剩100天了，自然是要穷尽各种激励人心的词汇，把大家的情绪炒热。就连主持人说话的语调，也很明显地往上拔高了几度。

开场有了主持人的情绪铺垫，台下虽还安静，但已经可以感受到大家的沉默里有种战意在勃勃欲发。

在这种战意的翻腾下，主持人终于宣布，请各班的代表上台演讲。

和我想的有点不同的是，开头几个班的代表演讲的情感还是比较节制淡定，讲话语调虽然也可以说是铿锵有力，但远不到慷慨激昂的地步。

失控，是从刀哥开始的。

作为级里的风云人物，刀哥能当选代表实在是毫不意外。不过他的演讲对后面的人来说绝对是个噩梦。现在想来，如果能预先编排演讲顺序，刀哥最好还是作为最后王牌出场。因为他上台后，二话不说，甩开嗓门就厉声吼了起来："17班的兄弟姐妹们……"其音量之大，瞬间秒杀前面几位代表，也引得台下一片惊愕（惊恐）。

刀哥这巨钟般的声音不但为本班挣足了面子，而且还引得17班全体同学血脉贲张。当刀哥终于喊出本班口号时，17班的声音更称得上是震天动地，气势上完全压倒了其他班。

刀哥的拉风表现，产生了极好（或者说极坏）的影响，既为后面的代表树立了典范，又成了难以逾越的高峰，使得后面的代表压力极大。到后面，大家就开始互相较着劲比嗓门了。

我的出场是在刀哥的后两位，眼看刀哥为他们赚足了风头，心想16班在级里好歹也算小有名气，无论如何不能在气势上输人一截，就算自己不会什么气运丹田之类的高级做法，拼了这个嗓子哑一整天，也要吼得够响亮。即使比不上刀哥，也要让其他班难以超越。

于是，抱着豁出去的想法，我也像刀哥那样，上台伊始，就放开嗓门吼了起来。

当时的我虽然瘦，但从小嗓门就颇大，所以如今运足力气吼，声音稍欠雄浑，不过效果也不差到哪里。而且我讲得也比较流畅，之前一直担心的看不清稿或者念错词的情况，很幸运地也并没有发生。

我就这么凭着一股狠劲念到接近稿件末尾，即将喊出口号。

我感觉到，台下16班的同学们也已经蓄势待发。

这个演讲，即将圆满画上句点。

然而意外终究还是发生了。

纯用嗓门对我来说到底还是太吃力了，而且我也很久没有这么猛力地使用过嗓门，到即将喊口号时，我一下子没把住声音的调……

破音了。

当然，破音也只是一瞬间的事，破的也只是一个字。而且我因为之前的演讲，情绪已经沸腾到了顶点，根本顾不上那么多。我预料到台下一定会有人笑话我，但我已经不在乎了。

要让全班同学都响亮而有气势地喊出口号来。

脑中仅剩这一个想法，我不顾一切地将声音再奋力推到一个高度，大声地喊出了口号。

16班的同学们气势如虹地回应了我的声音，以毫不弱于17班的气势，整齐而洪亮地将口号以雷霆之势喊出，干脆利落的口号回荡在整个华英礼堂。

就用这一句口号，当作对百日后的高考的宣战书吧。

这句口号，就是我们16班的誓言。

拼搏至此，决不退缩！

今日，既然在全级面前立下誓言，来日，要用足够的实力，足够的成绩，来证明一切！

我在台上终于松了口气，总算没有丢16班的脸。虽然破音是唯一的美中不足，不过也无伤大雅。只是下台之后，我才感到些许后怕：之前一路高声大吼，对没经验的我来说实在是风险极大，只有一处破音，也算是幸运了。

可能有人会发现，我通篇没有说这个口号到底是什么，也没有关于这个演讲的具体内容。关于这个，我只能说，这是我至今依然感到遗憾的事，当时写这份稿，我随手找了几张原稿纸来写，念完之后就扔到了一边，完全没有“保存历史”的觉悟。结果如此重要的一份“历史文件”，到最后自然难逃不知其踪的悲惨命运。

所以现在我已经回忆不起这份演讲哪怕一词一句了，遑论那句口号。

不管怎样，这个动员会总算是顺利落幕了，主持人宣布散会，全级同学都怀着一腔热血和激情回去投入到了又一轮的复习拼搏中。而我甫一下台，肚子就开始释放之前的压力，凉凉的让我很不舒服。而透支的喉咙也提醒着我，接下来的时间要忍受一下失声的痛苦了。

我攥着被我捏得发软的演讲稿，看着人潮渐渐稀疏，只有刚刚的一句句口号还盘旋在礼堂，久久不散。

100天。

仅剩100天。

别再去考虑结果如何这么复杂的问题了。

结果的好坏不是我们青春的证明，而是过程的全力以赴。

不要让我们的青春留下遗憾！

只要拼搏，拼搏，再拼搏！

100天，加油了！

二

还有98天。

为了应付接连不断的考试，不知从何时开始，从理论上说，16班已经没有同桌这个概念了。在一次全班公投中，单人单桌这一方案高票获得通过，原本紧挨一起的两张桌子被拉开，两人一组并肩作战的景象彻底成了历史。

好了，现在我拥有的，或者说仅有的，就是一张桌子、一张椅子，和数不清的复习资料。

这似乎在用一种最残忍的方式提醒我，当我最终走上战场时，不会有任何人陪伴，即使，是如今我最亲爱的16班的各位。我所能依靠的，只有我自己而已。

从这个方案实施起那天，每个人的距离，就已经不止那一条过道或者前后座那么简单了。我们依然会亲密地打招呼、亲密地聊天、亲密地一起上洗手间、亲密地一起吃饭，晚上熄灯后，亲密地一起在漆黑的阳台外东拉西扯。

但是，很确实地感觉到，已经有什么和以前不一样了。

48个人，48座孤岛。

如此而已。

那么，我真正做到了彻底的觉悟了吗？

为了打赢这场仗，舍弃一切的觉悟。

这一天，我这么问自己，在动员会落下帷幕后不久。

还没有，还差一点。我很肯定地这么认为。

可是到底还差什么，我不清楚。

还有95天。

眼前的景象似乎模模糊糊的。

我愣了一下，发觉自己正坐在教室里。周围的人都在埋头写着什么，教室里一片安静。

我本能地想看看现在几点，却发现墙上的钟不见了。

“嗯？怎么回事？”我低头一看，一份卷子沉默地躺在我面前。

我瞬间反应过来：“糟了，现在在考试！”想也不想，抓起笔就开始做题了。

考试的科目是语文，不知为什么，我做题的速度快得连我自己都不信，仿佛脑里刚想到的，就马上出现在卷子上了。于是没过多久，我就做到最后的作文题了。

两个题目任选其一，一个是记叙文，一个是议论文，看起来并不难。按照我的作风，毫无疑问议论文才是我的拿手好戏。

拿下这题，这次考试应该就没什么大问题了。

没想到的是，我的大脑突然变得一片空白，平日那些华丽词藻一个都想不起来了，什么总论点、分论点、论据更是一点概念都没有。

这怎么可能！

我感觉到攥着笔的手生出了黏糊糊的汗，蹭得我的手很不舒服，背部一片火辣辣地发烫，浑身一阵发虚。这是我紧张时的典型表现，而这居然发生在语文考试上，还是在作文题上，开玩笑也要有个限度吧！

“该死！这个题目到底该怎么写啊！”

我烦躁地抓着头发，就这么对着这个看起来并不难的议论文题目愣了足足10分钟，笔尖悬在距离试卷不足3厘米的高度，晃动着、游移着，就是落不下去，就是写不出第一个字。

我有种很奇特的感觉，时间一定已经开始不够了，尽管刚才我似乎做得很快，而且我也没戴手表，但心里却莫名地觉得很笃定：这场考试，已经到了很危险的地步了。

仿佛我已经经历过这个场景了一般。

最终，我竟然痛苦地放弃了这个“拿手好戏”，转而写起了我之前几乎没有练过的记叙文。

我知道刚刚已经浪费了很多时间，所以笔尖不顾一切地疯狂吐墨，连手都要抽筋了。然而……

伴随着响起的哨子声，“考试时间到，请同学们停止作答……”的冷酷无情的声音响彻全校。我呆呆地看着还有一段没写的残篇，心里还没反应过来。

我，居然没写完作文？

我不顾一切地站起身大喊道："不！！！"

…………

我猛然睁眼，发现自己安安稳稳地躺在宿舍的床上。窗外略略发白，看样子已经接近起床的时间了。

适才的梦，那种恐惧感实在太过真实了。

我依然躺在床上，一动不动，回味着刚才的梦。

当然很真实，因为我曾亲身经历过。

就是在2008年的中考上，在那次语文考试里，所有情节如出一辙。

早在中考前，我就已经意识到自己的作文灵感突然进入了大面积的退潮期，即使面对最熟悉的议论文，不独文字拿不出以往的水平，连论点逻辑都变得一片混乱。

那时我就在担心，在这种状态下，中考要怎么办？

连语文老师都不止一次对我的状态表示忧虑和关切。

但是我最终选择了逃避，选择了麻醉自己。于是用一种"无畏"的态度走进了考场。

于是在180分钟后，我痴痴呆呆地走出了考场。

有时，所谓的无畏，就是无知的表现。

现在，相同的情况再一次上演了。进入高三，我的作文水平再次进入退潮期，从语言到逻辑都毫无状态可言，每次都要担心会不会写跑题。

"真会挑时候啊！"我苦笑着想，"又要带着这样的垃圾状态去面对这场重量级的大考试吗？"

似乎，一切都要重复三年前的那场闹剧。

重复？

不对！有一样东西不同了！

我终于明白我欠缺的那一点觉悟是什么了——就是语文。

也许从小学累积起来的光荣战绩，已经铸造出了我太强的自尊。我相信在这一科上，我有足够的资本傲视其他人。即使到后来其他成绩都变差了，只有对语文的执念依旧不变。高三复习了这么久，自尊被其他科目践踏了无数遍，我还是不曾丢弃过这仅剩的一点骄傲。

只有在语文这一科上，我一定要是最强！

所以我鄙弃埋头苦干式的复习方法，看不起这种填鸭式教育，自然，我也对谢老师教的范式文章不屑一顾。

我狂妄地相信，凭借着多年的积累，即使不用复习，我也依然可以拿到一个足够满意的成绩，只要其他科考好了，语文这一科也不会让我失望。

现在我知道了，自己错了，错得很离谱。

事到如今，竟然还抱着这种虚无缥缈的自尊和骄傲，在高考面前简直是不可救药的自杀行为。

我自信满满地告诉高考，我的语文一直很好，即使不复习，我一样可以拿下你。而高考什么都不说，只是沉默着扔过一张与别人相同的试卷给我。

做吧。做得好，我就承认你很好，做得不好，说什么也没用。

高考之所以残酷，正因为它不承认天赋。即使平日拿了一百次高分，只要在高考那一次失手了，过往的荣光就是一团废纸。即使平日再怎么骄傲，只要这一次失败了，就会背上难以卸下的沉重十字架而饱尝卑微的屈辱。

很残忍，很讨厌，很不人道。但是，很真实。

而我很早之前就已经下定决心，要豁出一切去跟这个对手拼个不死不休。既然如此，现在又何必要死抱着那一点骄傲不放？何不放下一切做作的身段？

所谓的最强，不是目空一切的傲慢，而是以谦逊之姿，全力以赴探求自己的极限。

明白了这一点的我，终于放下了那一点傲气，正视起了这个我既熟悉又陌生的、最亲爱的敌人。

还有93天……

还有90天……

还有86天……

时间在一点点减少，留给我改变三年前那场噩梦的时间，不多了。

三

过去的十几天里，“大彻大悟”的我认真整理起语文的复习资料来。虽然之前一直没有把重心放在这上面，但是我还是有做笔记和练习的，换言之并非一片白纸，现在只不过是要把散乱的资料整合成一个完整的体系，并且查漏补缺。早上的语文早读我也不再拿去复习其他科目了，就老老实实地埋头于语文复习大纲。

当然，在整理过程中少不了发现很多问题。我不敢再自以为是地随便放过，统统收集起来，每天午睡后早早爬起来，跑去办公室恭恭敬敬

地问谢老师。

所谓无知者无畏，只有当不断去了解对手时，才会不断发现对手的可怕，才会不断地恐惧，也才会不断地变强。

每深入这个科目多一点，我就多一点恐惧，才知道自己以往忽视了这个对手太多的可怕之处。

好在，这一次我选择了正面迎击；好在，这一次还有时间给我去补救。

但对作文，我就头疼了。现在实力衰退的我，连我自己都把不准自己的水准。做那些命题作文时，更谈不上能不能把握题目中心。显然，单靠我自己，很难解决这个麻烦。

正所谓当局者迷，旁观者清，大概要找人帮帮忙才行。

这个念头一浮起，我就立刻想到了思鹭。

从高二时起，因为我俩的怪癖互补（我喜欢给别人看自己的文章而她喜欢看别人的文章），我和思鹭建立了友好合作关系即“笔友”，经常交换文章看，并互相点评提意见，对彼此的文章风格都有相当的了解，请她帮忙诊断我的作文，可能更容易发现自己的问题所在。

由于大家都在紧张复习，别人的时间也是时间，我这种占用他人时间的行为并不厚道，所以我怀着一种忐忑的心情恳切地请思鹭帮忙，而思鹭倒是很爽快，一口就答应了下来，使我感激的同时对自己的作文终于燃起了一点希望。

就这样，我的“作文紧急抢修大作战”正式开始。而我也不敢浪费时间，在和思鹭约好当天，我就交上了一篇练习。

不得不说，每次大考之后贴在展览墙上的优秀作文，对我的“毒害”还是太深。好几篇文章言辞优美，立意深刻，洋洋洒洒而行云流水，都有大家风范。而我由于长期阅读量的不足，一写就是大白话文章，干涩无味。然而自尊又不允许我自认失败，于是绞尽脑汁也要写出点妙言好词来。这种不顾实际情况打肿脸充胖子的行为，导致的唯一结果就是将文章写成了四不像，不伦不类，写着写着连自己都忘了到底是要说什么，除了透出一股浓烈的“为赋新词强说愁”的屌丝感，什么都没看出来。

而在这第一篇习作里，我还残留着一点幻想，没摆脱这个毛病，文笔虚无缥缈，看起来好像很牛B，但是立意什么的却完全没突出。思鹭照顾我的面子，点评里先说了一下优点（如果文笔虚无也是优点的话），然后就毫不客气地指出，这篇习作写得太空泛，好像什么都说到了，但其实什么也没说到，没有突出中心思想。一句话，并不是一篇合格的文章。

思鹭的点评终于将我彻底震醒：我现在面对的是高考，不是作文竞赛，无论我再怎么讨厌范式作文，觉得它多么八股，都只能去适应。水平不够，就没有耍性子的资格。

拿回习作那天下午，我对着这篇失败的习作沉默良久，痛定思痛之下，意识到这也是我无谓的面子而已。当下最重要的不是要写出一篇好文章，而是写出一篇切题的、逻辑清晰的文章。所以文字优美什么的，对现阶段的我而言都是多余的魔障，统统破去便是。

我的手略微颤抖着，找出去年高考的作文题目，提笔写了起来。

进入高中、甚至是自初中以来，第一次，我压抑着心中的恶心，用最规矩的文字，写了一篇最规矩的作文。我把自己变回小学生，从零开始学习这种范式文章，开篇点题、分论点一、论据、分论点二、论据、总结点题，一板一眼，丝毫不差。在写作过程中我忍住了多次想要吐的欲望，不断地激励自己：一切都是为了那场战斗！

我写作文一直很看重感觉，如果写的时候感觉很爽，那这基本是一篇不错的作文，但如果怎么写怎么别扭，不管最终分数如何，我都会判定这是一个垃圾，纯粹地浪费墨水。而现在的情况就是，我得不断勉强自己生产垃圾。

这篇“中规中矩”的作文收获了思鹭“中规中矩”的评价：跟网上的例文颇像。这对我来说是个耻辱的评价，因为我最讨厌写作文和别人重复。而现在，高考终于完成了对我的最后一点攻势，把我的作文也改造成了流水线上的牛肉罐头。

但我只能忍耐。

耐着性子继续写这种折磨人的作文。

而思鹭对着我的这些“牛肉罐头”，毫无怨言地认真批改，使我益发感激。我知道她喜欢看的是能触摸灵魂热度的文章，而不是这种干巴巴的范式文章，但是她还是很认真地看了，很认真地提出意见。我在这些意见里迅速整合要点，摸索着范式文章的套路。

放下面子、放下骄傲，上天这次终于没有让我白费心血，在最近的两次语文练习性考试中，我的作文分数连跃两大步，最近的一次还拿到了久违的48分。当时适逢课间，我忍不住很失态地大笑起来，赶紧把卷子给了思鹭看。思鹭这位劳苦功高的“师父”看了之后也是颇感欣慰，同时负责任的她不忘继续给我这篇作文点评，并在作文最后，半是祝贺半是不甘地写道：“祝贺你终于找回状态啦！不过我也不会输的！”

看到和她豪爽性格相仿佛的清脆字体，我微微一笑，带着深深的感激，投入到下一轮的复习去了。

自此，我的语文终于摆脱了之前的低迷，进入了良性循环的状态。

还有60多天，时间越来越少了。

第二十章 暴风雨前的平静

一

还有50多天。

看着黑板上的数字从三位数进入两位数，虽然时间保持着恒定不变的节奏，在一点一滴地减少，但我还是会有种奇妙的感觉。从这个计时出现时，每次抬头看到剩余天数，总会觉得距离结束真是遥遥无期，堆满眼前的只有单调的复习资料，和日复一日不变的生活。每当和别人谈起什么娱乐的话题，一想到高考在虎视眈眈，就立马有种泄气的感觉，再无谈兴了。所以那时候，时间的流逝对我们来说几乎是无意义的，只是老老实实地度过每一天。

然而现在，终点已经清晰可见了。于是内心又生出一番别样的感觉，觉得度过余下的每一天，都像在翻越一座陡峭的大山，艰难无比。内心的本能是想一口气冲到终点，快点结束这个长达一年的酷刑折磨，但理智却一遍遍地告诉自己，复习还没完成，还没到放松的时候。

随着时间的进一步减少，我们已经开始无法忍受千奇八怪的各种考试了。并非是因为我们觉得太累了或是怎样——开玩笑，一年的残酷搏杀过来，我们还会怕做几张试卷吗？而是因为我们迫切地希望在高考之前，来一次彻底的整理复习，各人的复习进度都不同，复习计划自然也不同，无尽的统一考试，变成了打乱我们复习节奏的元凶，还打击了我们的信心，影响十分恶劣。

因此到了后来，一个喜闻乐见的现象是：大家正在教室里安静自习，科代表某高突然拿着一沓试卷闯进门来，教室里顿时一阵怨声载道，音量还随着这种“恶行”次数的增加而逐次拔高。而他一开始还会摆出一副“我也是奉命行事”的无辜表情，到后来也就撕破伪装，变得面无表情，无视台下的怨言，不由分说地就开始数试卷、发试卷了。

被这些无穷无尽的考试挤压得烦躁不安的我们，如今最盼望的就是一中的传统赶紧到来了——

“放羊吃草”。

作为百年老校，尊重学生的自主性一直是一中的优良传统。虽然近年来因为各学校的竞争日趋激烈，这种传统受到了一定破坏（谢老师就经常批评现在的一中已经没有过去的自由自主了），但精神内核还在，并且体现在了很多方面，比如高考前的“放羊吃草”。

每到高考前的两个星期，高三全级就会进入全面的“放养”期。所有课程一律停止，所有考试一律停止，除了大致规定一下复习科目以方便安排相应的老师值班，一整天都是自习课，任学生自己复习去。

这样的安排才是我们最迫切需要的。

然而叶老师却给我们泼了一盆冷水，她说今年的“放羊吃草”的时间比往年都要短，让我们不要对这最后的冲刺期待过高。

原本叶老师说这个是为了提醒我们不要放松，不要把赌注都放到后面的“放羊吃草”上去，但是这个消息对我们来说无疑是头上挨了一记闷棍，对级组又多了许多怨言。但有什么办法呢？只能唉声叹气地一边继续忍受着大大小小的练习、考试，一边想方设法地挤出更多时间来自习。

还有30多天。

春天的唯一表现，就是这几天严重的回南天气。天空老是阴沉沉的，细雨不断，地面、墙壁一天到晚都是湿漉漉的，挂满水珠。看着挤满了阳台的内裤衣服，一摸凉凉湿湿的，更是让人烦闷。学校规定在校必须穿校服，裤子还好说，多撑一两天不是问题，而两件（顶多三件）短袖上衣的数量无论如何都无法应付可怕的回南天。所以一到晚上，学校管得没那么严时，大家都纷纷换上自己的上衣。比如像阿霄，没有穿校服时，通常都会穿高三校运会时的班服。夜晚晚自习前，看着大家形形色色的衣服，与白天的单调形成鲜明对比，还真是兴味盎然。对于被校规严重摧残了审美观的我们来说，能有机会穿自己喜欢的衣服，即使裤子依旧是万年不变的校裤，也会瞬间有种飘飘然的爽快感。记得高三上学期我生日时，我特地穿上了一直保留着的新衣服，尽管尺寸略大，把我原本就瘦弱的身板映衬得更加瘦弱，但依然使我感觉良好。

得不到的，永远是最好的。

诚如斯言。

高考前，我无数次期待着能穿上自己的衣服耍耍帅，而高考后，我即使付出所有，也换不回一次再穿上校服的机会了。

还有20多天。

这几天放学后，我都和阿高、胡须他们一起去吃饭。尽管是高三学生，饭堂似乎也没有要特别优待的意思，排骨、牛肉，牛肉、排骨……菜色只有越来越单调的份。在复习的重压下还要吃着万年不变的饭菜，换谁都觉得心情不好。紫阳某次去打饭时，一问饭堂大叔有什么菜，得到的又是几乎相同的菜单，当时就没忍住心头那把火：“怎么又是牛肉？不是排骨就是牛肉！还有没有别的菜啊？”

不过只剩20多天，我们都不想再计较什么了。反正，吃的时候跟朋友们谈天说地的，也不失为一个很好的调味料嘛。

阿高和胡须一起吃晚饭，说起来也是他俩一个长期的惯例了。据阿高的回忆称，他印象最深刻的就是每当到了6点，全校响起《外婆的澎湖湾》时，胡须都在碎碎念着学校的饭菜有多难吃，同时伴随着他色眯眯的眼光在饭堂周围乱扫。由于此时已是傍晚时分，饭堂的光线开始变暗，给饭堂里的人都罩上了一层暗影，颇有种朦胧美，这种朦胧感就给了胡须一个良好的错觉，使他误以为周围的女生个个都是美女……

而在我加入到他们的队伍时，阿高正好在追TVB电视剧《公主嫁到》，于是我们吃饭的同时还会顺带着看上一集。作为一个地道的广东人，阿高对TVB的剧集和粤语电影都很热衷，而我出于凑热闹的心态，也跟着一起看。一集看罢，饭也吃得差不多了，我们就一边拿着饭盒去洗，一边讨论剧情。顺带一提，为了省去晚修后回宿舍还要洗饭盒的麻烦，阿高甚至自备了洗洁精给我们共用。而我则捏着从宿舍里拿来的苹果大嚼特嚼，切实履行了“饭后一苹果”的良好生活习惯。

愈来愈规律的生活，甚至使我感到了一种莫名的平静感。复习在按照既定的轨道进行，肚子终于不再闹腾，失眠也几乎绝迹，一切的一切，似乎都在朝着完美发展。仿佛这种生活会一直持续下去，而我的这种平静感也会一直不变。

对如今坐在电脑前敲字的我来说，白开水般的生活是最无趣的，这让我无事可写，但对当时的我来说，却是一种难得的幸福。

如果说暴风雨前有平静的话，说的大概就是现在的情形吧。

然而平静注定只是稍纵即逝，尤其是在高考前。

还有10多天。

我们期盼许久的“放羊吃草”，终于来临了。

这就是最后的搏杀了，最后这10多天，就是改变命运谜底的最后期限。

不必再有任何犹豫、任何保留、任何顾虑。

尽全力上吧！

二

多年后，当我看着16班的毕业合照，回忆起2011年高考前那最后三天的时光，一定会想起回荡在校园里的《宁静的夏天》的歌声，和那满天的橙黄色的夕阳。

窗外的光飘进教室，轻打在黑板上，将上面的倒计时照得格外醒目。

还剩3天。

3天。

72小时。

高中3年，只剩最后这一点屈指可数的余额了吗？

我和阿高他们慢慢走下楼梯，看着窗外的夕阳洒在操场，眼前又浮现出之前“放羊吃草”的几天……

那时，离高考还有不到10天的时间。

“放羊吃草”终于来了。

虽然这个传统今年严重缩水了，但从无边无际的考试中摆脱出来，不用再纠结于对答案、排名次，大家都有种松了口气的感觉。

虽然一年的复习下来，大家都已经变得极为自觉了，但是叶老师还是忍不住在“放羊吃草”前一天出言提醒，希望我们不要浪费时间，好好复习，安排好各科的复习时间。

当时我还窃笑，觉得叶老师未免也太爱操心了，复习了这么久，我们还会不知道怎么做吗？

但很快，我就发现，叶老师的提醒并非无的放矢。

黑板上列了明天的“课程表”，之所以打双引号，其实只是各科老师的值班安排，告诉我们如果有问题时，要在什么时间找哪科老师而已。至于我们自己怎么复习，老师不会再做干涉。

第二天，“放羊吃草”正式开始。

我一屁股坐到座位上，一想到接下来不用再担心有什么突击考试，就觉得一身轻松。合眼长舒一口气，我再次低头看着桌上的一堆资料，却突然感到一丝迷茫。

就像一个做惯了奴隶的人，一旦获得了自由，反而会无所适从。我的情况大致如此。虽然我也有自己的复习计划，还不至于像断线的木偶一样完全不知怎么动，但是一下子有了满满一天的时间供我使用，还是会有点措手不及。

已经习惯的是在各种课程、考试的压迫下挤出时间来复习这样“绝境求生”般的做法，这种乍看之下“游刃有余”的时间状态，多多少少会让一个总是不够时间用的高三生惶恐吧。

我终于理解这个“放羊吃草”对学生的挑战在哪里了。

就是“计划性”。

即使之前已经有计划了，毕竟接下来的情况已经大不相同，重新制订一个符合现状的复习计划，也就成了第一要务了。

“不要浪费时间。”

并非只是一句可有可无的劝诫啊。

结果，“放羊吃草”头一天里的10分钟，就被我用来制订一份新的复习计划了。

“不过说到底，自主支配的时间多了就是好。”我看着这个有些“粗糙”的复习计划想道。

不需要再将时间细分成一小块一小块，这一科扔15分钟，那一科扔20分钟，这种小心翼翼的做法总算可以抛弃了。用整整两节课80分钟的时间，强攻自己认为有必要重视的科目，也不必担心有老师的反对。这种畅快感还是会让人期待的吧。

也许，“放羊吃草”就是要给学生们这种畅快感吧？将学生之前种种复习的“细流”汇聚到一起，然后通过这不到两个星期的时间里的“怒浪”式的复习，实现实力的最后爆发和飞跃。

换言之，是孤注一掷、背水一战的决战式复习呢。

第一天的复习，我感觉还是不错的。对于弱势的科目，我用足够充裕的时间重新梳理了一遍，收获良多。这样的彻底复习确实能使头脑里的知识体系更巩固。

但要是把第一天的情况，复制到第二天、第三天甚至是第四天，就是一个噩梦了。

我一开始不懂这种“复制”的含义，但是在第二天快结束时，我逐渐感受到了其威力。在晚修快结束时，我竟然有种脱力的感觉，没有其他任何调剂，只有不断地在各科之间游走复习，也没有任何评判标准来告诉我，我到底复习到了什么水平。那些复习资料被我迅速地熟悉起来，以一种最强制性、最无趣的方式。

到了第三天，我竟然还真巴不得有一次考试，起码可以练练手，了解一下自己的复习情况。然而之前堆成一堆的考试，如今却是一个不见了。我只能老老实实地继续看眼前的考试大纲，怀着一种恶心的烦躁感。

这种透支性极强的复习，也将我对学科的最后一点兴趣彻底抹杀了。

原本我对语文和历史都极感兴趣，历史甚至是我在复习累了的时候，当作故事书这样来放松一下的存在。在经历了这三天的“放羊吃草”后，我甚至连历史书都不愿翻开了。那些原本曲折生动的历史事件，已然被榨干成一个个干巴巴的概念，味同嚼蜡。

历史尚且如此，遑论其他科目。

因此，复习到第三天时，“放羊吃草”在某种意义上，成了一种对意志的考验。

我抬头看了看周围的同学，他们都低着头继续拼搏，心里总会忍不住感叹：“这样近乎摧残的复习，他们难道没有一种厌倦感吗？”但是我又马上感到，这样的念头的出现是不应该的，因为这意味着别人都在忙碌，而我则有无所事事的危险。我自问实力还没到考前可以放着大把的时间不复习，高枕无忧的程度。

因此，即使已经那些资料已经看了一遍又一遍，还是要捧起来再看。

大家都在努力，我怎么能落后！

两年里曾经一次又一次激励我的念头，如今再次出现在脑海，并发出震耳欲聋的撞击声。

思绪飘飘忽忽地又回到现实中。

为了测试音响的《宁静的夏天》的歌声，依旧回荡在校园里，橙黄色的夕阳依旧洒遍校园。

高考的准备工作，已经在紧锣密鼓地展开了。我想起了去年的这个时候，那时，是另外一批主角，而我们是等待上场的后备军。

那时虽然对未知的一切怀着不安甚至是恐惧，但还是觉得，太过遥远了。没想到等意识到时，我们即将要冲线了。

校道上的那些老树，现在又要飘落多少叶子呢？

眼前的学生来来往往，神色匆匆。

我突然觉得高考真是残忍。

并非是想到“人生的转折点”这些大命题，而是在我们即将告别这所学校时，甚至不给我们有好好怀恋的机会。

只是用那短短两天的时间，就要决定我们接下来的道路，然后，将我们匆匆赶出高中的时光。

一中，还有很多感想，没有跟你说；还有很多地方，没有好好走；还有很多蠢事，没有认真做。

一中，我还不想离开。

可是啊，高考不会给我伤春悲秋的时间。这场命定的战斗，早在12年前，就已经决定了。

这个初夏，终于还是近在咫尺了。

3天。

72小时。

高中三年，只剩最后这一点屈指可数的余额了吗？

高考，终于来了吗？

第二十一章

高考！高考！

2011年6月4日，高考前两天。

李娜获得了法网冠军。

在她还在紧张比赛时，我们在教室里一边复习，一边偷偷地刷新比赛情况。

于是，在她获胜的一瞬间，我们也在同一时间用极低的音量欢呼着奔走相告。

毫不意外地，就像3年前，学校号召我们要学习汶川人民的精神，拼搏中考那样，这一次，李娜成为了楷模。楼道上那个总是变换着鼓励标语的黑板，很快就写上了“学习李娜精神”之类的字眼。

只是，我已经不会像3年前那么天真了。李娜取得的成就是她的光荣，而我只是要为我一年的努力去兑现一个誓言而已。把什么精神、什么人物作为激励自己的支柱，幻想着能从中获得什么力量，带着这样一种半吊子的想法上战场，这对高考前最后3天的高三学生来说，是天真到愚蠢的行为。

3年前，我已经为我这种天真付出过代价了。

只有半桶水的准备功夫，却妄想着以灾区人民为楷模去打赢那场战斗，这样已经可以说是“自大”的行为，得到一个垃圾的结果，任谁也不会同情。

在这最后3天的准备中，不需要、也不应该有任何偶像、精神的出现，我们即将进行的是一场属于我们自己的战斗，我们只要对自己发誓一定要做好就行了。把自己的未来，寄托于虚无缥缈、远隔千里的什么人或者什么精神，这是对自己一年的努力最大的亵渎。

付出一年汗水的，是我们自身，而不是那个什么人或什么精神。

我相信，即使是李娜，她比赛时也只是会心无旁骛地向前，只为对得起自己的付出，而不会去把自己的努力，寄托到什么人或什么精神上。

为了自己，仅仅如此而已。

2011年6月6日。

最后一天。

24小时。

白天的复习一如既往，黑板上大大的“1”字，对我来说似乎比以往都要显眼。

怀着这样那样的心情，16班的大家，开始像往常那样，有规律地过起了高中生涯的最后一天。

对这个似乎有着，不，应该说确实有着特别含义的最后一天，我无数次地希望能清晰记起关于它的每一个细节。

早餐还是万年不变的三个馒头吗？课间休息时我们还是一起上洗手间吗？午餐是排骨还是牛肉？我们在宿舍里，又一起谈论了些什么漫无边际的话题？

终究只是一片模糊。

除了，那一片静默的“蓝天白云”，和眼前，不知第几次翻开的复习资料。

而一想到到了明天，明天的这个时候，就要进行一场不再是演练的战斗，就会莫名地呆住。

眼前的复习资料，我还认得上面的字，但是似乎已经无法明白它们背后的含义了。

当黄昏降临，《宁静的夏天》再次飘荡，橙黄色的光再次浸染这所老校，之前心中的平静，终于泛起了涟漪。我蓦然生出了一种极为虔诚的心情。

高一高二的学生已经尽数回去了，这所学校，只剩我们这1000多个即将踏上战场的战士。

整个学校，突然变得有些空荡荡的。

不是一直觉得学校太拥挤，妨碍了复习的时间吗？

像这样子，几乎独占整个学校，做什么都不用担心要排队等候，不是一直期待着的吗？

可是为什么，会觉得寂寞呢？

林荫道、“棺材巷”、高三楼、体育馆、游泳池、操场……

还有，那一棵棵芒果树。

我看着天边的夕阳，知道它们也一样，披上了一层橙黄的衣。可是我只能去想象。三年来的每一天，我都在这些地方留下足迹。也许快，也许慢，也许是喜悦，也许是悲伤，也许还是充满幼稚的彷徨。但是当我抛却一切迷茫，可以用值得这所学校为我骄傲的姿态，将所有地方都认真而怀恋地走一遍、看一遍，再好好地站在她面前，堂堂正正地告诉她：“三年了，我长大了。”

当我足够资格这么做时，却发现已经没有机会了。

高考，没有给我们预留这个时间。

我将校服里尺寸最好、袖口最白的那件，特地留到了这一天。

认认真真地洗了一遍澡，将所有担忧和害怕都洗去。然后，再次穿上那件“蓝天白云”。

这是我战场上的标志。

高考前的最后一晚，大家都保持着一直以来的安静，低头复习，谁也没有多说一句话。叶老师也只是简单地巡视了一下，没有再多说什么。但是我知道，就像在学业水平测试前一晚那样，大家的心情想必都已经难以平复。即使老师再怎么强调不要放松这最后的时刻，即使嘴上再怎么说

“哎呀还要继续复习啊”，但事实就是，这一晚，我们已经很难再看进去任何东西，我们只是在安慰自己，给自己造出“没有浪费时间”的幻觉。

事实就是，我们该做的，早在这一年里，都已经做了。

现在，只是等待而已。

晚上，还是和阿高一起回宿舍。

临走时，再检查了一遍桌上的文具袋。

笔、橡皮擦、尺子、证件……

我一件一件认真翻着，确认了一次又一次，才带着略微不安的心情走出了教室。

走出高三楼，看着已经看了无数遍的夜色，心想：终于走到今天了。

真是，很漫长的一条路啊。

真是，一路上，发生了好多事啊。

这片夜色沉默着，陪伴我们走过了这么长的路。

16班的各位，48个人一起坐在同一间教室里的时间，只剩了不到24小时了。

这个念头甫一出现，我就感到灵魂颤抖了一下，手轻轻一挥，好像要赶走这个念头。

尽管已经很久没有失眠过了，但是一想到明天是高考，这样的担心还是不由自主地浮起来。

我躺在床上，望着漆黑的天花板，觉得这时候应该要想些什么，但是又觉得什么也不想才是对的。

好奇怪的感觉。

明天，会是怎样呢？

这个问题，今晚会出现在多少个人的脑海里呢？

高考之后，会是怎样呢？

这是最无法想象的一个问题了。我甚至怀疑，两天之后，地球还存在吗？

为了应景，我还特地听了一首《国际歌》，尽管我对合唱兴趣一般。

歌曲结束，我轻轻吐了口气，翻了翻身，意外顺利地睡着了。

2011年6月7日，早上。

我幸运地没有睡过头。

不到6点，和往常一样的时间。

102宿舍的几位同学什么都没说，各自沉默着去洗漱。看起来，和往常一样。

真的来了吗？高考。

当我走出宿舍，看到教学楼拉起了之前每次重大考试时都会见到的警戒带，才真正确信了这一点。路上见到的每个人，不论是老师还是学生，都是行色匆匆的。

一直压抑着的激动情绪，从这一刻开始喷涌勃发。

一年了，就为了今天。

在饭堂打了早餐，嚼的时候，觉得胃里又是缩成一团。我甚至再次开始担心肚子会不会又出问题。

到了教室我才知道，真正悲催的人是阿海。昨晚大索和胡须两人的呼噜声十分给力，把他搞得半夜2点多还没睡着，紫阳上厕所时，意外发现他竟然被逼得躲到阳台思考人生去了。

到最后，无法忍受的阿海，竟然紧急呼叫家里人接他回家去了，怎一个“惨”字得了。

“没有意外状况发生真是万幸。”我一边在心里暗自庆幸着，一边反复确认自己的考号。

大家脸上的表情都是……

没有表情。

如果很直白地表露出心中的紧张，不仅影响自己的状态，而且还显得很浅薄。但是又不可能做出一脸轻松的样子，不然会使自己有懈怠的危险——至少看起来有懈怠的危险，而且同样显得很浅薄。

既然怎样的表情都有问题，那就干脆没有表情吧。

紧张也好，恐惧也罢，都留给自己咀嚼。

为了给我们上战场前讨个吉利，老师们都穿上了红外套，让我们着实感到新奇。叶老师也不例外，只是没有那么鲜艳，不至于使我们感到刺眼，徒然增加紧张感。

当她像往常那样站到讲台上，准备发表讲话时，我——也许是我们大家——突然感到有种默契感，在讲台上下流动。叶老师不用说一句话，我们也已经知道她要表达的意思。

是的，一年里大大小小的战斗走过来，我们都已经坚定了那个唯一的目标，并为之付出了无数心血。我们和老师，已经不仅仅是师生关系，而是战友的关系，彼此知根知底，那些话，其实说不说也罢。

不过叶老师毕竟还是叶老师，即便如此，该讲的还是要讲，她平静地开口：

“等一下，大家就要进行高考了。”

她顿了一下，像是要考虑接下去怎样说才好。

以往都是用将来时态，而今天，即将变成进行时态。

而我们抬头看着她，眼神中都透出一股坚定。

“带齐自己的文具和证件，不要遗漏，写清楚自己的考号，千万不要写错了。”

“不要喝太多水，不然待会儿要上厕所就麻烦了。”

“一定要冷静，保持平常心，看清楚题目，认真想好再回答。”

“祝你们考试成功！”

其他教室传出震耳欲聋的口号声，而我们班没有。

我们只是静静地听完叶老师的话，静静地继续看着眼前的资料。平静得几乎不像16班的风格，让我有点惶恐。

“一定行！一定行！”我对自己小声说道。

传令来了。

进考场！

我们默默拿起了桌上的文具袋，一个接一个走出教室。

我看着眼前的同学们。

“祝你们顺利，战友们。”这句话，我没说出口。

高三楼与考场楼各自独立，唯一的联系是二楼的回廊。而今天，回廊的一端，即将送走一批出征的将士。

当我们来到回廊口时，眼前的景象真正让我们措手不及。

整个高三级的老师倾巢而出，挤满回廊口两边欢送我们。

他们笑着，带着我们往日不多见的亲切。即使平日曾经不止一次，为了学生的不开窍而心急怒目，但是此刻他们都笑着，跟学生们一个个握手、拥抱，说上几句鼓励的话，不管有没有意义。

那情景，真像送战士上战场。

那一年的300多个日日夜夜，那些拼搏、汗水、迷茫、痛苦、不甘，此时都化成一团浓烈的火焰，点燃了在场每一个人的心。

决胜负的一役，即将开始。

回廊的那一端，就是梦想起飞的地方！

我微微一笑，握紧了手上的文具袋，走过一个个熟悉的老师，他们身边都挤满了要道别的学生。而我却没有跟任何一个握手，径直走向了回廊的另一端。

有什么感谢的话，等这场战斗完结了，再来跟老师好好说吧！

出发！

2011年6月7日，早上，语文科开考前。

我的考场座位其实不算好，是坐在最后一位。大家都知道监考员是有两名的，一个在前，一个在后，虽说只要不作弊，监考员什么也不会干涉，但是一想到身后有个人盯着，自己要直接承受他的雷达扫射，还是会让我感到不舒服，何况是在高考考场。

这是我走进试室，坐下后对自己这个座位的第一个感想。

和之前参加学业水平测试一样，除了桌子就是椅子，一切可能有作弊嫌疑的东西被统统排斥了出去，能显示在这个教室上课的班级的个性的东西，更是一个都不见，整个试室看起来空旷得让人不习惯。

除了教室外贴的考生表不同，所有试室都是一个模子刻出来的。

我像以往的模拟考那样，盯着眼前的文具袋，进入了冥想状态。手腕上的表，秒针发出细不可闻的滴答声。

等待……

监考员开始拆封试卷。

所有复习资料都别去想……

监考员开始分发试卷。

只要这样平静着就好……

试卷出现在我桌面。

准备好……

哨声响起。

我伸手拿起了桌上的笔……

2011年6月7日，早上，语文科考后。

两个半小时之后，我身体略略颤抖着走出了考试室。

第一科，语文，拿下！

整体难度不高，我答得也还算是中规中矩，应该没有出现什么致命失误。虽然由于心理作用的原因，我无论检查了几遍考号，都有种写错了的错觉。

唯一让我有点不安的是，在考试的一开始，就坐在我身后的监考员的确给了我不少压力。在最初的10分钟，我的笔落在考卷上都有点发抖，思维也略显滞涩，直到后来做得顺溜了，才逐渐恢复过来。

我一边回忆着适才的考试，给自己进行一个大致的评判，一边想起了每年高考都最为人关注的题目——作文。

今年的题目是：回到原点。

这是命题作文，省去了思考题目的麻烦。要把握要点也不难，托了之前思鹭帮我突击作文，我没有再纠结于怎样写才能华丽炫目，而是迅速确定了中心思想，老老实实地用平实的语言写了一篇平实的考场作文，语句通顺，逻辑也没有出现大偏差。

不会让人眼前一亮，但是风险也不大。

总体来说，这一科算是顺利过关。

回教室的路上，碰到的学生看起来表情都比较放松。看来这一次大家都觉得语文不难，有不少同学见到自己的语文老师时，甚至笑着跟他们击掌。

开局良好，士气稳定。

看起来这一科没办法跟别人拉开差距了，不过也没关系，自己做好才是最要紧的。关键是下午的数学，这才是重中之重，对每一个学生而言。

我想起了那些晚上，在走廊外一遍又一遍地做基础题的情景。

晚风的味道，又缠绕在我鼻尖。

现在，检验成果的时候到了。

那时我还不知道，语文能不能拉开差距，那是相对而言的。

我更不知道，那个作文题目，是对我们下午的某种预言。

2011年6月7日，下午。

这情景跟早上颇为相似，我们安静地坐在教室里复习着。其他班又传来了震耳欲聋的口号声，而我们依旧是没有任何表示，只是继续盯着眼前的资料。唯一的不同是，经过早上的洗礼后，我们心中对高考的那种神秘感的恐惧，终于消失了。

其实，也就和平时的考试一样啊。

相比早上，我们显得更加从容淡定。只要稳稳当当地走好每一步，就行了。

传令再次来了。

进考场！

我们再次默默拿起桌上的文具袋，走出教室。

我看着面前的同学们。

“祝你们顺利，战友们。”这句话，我没说出口。

然后，我们一起向回廊走去。

我们知道，回廊那里，有许多老师正等待着我们。

2011年6月7日，下午，数学科考前。

第二次坐在这个座位，身后的监考员已经不会再给我造成任何压力了。

我盯着眼前的文具袋，像早上那样，又一次进入了冥想的状态。讲台上，监考员已经开始拆封试卷，准备分发。

数学，这个老对手。

从高二开始的种种纠缠，闪过我的脑海。为了它，烦恼过不知多少回。喜悦的时候太少，更多时候是无穷的失望和伤心。不止一次对它恨之入骨。

可是，也正因为它，我决定无论如何死咬牙关也要坚持下去。

让我无比想要放弃，也让我无比想要坚持。

试卷发到了我面前。

今天，就是算总账的时候了。

试室外，哨声响起，我伸手拿起桌上的笔……

2011年6月7日，下午，数学科考后。

跟平时的考试一样？

仅仅是两个小时之后。

现在再回想起这句话，真觉得是个荒唐到可笑的讽刺。

所有人早上语文考试建立起来的那一点信心，在这个下午，被那份坑爹的数学试卷，毁灭得渣也不剩。

如果是平时的考试，还可以有挽回的余地，还可以期待下一次。而这一次，是高考，是单程票，一旦开出，就不能回头。

拼搏了12年，真的是一瞬间就“回到原点”了。

无比的残酷。

高考的真正狰狞的一面，在仅仅一个上午之后，就狠狠地撕破了温和的伪装，毫无顾忌地表露在我们面前。

无知的人是幸福的。我还算是后知后觉的，因为本身水平就不高，碰上不会做的题目实在太正常，虽然也觉得整体难度确实比平时做的那些基础题要难很多，但也不觉得后面的题目做不出来有什么奇怪。

反正，只要把会做的做了就行。

就这么简单。

直到考试一结束，试室里就响起了一片痛苦的呻吟声，我才意识到，这次考试，真的难倒了很多人。

大多数人出来时，都是哭丧着脸的，跟早上的从容甚至喜悦形成了鲜明对比，有许多心理承受力差的女生直接就哭了出来，一片愁云惨淡。有同学见面之后，彼此都不知道要说什么安慰对方，只好一直沉默地站着，呆望着栏杆外的风景。年级第一的学生甚至直接去找数学老师，表示自己已经决定要复读了。

而16班里也是一片唉声叹气。我回教室见到阿高，刚问了句“怎么样？”阿高就铁青着脸连连摆手，沉默着离开了。思鹭回忆起来说，她那时考完数学，觉得自己估计要读2B学校了。而胡须回到宿舍，更是流着眼泪打电话，告诉妈妈自己的高考考砸了。

军心严重动摇，士气岌岌可危。

2011年6月7日，晚上。

数学考试造成的巨大的破坏性影响，甚至惊动了领导层。

当天晚上，我们正在安静地自习时，广播突然响起德育处的谭主任的声音：

“同学们，请先暂停一下复习，听我讲几句……”

我们不约而同地停下了手中的笔，静静地开始聆听谭主任的讲话。

谭主任的讲话，说实话没有什么出人意表的地方，他只是安慰了我们，劝我们不要因为数学一科，而影响到后面的考试，考试中有不会做的很正常，如此这般。而这些老生常谈的话，换做是平时，或许还会使我们重拾信心，准备下一次考试，但是这次，这些话听起来是何等刺耳。兴许也是没办法了，谭主任说了一句最经典的话：“我们高考原本就不是为了考满分的，肯定会碰上一些不会做的题目。想着要考满分，这样的想法是错误的。”

这句话，反而使愁云密布的教室里迸出了一点点笑声。

被逼得说出了如此奇特的话，谭主任也是真没办法了。

这番讲话的实际效果有多大，我个人还是很怀疑的，不过经过一个晚上的沉淀，大家的心情都平静了不少。虽然伤心，但一切已成既定事实，只能接受。而我自己甚至没有受到太大的影响，原因很简单——

既然大家都不会做，我和大家的差距反而缩小了，有什么好害怕的?

所以在一片哭天抢地中，我反而还算是比较淡定的。

过去的就过去了，还有两科，如果不把接下来的两科考好，那才是真正的愚蠢。

我躺在床上，盯着漆黑的天花板，如此想道。

然后，我翻了翻身，毫不意外地顺利睡着了。

2011年6月8日，早上。

高考第二天，我依旧幸运地没有睡过头。

不到6点，依旧和往常一样的时间。

102宿舍的几位同学什么都没说，各自沉默着去洗漱。看起来，依旧和往常一样。

真想象不出，昨天我们已经拼搏过一整天了。

真想象不出，高考已经过去一半了。

真想象不出，还有不到12小时的时间，我们就要彻底解放了。

感觉真是不真实。

依旧是和昨天一样的流程，吃早餐时，我的胃部也依旧缩成了一团。我也依旧担心着肚子会不会突然闹腾起来。

开考前，我们依旧安静地坐在教室里自习，不同的是，叶老师已经不再多做提醒，而其他班震耳欲聋的口号声，今天也没有再传来了。也许是因为昨天下午的那场残酷屠杀，已经让人很难再有热血沸腾的欲望了。

该鼓励的，昨天都已经鼓励了，该忍受的，昨天都已经忍受了，接下来，只能靠我们自己。

传令来了。

进考场！

我们默默拿起了桌上的文具袋，一个接一个走出教室。

我看着眼前的同学们。

“祝你们顺利，战友们。”这句话，我没有说出口。

然后，我们一起向回廊走去。

即使经历了昨天的惨痛，但我们知道，回廊那里，有许多老师，依旧在等待着我们，微笑着鼓励我们出发。

2011年6月8日，早上，文综科考前。

我轻车熟路地找到了自己的座位，一屁股坐下。

对文综，我所能想起的，就是平时每个周六做的那一份份文综卷。想起我们为了那四分一道的选择题，每次都要斤斤计较老半天。

想起每个傍晚，都要在走廊边，伴着夕阳，念念有词地反复背诵政治课本。想起鹏哥每次讲题目，都要讲得声嘶力竭，一副恨铁不成钢的样子。

想起帮别人讲解历史题，而自己的脑筋却越来越死板，后劲渐渐不足。想起吴级长总爱说的“回归课本”，和他每次讲课时，那副似乎永远不变的温和表情。

想起总是纠结地理的自转公转问题，总是要吐槽课本信息量的不足。想起每晚找胡老师问问题时，她耐心的解释，和她那顽皮捣蛋的孩子。

监考员开始拆封试卷了。

我盯着桌上的文具袋，第三次进入冥想状态。

分发试卷。

然后，是一阵长长的等待。

哨声在一瞬间响起。

我伸手拿起桌上的笔……

2011年6月8日，早上，文综科考后。

我走出试室时，长舒了口气。

同样是感觉一般，但好歹不会再像数学那么坑爹了，无论如何也算是弥补了一下昨天下午受损的心灵。如果这场高考难度变态的科目有两科的话，那我真是没办法了。

想起Marie说的，不要指望高考里能突然智商爆发，只要能发挥稳定就已经可以谢天谢地了。

现在想来，真是所言不虚。

由于之前做文综试卷留下的后遗症，通常我第一时间都会想知道自己的选择题做得如何，但是这次是例外，这是我唯一一次做了之后不敢对答案的考试。

回到教室，自然也没有看到有哪个同学会不知趣地去讨论题目或对答案，一是如果有个万一，只会影响自己的心情，二是这样做没准还会触了别人的霉头。

因此，取代了平日一定会出现的对答案的场景，充斥教室的是另一种情绪，一种虽然没有明显表露，但几乎人人都可以感受到的情绪：

还有一科。

还有一科，这场战役就要画上句点了。

还有一科，这12年的拼搏，就要……

坚持下去！

这最后一步，无论如何，都要好好地走，为这场并不完美的高考，书写一个完美的落幕。

2011年6月8日，下午。

开考前，我们依旧安静地坐在教室里自习。而这次，主角从叶老师换成了Marie。

Marie一反平日霸气的语调，用一种极为平和甚至是耐心的语气循循说着要注意的事项。也许，高考的不确定性，尤其是之前数学的教训，让Marie也不敢以绝对自信的姿态来面对我们吧。

无论简单还是困难，这两天，我们几乎已经看遍高考的每一个面孔了。最可怕的都经历了，事到如今，到了这最后一科，我们反而已经不再担心什么了。

传令来了。

进考场！

我们默默拿起了桌上的文具袋，一个接一个走出教室。

我看着眼前的同学们。

“祝你们顺利，战友们。”这句话，到最后，我也没有说出口。

然后，我们一起向回廊走去。

最后一次，我们知道，老师们还是会微笑着陪伴我们到这场战役的最后。

为了这三年。

2011年6月8日，下午，英语科考前。

第四次走进这个试室，坐到这个座位上。即使和其他试室几乎一样，我还是对这间试室莫名起了一种亲切的感觉。如果硬要问为什么，大概是因为这个试室将见证我走出高中时代里的最后一步吧。

监考员在讲台上开始拆封试卷了。

忽然，成堆的《英语周报》在我眼前飞舞。

我被Marie尖着嗓子骂出教室的一幕闪动着。

每天早上狠狠地背着似乎永远背不完的单词。

Marie那甜腻腻的“玛丽时间”，引发了一连串的笑声。

…………

闭起眼睛，深呼吸几下，抛却所有杂念。

试卷发到了我面前。

我盯着文具袋，第四次进入冥想的状态。

等待着……

“我们的目标是……”

“没有蛀牙！！！”

哨声陡然响起。

我猛然睁眼，伸手拿起桌上的笔……

2011年6月8日，下午，英语科考试。

哨声响起的一瞬间，我的手颤抖了一下，笔掉落在桌上。

“结束了？”我不可置信地这样问自己。

“真的结束了？”我如在梦中。

“那长达一年的拼搏，终于画上句点了？”周围兴奋的嗡嗡声我一句也听不清，只是痴痴愣愣地随着大家走出了试室。

“高考，结束了？”

心脏咚咚地跳得厉害，就像我当年第一次踏进高二（16）班的教室时那样。当我慢慢地走进如今的高三（16）班的教室时，迎面看到的，是紫阳。

“结束了。”这一次，是肯定句。

“结束了！”他的语气，比我激动一万倍。

我终于清醒过来，大叫着冲上去和他拥抱。

教室里，每一个人看到彼此，都送上了一个大大的拥抱。

如果是矫情的电视剧，这时候应该要哭的。

可是啊，那300多个日日夜夜，在这一瞬间，只是化作了淡淡的云烟，划过了我们的青春，不留一丝痕迹。

所有的泪水和汗水，都在这一刻，迎来了满堂的笑声。

2011年6月8日。

这一天，我们的旅程，正式走到终点。

在这个一辈子都无法忘记的日子里，我们彼此拥抱，大声地喊着：

“高考，结束了！”

第二十二章

你赠给我的回忆

我站在校门口，抬头看着校门上的七个大字：

佛山市第一中学

距离那场永生难忘的战役已经过去一天了。今天，是拍毕业照的日子。

正式告别的时刻到了。

三年前，我是以怎样的面目，走进这个陌生的大门的呢？

而又是怎样的几个瞬间的长度，校服已然换了尺寸。

三年光阴，原来是大梦了一场。

这梦，好长，长得使我曾经不想再做下去。

可是，又好短，短得让我觉得，还没做够。

我们和往常一样穿着校服，走进校园，像是要去开始新一天的课程，去做新一轮的作业，去进行新一轮的复习。但是我心里清楚，在6月8日下午，最后一科结束的哨声响起时，所有的课程就都已经讲述完毕，那唯一的、最后一战的评卷，也永远不会再有。

我再一次见到了16班的各位，再一次走进那间陪伴我们奋斗了一年的大教室，也再一次毫不费力地找到了属于自己座位。

一切，都是那么自然而然，不假思索。

只是，今天之后，一个月之后，一年之后，还能清晰记得这里的每个细节吗？还能记得这个座位吗？

于是就莫名地害怕起来，不敢再去想这个问题。

今天的阳光很好，好得简直到了炙烤的地步。

操场上，我们挤成了一片，等待着拍全级大合照。一片炎热中，我们个个汗流浃背。领导们却姗姗来迟，害得我们在令人心悸的曝晒中不满呻吟了许久。

整条队伍长达50米，人数的庞大，即使相互间挤了又挤，也还是有人差点没有位置站。照相机也不得不放得远远的，远得我甚至都看不清它的位置了。

全级最威风的毫无疑问是阿海，所有的学生都站着，而他却成了唯一有座位的人，因为后面的位置不足，他被安排在了最下面的第一排，也就是老师队伍里，成了合照里最惹眼的存在。当然，他的这个做法也导致10米开外的一位老师被挤得只能侧身而坐，一边的肩膀缩了进去。我暗笑着，16班到这时候也要出人意表一把吗？

折腾了足有半个小时，似乎终于要拍照了。之所以加了个“似乎”，实属无奈。由于距离的问题，即使用了扩音器，我们也还是听不清摄影师的声音。只是在这条长长的队伍里，将多米诺牌效应的威力发挥到最大，口耳相传地互相提醒着。

就这样，连快门的声音都没有听到，满头大汗的我们就对着我们自认为是镜头的那个方向，露出笑容。既不知道什么时候开始，也不知道什么时候结束。然后，就被告知：已经拍完了，解散吧。

于是，我们抱怨着、笑着，一哄而散。

今天的阳光很好，好得简直到了炙烤的地步。

“来，大家站好，看着镜头！”摄影师站在相机后喊道。

全级合照拍完之后，就轮到各班级合照了。

大家摆弄着头发，整理着衣领，力图把自己弄得更光鲜些。趁着我们在准备的功夫，“阴险”的摄影师已经开始在按快门了，把我们道貌岸然背后的奇怪表现尽数收入镜头中。

我们浑然不知自己不堪入目的一面已经被载入了史书，一番摆弄之后，觉得自己终于打扮得人模狗样了，于是抬起头，看着镜头，露出略带紧张的微笑。

“不要那么紧张嘛，放松点！”干了坏事的摄影师十分淡定地站在相机后喊道。

于是，忘记了是因为一个什么笑话，大家突然爆出一阵大笑。除了阿璇一直保持着木然的表情以显示其酷酷的形象外，同学们也好，老师也好，都咧嘴大笑了起来，摄影师趁机按下了快门，记录下了我们最真实的一面。

我突然想起，三年前初中毕业照毕业照时，似乎也是因为一个笑话而全班闹得哄堂大笑，留下了大家最开心的一面。

这段旅程在欢笑中展开，最后也在欢笑中迎来终点。

没有比这更好的结局了。

谢谢你们，直到最后离开的时候，也给我的高中时代留下了最美好的笑声。

今天的阳光很好，好得简直到了炙烤的地步。

今天，拍照是最重要的任务，没有之一。不管是合照也好，还是和同学老师也好。

江总坐在中间，气势俨然是个大老板，阿璇、大佬、大索则恭敬围在他旁边，以衬托他的气场；许潇和进怡两位整日“成双入对”的姐妹花，继续展现出百合的良好倾向；我和阿高则严肃地坐在一起，拍了张一中版的“西安事变中的张学良和杨虎城”；平日关系极好的大索和雪薇，肉麻地摆出了个心形的pose；阿基、睿韬、肥仔、胡须和冬宇，则来了张最适合用“男人，要坚强”这句名言作为注脚的合照；而斗了两年肌肉的阿基和我，自然要在镜头前再斗一次。

老师们自然也是今日当仁不让的主角，江总捧着一束鲜花，向着Marie单膝下跪，上演了一出“为美人折腰”的重磅戏码；Marie和谢老师这两位风格反差极大的好友，各捧着一束鲜花，展现出了“窈窕二淑女”的姣好气质；跟了三年的顶头上司吴级长，搭着我和艳珊两位小跟班，露出一贯温和的笑容；做了两年锦衣卫的阿高，也和上司叶老师来了一张。

来拍一张吧，来拍一张吧。

和我，和你，和他，和她……

即使平日并不相熟的同学，如今也想好好地打个招呼，拍张合照，为错过了两年的光阴去更好地认识彼此，好好地道个歉。

内存极小的相机，一张张拍着，很快就占满了，只好一遍又一遍地检查着之前拍过的照片，挑着哪张可以删。

到后来，我就不敢再用自己的相机拍了，因为不管好坏，那些照片我都舍不得删去。

今天的阳光很好，好得简直到了炙烤的地步。

我们班特地设计了一个合照样式，一部分人穿着高二校运会时的班服，剩下的人则穿着高三校运会时的班服，然后摆出“16”这个数字。

这是对这个充满传奇色彩的班集体最好的纪念。

除了一张正面照外，我们还背过身去，侧身45度，举起了右手。

这个造型，有什么含义呢？

手指向的方向，就是梦想所在的地方吧。

我这么想。

在炙热的阳光下，我们斜举着手，指着远方。

这里就是起飞的航道，我们的目的，是远方。

今天的阳光很好，好得简直到了炙烤的地步。

我觉得，这样的天气，对离别来说真是再适合不过了。

这样，泪水在滑落眼角前，就会先蒸发掉，不用留下一点痕迹。

林荫道上，阳光在翠绿的叶子的间隙里欢笑着蹦跳落下，将那条道路铺成了一片金黄，炫目得刺眼。一阵微热的风吹过，那片金黄闪烁着，似乎在向我招手。

于是，那一天的记忆，也是金灿灿的。

那一天，我们那么亲昵地挨在一起，对着镜头展露笑颜。那一瞬间，仿佛一辈子都不会分开，仿佛那两年的路会一直通往永远。

那一天，我们即将分开，我站在马路边，哭喊着请求青春再多驻留一会儿，而你只是笑着，紧紧地握着我的手，给了我一个大大的拥抱。

那一天，我知道分开之后，彼此就再难相见，但是我不是魔法师，没有令时间停止的魔法。

我能做的，只有记住那一天的点点滴滴。

记住那些年的点点滴滴。

记得校运会我们搭着彼此的肩膀一起奔跑过；记得羽毛球比赛我们高喊着“逆转”创造了奇迹；记得舞台上我们48个声音汇成洪流，响彻整个会场。

曾并肩在夕晚下嬉笑着走过，曾并肩站在栏杆边眺望远方，曾并肩在夜色中抬头看向天幕。

灯火交相辉映着，我们的影子，在地上拖出了长长的痕迹。

曾留下过的那么多缤纷美丽的回忆，如校道上木棉花的棉絮般，飘散于空中，淡淡地流逝过我们的青春。可我们却任由它们在记忆的长河里，划下重重的痕迹。

青春跟我玩了一个捉迷藏的游戏，让我用了三年的时间去找寻它的踪迹，直到我离开的那一刻，才终于在时间的缝隙中发现了它，而在那一刻，我也长大了。

“找到你了！”我流着泪微笑着说。

在这个独一无二的青春里，和最好的朋友擦出了千色的花火，绚烂了灵魂的所有角落，我们生气过也笑过，相信这一世，彼此都再难忘记。

谢谢你让我度过了一个最美好的年华，16班。

谢谢你让我度过了一个最难忘的青春，一中。

那一年，因为奇妙的缘分，我们48个人，在佛山一中的16班教室第一次相见。

那个名为“青春”的故事就此开始。

那一天，我们终于离开了那间教室。

我们一个接一个走出那间教室，像是走出了心中的一个秘密基地。

那间教室，终于只剩空荡荡的课桌椅，和黑板潦草的字体。

那把钥匙，可以放下了。

第二十三章

终章后的新章

我收拾好行李，长舒一口气，走到桌子边，看着玻璃框下的毕业照。

毕业照上，我们笑得灿烂无比。

“从那天之后已经过去了三个月了吗？”我恍惚了一下，手指抚过玻璃框。

“时间过得真快啊。”

毕业游时，我们在风雨大作的天气中开怀大笑的场景，又飘动在我面前。

楼下家人的呼唤打断了我的思绪：“收拾好没有？该出发了。”

我大声应道：“这就来了。”又看了一遍那几张毕业照，微微一笑，对自己说了一句：“好，该出发了。”

这并不是一个特别的历史传奇故事，而是一个关于48个平凡的少男少女的平凡青春物语。

“再不快点就赶不上注册啦。”

“行啦，我这不是来了嘛。”

“动作老是这么慢。”

“好啦好啦，我知错啦。”

而现在，我的另一段故事，也才刚刚开始……

后　记

终于，开始写这个系列的后记了。

没想到，真的没想到。

这是我的第一感觉。

我自认为并不是一个特别勤奋和善于坚持的人，同样的，当我一年前在电脑前敲下这个系列的第一篇文章时，我从没想过能写这么久，写这么多字。到最后统计字数时，我才发现，庞大的字数后面，是一年跌跌撞撞的前进。

我是一个喜欢幻想结果的人，所以早在开篇时，我就已经在想，有朝一日写完之后，我要怎样写这篇后记。可以说，按照“时间跨度”来说，我考虑得最久的一篇，应该是这个后记。

但是那时每当想到这个问题时，我总觉得那是一个很遥远的事。因为一开始纯粹只是为了回忆，以及图个好玩。漫无目的，没有计划，想什么时候写就什么时候写，想到什么就写什么。集结出书的话自然是说过的，但只是当作一个玩笑来调侃。

真正让我产生责任感的是在敲下第二篇文章后。因为这篇文章，当晚16班的班群空前热闹，大家都在讨论文章里提到的点点滴滴，并仔细回忆当年的细节。

作为一个热衷于码字的写手，我承认这样的情景给我带来无限的快乐，这是一个作者价值的最大体现。

然而快乐之后就是惶恐。我怕我接下来的文章没办法再给大家带来这种回忆，所以我必须倾尽全力去写好每一篇。这种惶恐几乎贯穿了我的整个写作过程，既是动力，也是折磨。所以到后来，我跳票时间越来越长，就是怕写得太仓促会破坏文章的质量。

因为这种责任感，我开始调整自己的身份，从一个写作者，变成了一个记录者。每写一篇，都要去征询同学们的意见，或者询问事件的当事人，获取更完整的资料。在事件的真实与小说的笔法之间艰难平衡，左右逢源。这对一个初出茅庐的新手来说，真是一件困难的事情。

托幼时母亲对我写周记的严格要求，我隔三差五就爱码一篇文章聊以自娱或发泄，然而多是对时政指手画脚、胡言乱语，至今写不出一个好玩新奇的故事小说，深以为憾。至于能有这么一本书的出版，我只能说：“这是一个奇迹。”不管我信不信，它反正已经出现在大家面前了，所以今后也请各位读者多多指教了。假如蒙上天眷顾，我还能想到点好故事的话，希望我们还会再见。

然后，就是老土但是必不可少的感谢。

谢谢张智聪、高华亮、索新宇三位同学，不但每篇必看，还给我提出了许多宝贵意见和建议，对此我铭感于心；谢谢林泳钘同学和陆艳珊同学的鼓励，使我在写作中途最迷茫的时候获得了继续写下去的动力；谢谢黎思鹭同学对全文的修改批评，使文章更完善。

感谢龙建刚老师对我写作的指点。没有老师的建议，就不会有这本书的出版。

感谢一中的老师们，谢谢你们让我这三年有了如此美好的记忆。

感谢出版社编辑们的辛勤工作，谢谢你们耐心修改一个新人的作品，让它能漂亮出版。

还有所有支持这个系列的16班同学以及诸位亲朋好友，谢谢你们。谢谢你们陪我坚持到了完结，谢谢你们对这个系列的厚爱。

遗憾的是，我自认并不是一个称职的记录者。限于笔力，我没办法写出16班的每一位同学，也没办法写出每一件趣事，只能写出我所知道的部分。在此，向大家说声抱歉。

如果您在翻看这本书时，能够在里面找到一点当年青葱岁月的影子，发出一声感慨的叹息，那对笔者来说，就是一年辛劳的最好报酬，和作为作家（伪）的最大胜利。

我相信，每个人心里，都有一份属于自己的“那些年”。

而我，只是抛砖引玉罢了。